イ・ソス
古川綾子＝訳
Help me sister
ヘルプ・ミー・シスター
アストラハウス

ヘルプ・ミー・シスター

헬프 미 시스터
By Lee Seosu

Original Korean edition published by
EUNHAENG NAMU PUBLISHING CO., LTD.
Japanese translation rights arranged with
EUNHAENG NAMU PUBLISHING CO., LTD.
through BC Agency.

This book is published with the support of
the Literature Translation Institute of Korea(LTI Korea).

装画・本文イラスト　森 優
ブックデザイン　鳴田 小夜子(KOGUMA OFFICE)

Contents

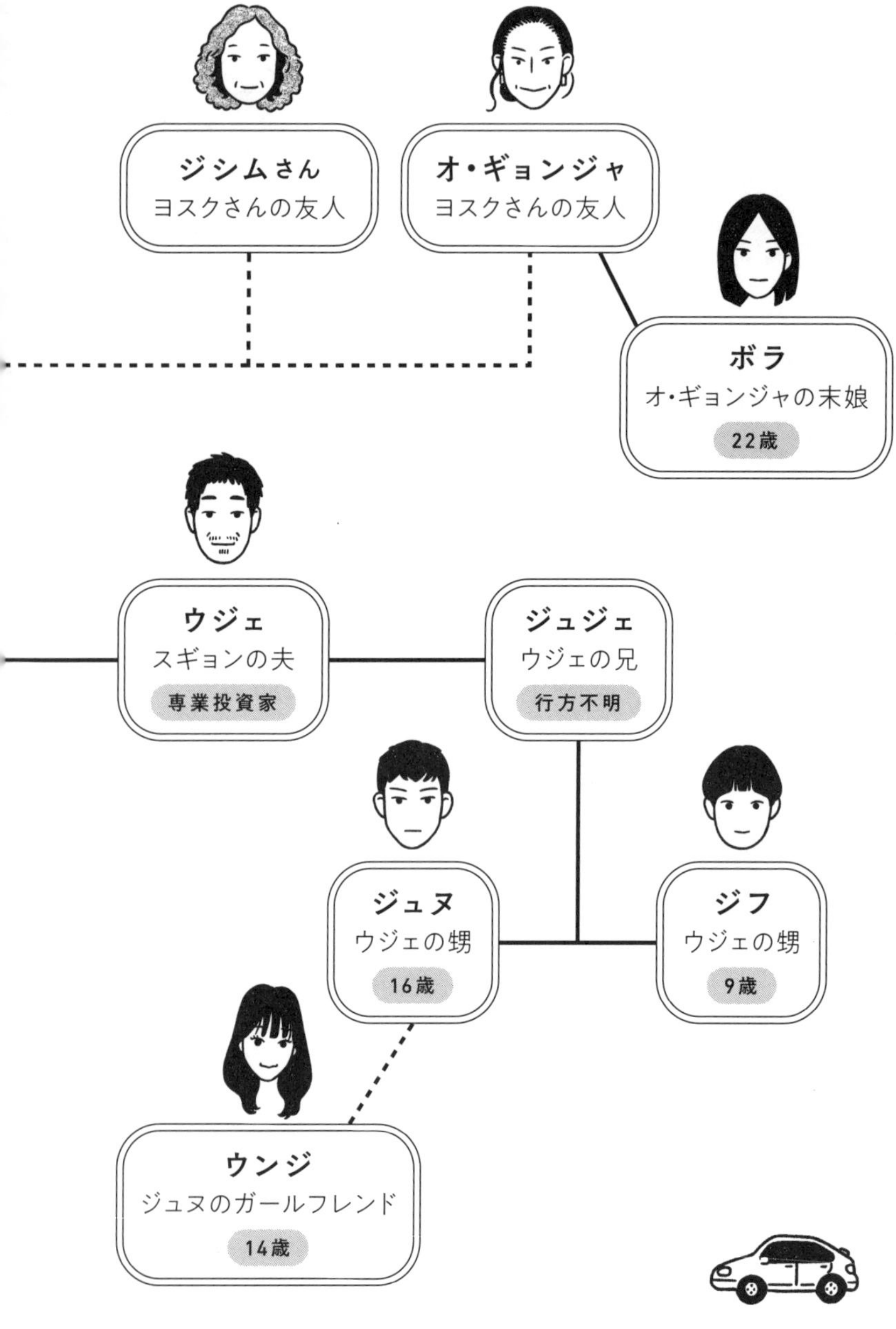

ジシムさん
ヨスクさんの友人
オ・ギョンジャ
ヨスクさんの友人
ボラ
オ・ギョンジャの末娘
22歳
ウジェ
スギョンの夫
専業投資家
ジュジェ
ウジェの兄
行方不明
ジュヌ
ウジェの甥
16歳
ジフ
ウジェの甥
9歳
ウンジ
ジュヌのガールフレンド
14歳

主要人物

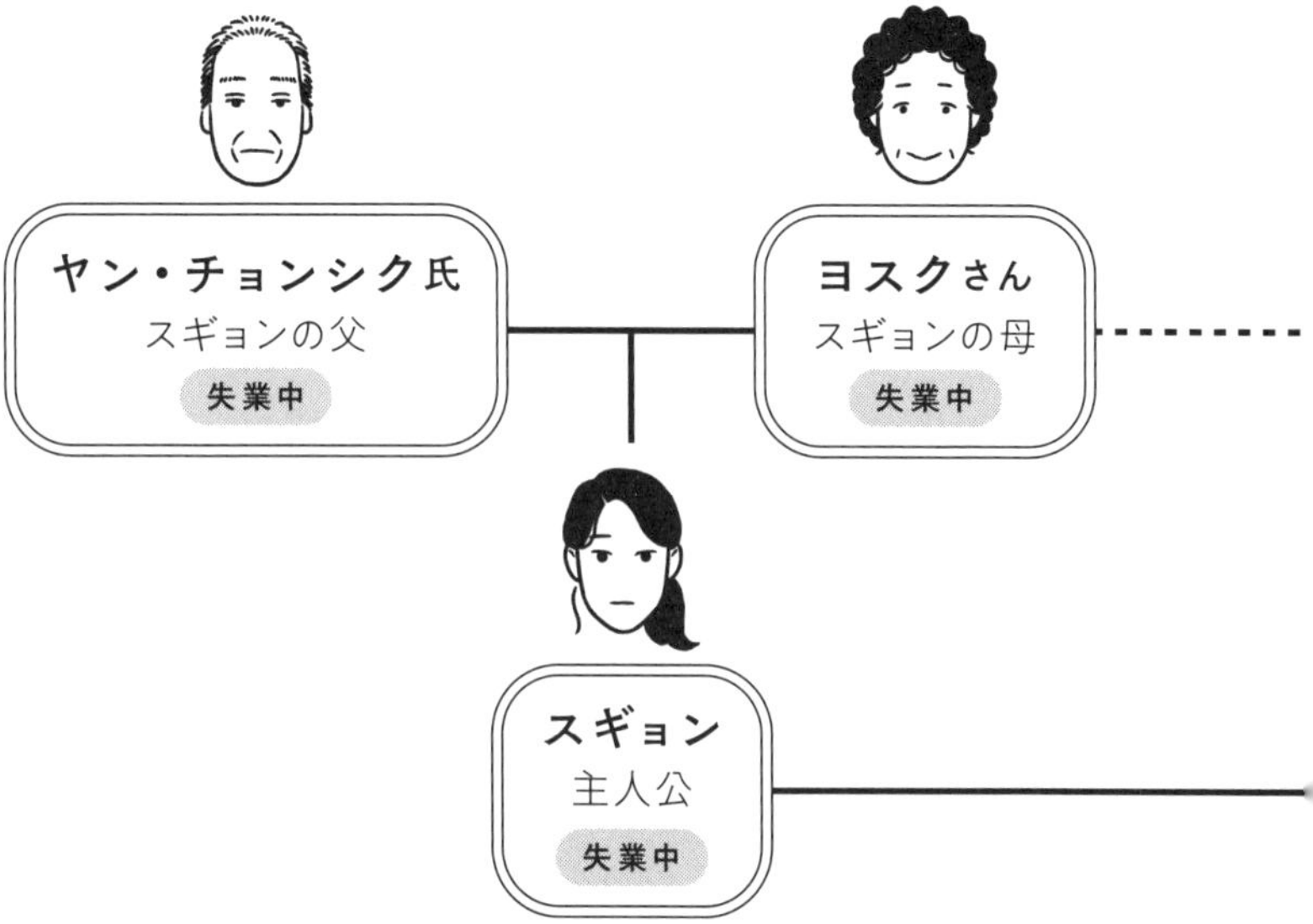

その他の人々

- ハン次長……ウジェの元上司
- チャン・スワン……いかさま投資詐欺師
- クァク・ギョンチョル……ヤン・チョンシク氏の元同僚
- クォン・ハッキ……ヤン・チョンシク氏の友人
- ファン・ボソク……ウジェの友人

第1章

スギョン

「おばちゃんは結婚してるのに、どうして親と一緒に住んでんの？」

困ったことにウンジは時々こういう質問をしてくる。おばちゃんって、なんでいつも家にいるの。おばちゃんの家族は、どうして誰も働かないの。

トウモロコシをウンジに渡すと、スギョンはダイニングチェアに腰を下ろした。毎度のことだが返す言葉がなかった。それでも何か返事をしなくてはと、短くため息をついて口を開いた。

「私にもわからない」

目を見て答えられなかった。実はわかっている。なぜ揃いも揃ってこうなのか、痛いほどわかっている。

「うちの家族って変だと思う？」

ウンジは答えに困っているようだったが、すぐに言った。「いや、私も変だし」

スギョンは反論しなかった。確かにウンジはちょっと変わっている。彼氏のジュヌがいないときも、この家にやってくるのだから。スギョンとおやつを食べ、ひとしきり遊んで帰っていく。意外にもふたりは馬が合った。

「私、また太ったでしょ?」ウンジは毎回こう尋ねる。神経質なまでに体重の変化を気にしているが、その気持ちを理解しているスギョンは毎回こう答える。「いや、変わらないけど」

ウンジはそんなはずないと首を振っていたが、やがてトウモロコシを皿に戻した。いつの間にか粒が姿を消して芯だけになっていた。スギョンが出すものは、なんでもよく食べる。その姿を目にするたびに影のようにつきまとう疑念を、なんとかして振り払おうとした。まさかとは思うが、知らない人にもらった食べ物も何ひとつ疑わず口に入れているんじゃ……。

「おばちゃん、何考えてるの?」

スギョンは正直に答えられなかった。

＊＊＊＊

夕食のテーブルについたのは全部で四人だ。スギョンとウジェ、ジフ、そしてヨスクさん。

ウジェはおかずを見回すと、気に入らないという表情でスプーンを振りながら言った。「また豆腐か」

スギョンが横目で睨んで答えた。「黙って食べれば？」

市場で売っているおぼろ豆腐は千ウォンで三つ買える。これほどの大家族がわずかな額で食べていくには安い食材を使うしかない。わかっているくせに、ウジェはいつもおかずにケチをつけた。

ヨスクさんはご飯を食べながら何度も水を飲んだ。ご飯粒を丸薬のように飲み下す母親のせいで、スギョンは自分まで胃もたれしている気分になる。

「病院に行くとかすればいいのに。なんで食事のたびに消化不良を起こすの？」

「噛む力がないから」

「お義母さん、それはですね、肉を食べてないからですよ。普段から顎を使わないと」。ウジェがスギョンの顔色をうかがいながら話しかけた。

「そうね。もう年寄りだから」。ヨスクさんはとんちんかんな受け答えをすると、自分のご飯を取り分けてジフの茶碗によそった。

九歳のジフは、子どもらしからぬ真面目な顔つきで黙々とご飯を口に運んだ。この家でスギョンの心をもっとも読み取れるのがジフだ。言い換えれば、スギョンの機嫌をつねに気にしているのがジフだという意味になる。

ウジェが尋ねた。「ジフ、お兄ちゃんは？」

「知らない」

「また悪い連中とつるんでるんじゃないよな？」

「なんでこの子にそういうこと訊くの？」スギョンはウジェをたしなめると、甥っ子のご飯の上に卵焼きを置いてやった。

ウジェの実兄のジュジェが行方をくらまして二年、連絡は一度もなかった。同じ時期に離婚したジュジェの妻は新しい家庭を築いている。年に二度ほど子どものようすを尋ねてくるが、それだけだ。養育費は、はなから期待しないほうが良さそうだった。今度の結婚も順調ではない。離婚したときと同じような問題でまたしても行き詰まっていた。「子どもたちには、カナダで元気にやっていると伝えてね」。現在ソウルの踏十里洞《タプシムニ》で暮らしている彼女は、そうスギョンに頼みこんだ。仲が良かったから、義姉妹じゃなくなった今も電話をかけてきたり、そんなお願いをしたりできるんだとウジェは言ったが、そうでないことはわかっていた。子どもたちがここにいるからだし、もしやスギョンが苛めたりしないかと心配しているからだ。

「冷凍肉でもいいから買っちゃだめかな？」どうしても諦めきれないウジェが不満を吐露した。

スギョンが音を立てて箸を置いた。ウジェの肩がびくりと震える。

時が来た。正気に返るときが。大人四人が暮らす家に、金を稼いでくる人間がひとりもいないだなんて……。

もちろん理由はある。四人とも、そうなっても仕方ないだろうという目に遭った。でも、これだけ休めば十分だ。もう四カ月になる。ウジェは四年目だが、同じ時期に仕事を辞めたスギョンとヨスクさんは四カ月。スギョンの父親のヤン・チョンシク氏は詐欺に遭って家を失い、ぶらぶらするようになって二年だ。そろそろ無理やりにでも克服するべき時期だろう。四人とも仕事を見つけて邁進しなくては。所在なげに豆腐なんてかじっている場合ではなかった。

「母さん、父さんは何時頃に帰ってくるの？」

その瞬間、ドアロックが解除される音が聞こえた。すぐにドアが開いてヤン・チョンシク氏がほんのり赤くなった顔で現れると、手に持っていたビニール袋をテーブルの中央に置いた。

「何？」ヨスクさんが中身を漁《あさ》った。ツイストドーナツだった。鶏の丸焼きを期待していたウジェの顔に、途端に失望の色が浮かんだ。

「信じられないくらい美味い」

ヤン・チョンシク氏のコートから焼肉のにおいがした。ウジェが鼻をくんくんさせた。「肉食べてきたんですか？」

「いや、俺は酒だけだ」

「空きっ腹で？」

「サービスの味噌チゲをつまみに」

「どうして肉食べなかったの？」

スギョンの問いに、ヤン・チョンシク氏はドーナツをつまみ上げながら答えた。「俺だけ会費を払ってないから」

そんな空気を読む人だったとは。スギョン同様、ヨスクさんも驚いているようすだった。そんな貧乏くさい台詞を吐くなんて。そう言いたげな眼差しで夫を見つめている。

スギョンはむしろ好都合だと思った。ヤン・チョンシク氏も社会復帰する心の準備は万端のはずだ。親睦会の会費も払えないほどなのだから、もう働かなくてはと考えるのが当然だろう。

「父さん、そろそろ私たち……」

スギョンが言いかけると、玄関のドアが不意に開いた。全員が驚いてびくっとする。ジュヌだ。夕飯の時間に現れることなど滅多にない、上の甥っ子。自分に集中する家族の視線が居心地悪いのか、携帯電話を覗きこみながらリビングにやってきた。

「こんな時間にどうしたの？」

「ウンジは？」

「さっき帰ったけど」

ジュヌが顔をしかめた。行き違ったのかな？　珍しく夕飯の時間帯に帰ってきた甥っ子を、スギョンはダイニングに呼んだ。「ジュヌ、座って。叔母さんね、みんなに話があるの」

ジュヌはおとなしくやってくると座った。貧乏ゆすりをしながら食卓を見回していたが、食べるものがないというように眉をひそめた。

この話を切り出すのがこんなに難しいのはどうしてだろう、そう思いながらスギョンは口を開いた。「私たち……本当に、もう、こんな生活を続けてちゃだめだと思うの」

スギョン以外の全員が顔を見合わせた。何が言いたいのだろうという表情だった。

「お金を稼ぎにいかないと」

沈黙が流れた。

「私なら、もう大丈夫。だからみんなも働きに出よう」

スギョンの言葉に、家族全員が当惑の色を見せた。

予想はしていた。こういう反応を。口に出せずに舌の下でぐるぐる回る言葉の数々。本当に大丈夫なんだろうか、それをいちばん気にしているのだろう。でも、そんな質問は聞きたくも答えたくもなかった。忘れたかった。できるだけ早く。その理由を一言で述べるなら。

「この世でいちばん恐ろしいのはお金だって、ぶらぶらしている間に悟ったの」

本心だった。ＰＴＳＤだのトラウマだのといった話をするには、スギョンは現実的すぎた。貧乏なせいで、あらわにする時間すら与えられない怒りもあるのだ。そして強引にケリがつけられてしまう。

自分の給料でなんとか暮らしていた家族が、少しずつ沈没していくのが感じられた。今すぐとまでは言わないが、一年後には深刻な状況になっているだろう。速やかに自分の定位置に戻る必要があった。でも、自分の定位置って一体どこなんだろう。〈誰〉の隣なんだろう……スギョンは不吉な思いを急いで振り払った。

ウジェが口ごもりながら言った。「でもさ、スギョン、俺はずっと働いてたけど？」

その言葉に全員が笑った。本気でおかしいと言わんばかりに。

＊＊＊＊＊

スギョンは蛍光灯を片手に夜道を歩いた。古着のリサイクルボックスは角を曲がるたびに出現するのに、蛍光灯の回収ボックスはどこにも見当たらない。携帯電話で検索してみようかと思ったが止めた。検索すればすぐ見つかるだろうけど、のんびり楽しむ夜の散歩は台無しになる。

スギョンは商店街を突っ切る道を選んだ。すでに営業を終えた商店街は静かで閑散としていた。アーチ型の屋根で覆われ、照明がついているから夜でも明るいし、あちこちに防犯カメラも設置されていて安心できる場所だった。

安心できる場所。スギョンにとって、それはもっとも重要なポイントだった。でも、その後にはいつも同じ思いが続いた。

そんな場所あるのかな。

家は安全だと思った。だからほとんど外には出なかった。そうしている間にヨスクさんも仕事を辞めて、家にばかりいるようになった。スギョンのそばに居続けた。室長と揉めたのだと言っていたけれど、スギョンは信じなかった。揉めた理由を訊いても教えてくれなかった。ウジェとヤン・チョンシク氏は最初からずっと家にいる人だった。この家ではスギョンが家長で、自身もそんな状況に不満を持ったことはなかった。

いやいや、少し素直になってみよう。

ウジェを見ていると、時々ため息が出るのは事実だった。でも彼が主張するように、あのまま会社勤めを続けたところで、ソウルではまともなマンションなんて望めなかっただろうと、スギョンもわかっていた。その思いは今も変わらない。でも無条件に待つのは無理だった。ウジェは四年間のキャリア中断で会社員には戻れなくなった。中途採用として応募するには経歴がなさすぎたし、新卒として応募するには歳を食いすぎていた。でも彼らには広い家が必要だった。築三十年、十五坪の老朽化した低層マンションではなく、六人で暮らしても余裕のある家が。スギョンの両親が狭いリビングに布団を敷かなくても済む環境だったら、持ち家じゃなくても、場所がどこでも構わなかった。

目標を下げたら気持ちが楽になった。諦めが平和をもたらす時代なのかもしれない。ただ、ここで言うところの平和は白い鳩が飛び回り、五色の風船を手にした子どもたちが芝生を駆け回るようなものではなく、内戦が終わった後の廃墟と化した村に立ち尽くして日没を眺める心情に近い。そんな一風変わった平和の中で、スギョンはもう一度仕事を始めるつもりだった。この決心に至るまで、どんなにつらかったか。

あの日、あの飲み物を受け取って飲まなければ、スギョンの人生は今と異なっていたはずだ。相変わらず楽観の中で、自分の能力を信じて生きていただろう。今はもう何も信じない。安全な場所で、低賃金でもいいから定期的な収入を得ることが、何よりも大事だと思う人間になった。ここで強調すべき点は〈安全な場所〉だ。もう少し欲を言えば、安全な場所で〈危なくない人〉と働きながら、低賃金でもいいから定期的な収入を得ること。でも誰が危なくないかなんて、絶対にわかりっこないはず。そう決めつけるようになってしまった。誰が危なくて誰が危なくないか、自分には永遠に区別なんてつかないはずだと。区別しようと思った瞬間から、誰のことも信じられなくなるのは確実だから。

不信の中で生きていく人生が地獄だとは感じない。当然だ。不信を握り、信頼を手離すべきだ。さっさとそうするべきだった。

毎日顔を合わせていた同僚が、会社では笑顔で傘を貸してくれ、転がり落ちたタンブラーを拾ってくれ、冗談を言い合い、嘘泣きしながらオーバーワークを嘆き、新装開店した会社近くの食堂の悪口を一緒に言っていた同僚が、会食で飲みすぎたスギョンにつけ込んでゾルピデム［睡眠導入剤］を混ぜた飲み物を差し出し、隣に座って寝入るのを待っていたという事実。あれをどう信じたらいいのだろう。でも現実に起こったのだ。ほかでもないスギョンに。熟睡してしまったあの晩を思い返すたびに、脳の血管が膨れ上がる気分だった。圧力に勝てないほど膨れ上がって、パンと破裂してしまいそうだった。

彼はいつからゾルピデムを持ち歩いていたのだろう。留学中の妻の話になったとき、自分は不眠症になって薬を飲んでいるのだと言っていた。あのとき、彼を警戒するべきだったのだろうか。

会食は急遽決まったものだった。予定されていたスケジュールではなかった。彼はどの時点で計画を立てたのだろう。スギョンがチーム長の勧める焼酎のビール割りを断らずに六杯飲んだときから？　スギョンがゲームに負け、泣き真似をしながら八杯目のビール割りを一気飲みしたときから？

あの日、彼らはひどく浮かれていた。スギョンが新しい取引先の契約を取りつけ、チーム長は彼女の能力を認めた。会社の主力製品である環境にやさしいキッチン用品が、有名ショッピングモールに納品されると決まった日だった。同僚だった彼も素晴らしいと親指を立てた。スギョンの思慮深く几帳面な性格が役に立ったのだろうと言った。相手を信頼させる魅力があるとも。全員が酔っていて、彼も酔っていた。スギョンが覚えている最後の彼は、トイレにゆっくりと歩いていく後ろ姿だった。

そういう楽しい雰囲気の中で、どうやってあんな真似を思いつけたのだろう。

もちろん理解できなかったし許せなかった。何を言われても絶対に許したくなかった。ところが彼は許しを請うた。執拗に請うた。彼の犯罪は、意識を失ったスギョンを背負ってやってきたのを不審に思ったモーテルの女主人の通報で、最終的には未遂に終わった。彼はスギョンは意識を取り戻してからも、すぐには何が起こったのか把握できなかった。彼はスギョンの前でひざまずいて詫びた。決してそんなつもりではなかったと否認した。とても疲れているようだったから、眠ってしまったから、モーテルに連れていっただけだと。だが体内から検出されたゾルピデムは、どう見てもスギョンのものではなかった。彼のものだった。

彼が会社に来て謝罪しようとするかもしれない、結局その思いが頭から離れなくて退職することになった。二度と顔も見たくなかったし、声も聞きたくなかった。隣に座っていた同僚だからこそ、なおさらショックが大きかった。ここに訪ねてくるかもしれないという不安を、いつも抱えて生活していた。自分の居場所は絶対に知られたくなかった。死ぬまで知られたくなかった。でも会社に通い続けるとなると、それは不可能だ。スギョンがどこで何をしているか、彼はあまりにも知りすぎていた。何時から何時まで会社にいるかを知り尽くしていた。

結局は辞表を提出した。チーム長はどことなく安堵した表情だったし、チームのメンバーのあいだに広がっていた緊張感や静寂も、その瞬間からもとに戻った。氷だったというわけだ。毒薬がぎっしりつまった氷。溶かすわけにもいかないし、だからといって凍死するまで抱えているわけにもいかない氷、スギョンはそういう存在だったのだろう。退職することにして、はじめて気づいた。

辞表を出す前日、スギョンは渡された飲み物をじっと見るだけで受け取らなかった。チーム長は気まずそうに手をひっこめた。全員が困ったような顔でスギョンの表情をうかがった。彼らの視線に、これまでにない隔たりが見え始めていた。もう、ここにはいられない。チーム長は辞表を受け取るときも、何も訊いてこなかった。お疲れさまと言うだけだった。スギョンから潜在的な犯罪者扱いをされたことに、ひどく気分を害していた。

克服は映画だから可能なのだ。現実では不可能だ。現実では克服するのではなく耐えることになる。歯を食いしばって堪えることに。あの一件に埋没して生計を放り出すわけにはいかないから、忘れたフリをしているだけなのだ。

食べさせなきゃいけない家族がいなかったら……。

女性の家長という自分の役割に不満を感じたことはないけれど、性犯罪を恐れる女性の家長という状態には不満があった。性別によるリスクを克服できない自分を責めた。加害者の狂気と暴力性を責めようにも理解不能だったから、むしろ自分を責めるほうが簡単だった。

検索ボックスに〈睡眠薬〉と入力すると溢れ出てくる犯罪の記事を、スギョンは一つひとつ読んでみた。飲食物を渡すという善意に込められたおぞましい悪意は至るところに存在した。塾の講師がくれた飴を食べて眠ってしまった子ども、試飲用のジュースを飲んで倒れた住民、面接官にもらったビタミン飲料を飲んで眠りこんでしまった求職者、恋人に勧められたお酒を飲んで意識を失った女性。動画や写真を撮られたケースもあった。そういう被害者の苦しみは察するに余りある。

これらに共通するのは善意を装った犯罪、しかも信用できると思っていた相手による犯罪という点だった。この世がこれほど危険な場所だなんて、スギョンは自分が被害に遭うまで知らなかった。いや、自分では知っていると思っていたが無知も同然のレベルだったのだろう。

あの日に戻れるとしたら、今度はナイフで彼を刺して殺そう。こんな怒りを抱えて生き続けるよりは牢屋に入るほうがマシだ。

でもそうしたら、誰がうちの家族を食べさせるのだろう?

スギョンは商店街を抜けて路地に差しかかった。回収ボックスは日付が変わるまでに見つかりそうもなかったので、やはり携帯電話で位置を確認することにした。さっき通り過ぎた住民センターの近くに設置されていた。見逃してしまったのだ。

蛍光灯を捨て、ぱたぱたと手をはたいた。二箱以上はありそうな量が置かれていて回収ボックスはいっぱいだった。こんなに多くの人が寿命を終えた蛍光灯を捨て、新しい蛍光灯で部屋を照らしているとは。

周期的に蛍光灯を交換するように、人間の生活も暗くなっていくタイミングで明かりをつけるべきなのかもしれない。生活とは光を発する場所ではなく、反射する場所なのだ。そして光とは、光は……なんだろう。子どものいないスギョンは友人たちのように、ずっと子どもを思い浮かべることができなかった。私にとっての光ってなんだろう。人生を明るく照らしてくれる光。

お金だよね。

親の病院代に甥っ子たちの学費。広い家とバランスのいい献立。中型車と家族旅行。これが私の望みなの？　いや、違うとスギョンは首を振った。そのくせ、それが欺瞞だともわかっていた。本音ではずっとそういうものが欲しかったし、今もまた欲しがっている。そうじゃなかったら、お金なんて稼ぐわけがないじゃない。

スギョンは心に誓った。一歩だけ踏み出してみようと。

＊＊＊＊＊

ヨスクさんがぼうっとした顔で便座のふたの上に腰掛けていた。居眠りしていたのか、眠そうな目をしていた。

「ずいぶん遅かったね」。ヨスクさんは欠伸をしながら言った。家の中は静まり返っている。ヤン・チョンシク氏はリビングで小さく鼾をかきながら眠っていたし、ウジェは海外先物取引の真っ最中のはずだった。

「母さん、どうしてこんなところにいるの？」

「やたら声が聞こえてくるから」

「誰の声？　ウジェ？」

ヨスクさんはうなずく代わりに、かすかに微笑んだ。ウジェは海外の取引所が開かれる時間に合わせて先物取引をするが、時差の関係で深夜になることが多く、損するたびに思わず声を張り上げていた。

「ジュヌは？」

「まだ帰ってない」

「ジフは？」

「宿題して寝た。誰に似たんだか、ほんとに良い子ね」

ウジェは十歳違いの兄とふたりで暮らし、彼の作ったご飯を食べて育った。その兄によると、幼い頃のウジェは本当に良い子できちんとしていたらしいが、ジフはウジェに似たのだろうか。ふたりともどんなに観察しても攻撃性の〈こ〉の字も見当たらないし、万事において楽観的だ。

リビングに行こうとしたヨスクさんがふり返って言った。

「ウジェ、今日はたくさん損したみたい。何しろうるさくて……」

スギョンは何も答えずに手を洗って出てくると、考えこむような顔でダイニングチェアに腰を下ろした。リビングに布団を敷いて眠るヤン・チョンシク氏が見える。ヨスクさんが静かにやってきて隣に座った。

母娘《おやこ》はヤン・チョンシク氏の背中を眺めた。滅多なことでは起きない人だから、声を潜めなくても目を覚ますことはないのがせめてもの救いだが、音に敏感なヨスクさんのような人がリビングで寝るのは無理があった。ジフとジュヌは自分たちがリビングで寝ると言ったが、成長真っ盛りの青少年から部屋を奪うような大人はいなかった。ウジェが主寝室を明け渡そうとしたときも、ヤン・チョンシク氏は頑として拒絶した。

ヨスクさんが口を開いた。「もう食堂の仕事もできなさそう。調べてみたけど、朝鮮族〔中国国籍を持つ朝鮮系の中国人。中国国内では少数民族の一つとされる〕のおばさんたちが独占してるの。仕事はできるし給料も安くて済むから、こっちは相手にならない」

「朝鮮族じゃなくて在中同胞」

「食堂では、みんな朝鮮族って言ってるけど？」

スギョンは黙った。指摘したところで、在中同胞のおばさんがヨスクさんに仕事を譲ってくれるわけでもなかった。

「いつ行ったの？」

「先週いくつか回ってみた」

「じゃあ、この先どうするつもり？」

「また掃除の仕事に戻るしかないでしょ、もう。歳も歳だし、手に職があるわけでもないし、何もないんだから」

スギョンはなんと答えればいいのかわからなかった。自分も手に職があるわけでもないし、何もなかった。なぜ母娘揃って、こんなことになってしまったのだろう。

「総菜屋は相変わらず混んでたよ。こんなに不景気なのに、みんな総菜は買って食べるみたい」。ヨスクさんはシワだらけの手の甲と、手のひらに見入りながら言った。ちらっと見ただけでもザラザラしているのがわかった。水のせいだとヨスクさんはよく口にしていた。水って本当に恐ろしいんだから、ほら見て、手がこんなになっちゃったと。

スギョンは、その手のひらをぼんやりと眺めて答えた。「総菜屋さんでもやってみようか」

母娘の顔が一斉に曇った。ふたりとも料理の腕前はイマイチだった。

「難しいと思う。生まれつきの料理上手ってわけでもないし……」

スギョンは携帯電話を手にすると、検索ボックスに〈バイト〉と入力してみた。彼女もよく知る多種多様な業務がずらっと並んだ。なかでも配達のバイトがやたら目についた。

「配達の仕事をやってみようか?」

「何をやるって?」

「宅配ドライバーみたいに荷物を運ぶ仕事」

「あんたにできるわけないでしょ」

「自分の車で運ぶこともできるんだよ。やりたい日だけでいいし」

スギョンは先週に町内で見かけた光景を思い出していた。五十代前半とおぼしきおばさんが段ボール箱をぎっしり積んだ車でやってきた。荷物を下ろすまで配達業者だとは気がつかず、なんであんなに買ったのかくらいに思っていた。おばさんがスギョンの暮らす低層マンションに荷物を置いて出てきたとき、ようやく理解した。あ、配達だったのか。

他人と密につながる業務がなく、正確な住所に荷物を届けさえすればいい仕事。スギョンは配達についてほとんど何も知らなかったが、明らかな長所から見えてきた。隣の同僚がどんな人間なのか戦々恐々とする必要はなさそうだ。会食の席で酒の入ったグラスを前に、恐怖におののく必要もなさそうだ。

考えこんでいたヨスクさんが口を開いた。「一緒にやろう。ひとりで行かないで、一緒に」

スギョンは黙っていたが、最後にはわかったと答えた。ひとりで行かせてくれるだろうとは、はなから思っていなかった。ヨスクさんが仕事を辞めてひたすらスギョンの傍らにいようとする理由なら、誰よりも理解しているから。でもヨスクさんはカンガルーではないし、スギョンもおなかの袋には入れない。いつかはヨスクさんから離れ、またひとりで歩かなくてはならないし、お金を稼がなくてはならない。娘を守ろうという母心はわからなくもないが、この都会で生きていくのはそう簡単ではない。ヨスクさんも近いうちに娘から離れ、稼ぎに出なくてはならないのは同じだ。それぞれ自分の役割に応じた仕事をこなす義務があるのだから。スギョンは強調した。「初日だけ一緒に行こう」

「なんで?」

「見たらわかるはず。危険な仕事じゃないってことが」

スギョンは自分も確信しているわけではなかったが、そう答えた。

＊＊＊＊＊

「うわあ！　あそこ、梨の木の果樹園だ」。ヨスクさんが手を叩いて言った。その何がすごいのかわからないスギョンは黙々と運転した。

「梨の花ってすごくきれいなんだから。知ってた？」

「知らない」

答える声に硬さが感じられる。ようやく自分がヨスクさんよりも緊張していることに気がついた。ヨスクさんは気にするようすもなく、路肩を指差しながら弾む声で言った。「蚕を売ってくれるって。あそこに書いてある。蚕の養殖って儲かるのかな？　家の中でも育てられると思う？」

「家で育てられるわけないでしょ」

スギョンは以前に読んだ記事を思い出した。農家に転職して養蚕《ようさん》で莫大な利益を手にした人の話だったが、写真の背景に見えていた養蚕場はものすごい規模だった。これからは昆虫のタンパク質が脚光を浴びる時代が来るはずだ。大体そんな感じのヘッドラインだったが、ウジェに教えてあげたら、昆虫食のビジネスを推進している企業の株を買わなくてはと大騒ぎだった。当時も今もウジェの関心はそっち方面にばかり向いている。にもかかわらず収益率が最低のままなのは不思議だが。

「着いた」

非保護左回転「韓国は右側通行なので左折時は左折信号を確認するが、非保護区間では直進信号のときに左折できる」の区間から未舗装の進入路に向かってハンドルを切った。白い土埃が舞い上がる。道路の行き止まりにサンドイッチパネルで建てられた物流センターが見えた。切妻屋根に巨大な出入口が両側に設置されている殺風景な場所だった。

「こうなってるんだ」。ヨスクさんが車の窓に顔を押しつけて言った。「うちらしかいないみたい」

ヨスクさんの言葉どおり、センターに向かう車両は一台も見当たらない。スギョンはゆっくり車を走らせながら入っていった。格納庫のような大きくひんやりした空間へと吸いこまれていく気分だった。

どこからか蛍光色の安全ベストを身につけたスタッフが走ってくると、安全棒を振りながら誘導してくれた。駐車を終えたスギョンは周囲をきょろきょろ見回した。三、四台の車両が見えたが、全体的に閑散とした風景だった。予想外だった。

「この先はどうすればいいの？」ヨスクさんがふり返って訊いた。

「母さんはここにいて」

スギョンは車から降りた。遠くにふたりの男性が並んで座るデスクがある。ノートパソコンを広げているところを見ると管理者らしかった。

「こんにちは」。スギョンは近づくと緊張の面持ちで挨拶した。ひとりは二十代、もうひとりは四十代半ばくらいだった。彼らはスギョンの顔をちらりと見た。一、二秒ほど。お互いの顔を認識する作業は重要ではないという確然たる態度が感じられた。

管理者は身元と車種、アプリで申請した個数などを確認すると、スギョンが担当する荷物が載ったカゴ台車の番号をメモ用紙に記入して寄こした。手続きは五分もかからなかった。バーコードを読み取り、残荷がないか確認を終えて出発の許可をもらい、配達に向かえばよかった。一連の過程はシンプルだった。質問のしようがないほどだった。管理者に見つめられることもなかった。個人的な興味の一切ない視線と態度だった。スギョンはその時点で、すでに配達の仕事を気に入っていた。

メモ用紙を持って戻ると助手席はもぬけの殻だった。周囲を見回すと、別の車の横にヨスクさんはいた。母さんと大声で呼ぶのも照れくさくて、そこまで早足で歩いた。

「母さん、ここで何してるの?」

ヨスクさんは大歓迎するような口調で言った。「私たちと同じ、今日はじめて来た方がいるの」

両手に白い手袋をはめ、今からもう疲れた顔をしている中年女性の車はアウディだった。スギョンは目を丸くして観察した。傷ひとつなく艶々だ。こんな外車を転がして、一個あたり千ウォンにもならない荷物を配達しにいくなんて。ヨスクさんは声を潜めることもなく続けた。「退屈なんで来てみたんだって」

中年女性は息が切れるのか、呼吸を整えながら地面に積まれた荷物を見つめていた。さほど多くもなかった。それなのに中年女性の髪はすでに乱れ、口元に見える苛立ちが消えることはなかった。

「娘さん?」中年女性は尋ねてきたが、返事を聞くつもりはないと言うように、ゆっくりとした足取りで荷物を取りにいった。段ボール箱一つを持ち上げるのに全身のエネルギーを総動員しているかのようだった。あんなペースでは今日中に出発できないんじゃないだろうか。

ヨスクさんは放っておくことにして、スギョンはカゴ台車を探しにいった。管理者が書いてくれた番号のカゴ台車には荷物がぎっしり積まれていた。その瞬間、急に怖くなった。今日中に配達が終わらなかったらどうしよう、そんな人っているのかな、もしかすると初の終わらなかった人になっちゃうかも、そんな思いがひっきりなしに頭をよぎった。

車に戻ったヨスクさんの顔は非常に明るかった。スギョンはバーコードを読み取っていたが、体を起こして訊いた。「母さんはさ、ここに遊びにきたの?」

「あのおばさんもね、知り合いはひとりもいないんだって」

「やっぱり遊びにきたんだね」

ヨスクさんにとっては仕事場で仲間を作るのが緊急の課題かもしれないが、スギョンはこの先もそんなつもりはなかった。仕事だけしていたかった。できるだけ他人とは関わらずに。

スギョンは中腰になって送り状のバーコードを配送アプリのカメラで読み取っていった。

「それ、何？　えっ？　何をしてるの？」ヨスクさんが今頃になって並々ならぬ関心を示してきた。

「これでバーコードを読み取るの」

「私がやろうか？」ヨスクさんが手を伸ばしてきた。スギョンは首を振った。「私がやるから」

「じゃあ、私は何をすればいいの？」

「母さんは……」スギョンは周囲を見回した。母さんは何をすればいいんだろう。どんな仕事を頼もうか。スギョンが答えられずにいると、ヨスクさんはウエストポーチから取り出したゴム手袋を両手にはめて言った。「あそこ、拭こうか？」

ヨスクさんが指差すほうをふり向いてみた。誰かが床にコーヒーをひっくり返したようだ。でも、それをどうしてヨスクさんが拭かなきゃいけないのだろうか。

「なんで母さんが拭くの？」

「誰かが踏んだらいけないかと……」。ヨスクさんは言葉を濁すと、ゴム手袋を外してウエストポーチにしまった。配達の仕事なのに、どうしてゴム手袋なんて用意してきたのだろう。長いこと清掃スタッフをやってきた人の習慣なのかもしれない。どんな場所であれ、ゴム手袋は必須だという思考。掃除をする人がつねにいなくてはならないという確信。そして、これぞまさしく自分のポジションだという確かな予感。規定外の仕事もこなせば、上司から好印象を持たれるかもしれないという時代遅れの態度。組織への忠誠を全身でアピールするのが習慣化した行動。でも組織なんて、どこまでも予測不可能な場所だ。それに、ここは組織とも言えなかった。明日になれば無関係の場所にもなり得るのだ。

「じゃあ、こっちをお願い」

スギョンは携帯電話を渡した。ヨスクさんは大喜びで受け取った。こうすればいい？　近づけるの？　ちょっと離してやろうか？　バーコードがうまく読み取れない。挙句の果てにはよく見えないと言い出し、ウエストポーチから老眼鏡を取り出した。

「それが見えないの？」

「うん。よく見えない」。素直に答えたヨスクさんだったが、ついにバーコードの読み取りに成功するとふり返り、スギョンに向かってにっこり笑ってみせた。

＊＊＊＊

最初の配達エリアは物流センターからさほど遠くないマンション群だった。スギョンはゲートの遮断機の前で呼び出しボタンを力強く押した。

——はい、ご用件は？

言葉がすんなり出てこなかった。一呼吸遅れて宅配ですと答えた。すぐに遮断機が上がった。隣で息を凝らしていたヨスクさんがようやく微笑んで言った。「私たち、宅配業者らしく見えたんだ」

スギョンも同じ思いだったが表情には出さなかった。気が急《せ》いていた。マップを確認してから二〇三棟の地上駐車場に車を停めた。配達する荷物がいちばん多い棟だった。サイドブレーキを引くと同時に、まずヨスクさんが降りた。

「母さん、私が探すから。よく見えもしないのに」

ヨスクさんはそのあいだに老眼鏡を鼻にかけていた。

二〇三棟で配達する六個のうち、一つが見当たらなかった。八〇四号室のカン・ミヨンさんが注文した品物だった。車内を探し回った末に、助手席の下に転がり落ちているのを見つけ出した。探すために半分近い荷物を車から出さなくてはならなかった。配達の動線を考え、その順番どおりに荷物を載せる必要があることに、スギョンはこのときはじめて気づいた。

「母さん、私ってほんとにバカだ。どうして何も考えないで積んじゃったのかな？」

「最初は誰だってそうでしょ」

ヨスクさんはスギョンを慰めていたが、やがて荷物を抱きかかえると、二〇三棟の第四エリアの出入口へと勇ましく歩いていった。

脊髄・関節病院の清掃スタッフになる前、ヨスクさんは腸詰工場とコダリ定食［コダリは半乾燥させたスケトウダラを辛い合わせ調味料で蒸した料理］を出す食堂に勤め、夏のあいだは海岸でゴミを拾う仕事もしていた。当時のヨスクさんは離婚すると大騒ぎしている最中で、海岸沿いにある友人の家に居候し、海水浴場がオープンするシーズンはゴミ拾いをしていた。スギョンが連れ戻しにいかなかったら、本当にヤン・チョンシク氏と離婚して海辺の村に定住していたかもしれない。

共用玄関の前でインターホンを押すヨスクさんの後ろ姿を見ながら思った。あのとき離婚しなよと放っておいたら、母さんは今どんな暮らしをしているのかな。

＊＊＊＊＊

送り状には〈不在時は置き配〉と印刷されていた。それは不在だと必ず確認してからドアの前に置くという意味だ。配達員として守るべき顧客との約束なのだ。

スギョンはチャイムを鳴らしてしばらく待った。だがドアの向こうに人の気配はなかった。玄関ドアの前に白い封筒を下ろし、配送アプリを開いて写真を撮った。そのあいだにヨスクさんは他人《ひと》の家の玄関を観察しながら、ぶつぶつひとり言を言い続けていた。あらあら、この家はなんでこんなに荷物が多いんだか。何これ。死んでるじゃない。植木が枯れてる。こんなとこに自転車なんか置いたら通れないでしょ。この家はなんでチャイムを取っ払っちゃったんだか。なんか犬のおしっこ臭くない？

ひっきりなしにしゃべるヨスクさんと正反対にスギョンは口をつぐんでいたが、とうとう尋ねた。「母さん、面白い？」

言葉にトゲを感じたのか、ヨスクさんは答える代わりに決まり悪そうに笑った。

エレベーターを待つ間にセンサーライトが消えた。母娘は闇の中にぼんやりと立ち、ただ静かに息を吐いていた。疲労の兆候だった。

「スギョン、あの子たち水飲んでるよ」

ヨスクさんが指差すほうを向いた。二羽の鳩が水たまりにくちばしをつけている。

「鳩にも水を飲む時間はあるっていうのに、どうして私たちにはないんだろうね」

その言葉を聞いたスギョンは手袋を外してポケットにしまった。三番目の配達エリアにちょうど着いたところだった。新築でとてもきれいな、大学のキャンパスのように敷地の広いマンションだった。

「公園みたい、ねえ」。ヨスクさんがぐるりと見回して言った。ちょうど同じことを思っていたところだった。近郊でもっとも高額なマンション群のはずだ。

「こういうところって、どれくらいするものなの？」ヨスクさんが手をかざしてマンションのてっぺんを仰ぎ見ながら尋ねた。スギョンは答えずに弁当箱を持って公園のベンチに向かった。価格を教えたら、ヨスクさんは仰天してひっくり返るかもしれない。

ふたりはベンチに並んで座ると昼食を食べた。シシトウとジャコ炒め、蒸しナス、卵焼き、千切り大根のナムル、キムチ。ヨスクさんが早起きして詰めた弁当だ。スギョンはニンジンと小葱を入れた彩りの美しい卵焼きをつまみ上げた。家族全員の大好物だった。

「おいしい？」

スギョンはうなずいた。

「なんでそんなに静かなの？」

「疲れたから」

スギョンはそう言ってすぐに後悔した。この仕事をやってみようと言ったのは自分だったから。ヨスクさんはここにいる必要のない人だ。ヨスクさんはヨスクさんが得意な仕事をしたほうが良さそうだ。

「できそう？」

スギョンは弁当箱を置いた。喉がぎゅっと詰まるような気分だった。

「できるって」

ヨスクさんは信じられないという表情でスギョンを見た。

「母さんも見てたじゃない。チャイムを鳴らしても、ほとんどの家は留守だって。人と話す業務もないし、荷物だけ配達してればいいんだから。もっと早くからやればよかった」

「つらくはない？」

「大丈夫。平気」

「さっきは疲れてしゃべれないって」

「母さんがしょっちゅう話しかけてくるからイライラしてたの」。スギョンは心にもないことを言った。こういう会話は一度や二度ではなかったから、母娘は取り繕うことなく沈黙で行間を作った。そうしておけば過去の話になる。お互いが吐いたとげとげしい言葉や苛立ちに、大げさな意味を持たせる必要がなくなる。

「もっと食べなさい。残さないで」

ヨスクさんに言われ、スギョンはまた食べ始めた。

「ジシム、知ってるよね？」

スギョンはうなずいた。

「ジシムから久しぶりに連絡があったの。離婚しないまま楽しくやってるのかって」

「今でもあそこに住んでるの？」

「うん。ジシムね、ちょっと具合が悪かったみたい」

「どこが？」

「どこって……」

スギョンはそれ以上尋ねず、ヨスクさんも答えなかった。

「一度ね、行ってこようと思って。海も見たいし」

「うん。そうしたら」。スギョンはそう言うと弁当箱のふたを閉めた。汁物がないと、ご飯が喉を通っていかない。ヨスクさんも同じなのかゲップしていた。「私も還暦すぎたし」

「私もじきに四十歳になる」

「えっ、いつの間にそんな歳になったの？」ヨスクさんが本当に不思議そうに訊いた。スギョンは思わず笑ってしまった。

そうそう、しかめ面で働いたからって、今より稼げるわけでもないんだし。よくよく考えてみると、今日の悲哀は必ずしも今日のものとは限らない。過去の悲哀が境界線を越えて今日の悲哀を侵食していることからも、両者が無関係なのは明らかだ。だから、あの悲哀とは一線を画すべきだ。

弁当箱を片付けて車に置くと手袋をはめた。

出し抜けにヨスクさんが叫んだ。

「やだ、ちょっと、指輪がない！」

エレベーターの中、駐車場の地面、ベンチの下、トイレの個室と洗面台……。どこにも見当たらない。なんの宝石もついていない、ありふれた金の指輪だった。あちこち傷だらけで少し凹んでもいる指輪。

「外したの？」

ヨスクさんはううんと首を振った。指輪を失くしたことに気づいたヨスクさんの顔から表情が消えてしまった。

「よく思い出してみて。落ちる音が聞こえなかったか」。スギョンはヨスクさんの手袋を裏返しながら言った。この中におとなしく隠れているかもという期待はすぐに打ち破られた。ふたりはマンション群から離れることもできず、呆然とした顔でベンチに座っていた。

「サイズを直しておくべきだったのに、一大事になっちゃった」

「大きかったの？」

「最近痩せたせいで少し緩かったの。でも、そのままにしてた。石鹸を使うときだけ気をつければいいと思って」

スギョンは小言を言いかけたが、ぐっと堪えた。十八金の指輪だが結婚指輪ではなかった。結七宝焼きのそれは、かなり前にヤン・チョンシク氏が質屋に預けたきり戻ってこなかった。結納品の腕時計も同じ道をたどった。ダイヤモンドとまでは言わないから、質屋にある七宝焼きの指輪だけは引き出してくれたらと、ヨスクさんは口ぐせのようにくり返したが、永遠に戻ってくることはなかった。忘れた頃にヤン・チョンシク氏が金の指輪を買ってきた。年末の会食から戻ると、ほんのり赤くなった顔でヨスクさんの指にはめた。貧相だな。スギョンの目にはそう映った。ルビーとか真珠、もしくは模造ダイヤでもいいから、石のついた指輪を買うべきじゃないと嫌味を言ったが、ヤン・チョンシク氏は意に介さなかった。ヨスクさんの口元がにやついていた。笑いがこみ上げてくるのか、何度も手で口を覆っていた。ヤン・チョンシク氏は指輪をはめてあげると、そのまま床で鼾をかき出した。翌朝になるとボーナスをはたいて女房に金の指輪を買ってしまった自分に愕然としたが、酔った勢いでの失態だったにしては効果てきめんだったので黙っていることにした。ヨスクさんはその日から七宝焼きの〈し〉の字も口にしなくなった。

「もう一度よく考えてみて、母さん。指輪が地面に落ちたら音がするはず」

ヨスクさんは記憶をたどりながら言った。

「聞こえなかった。いや。聞いた気もするし。ううん。そんな音はしなかった」

スギョンはため息をつき、ヨスクさんはこんなことをしている場合ではないと立ち上がった。

正門にある警備室の前に着いたヨスクさんは、ためらうことなくガラス窓を叩いた。警備員が外に出てきた。

「金の指輪を失くしました」

警備員はきょとんとしていた。口は半開きで下っ腹を突き出して立ったまま、ヨスクさんとスギョンの顔を交互に見つめた。

「もし見つけたら連絡してください」

ヨスクさんは携帯電話を取り出すと、警備員に電話番号を尋ねた。

「お住まいの方ですか？　何棟の何号室ですか？」

スギョンはとっさに自分たちの身なりを見回した。

「あっちの……端っこの棟に住んでいます。おじさん、指輪が見つかったら連絡ください」

「何棟の何号室なのか言ってくだされば、インターホンでご連絡します」

スギョンは素早く知恵を絞った。

「家にはほとんど誰もいないんです。お手数ですが携帯電話に連絡をお願いします」

堂々と話す姿に疑いも薄れていったのか、警備員は何番ですか？　と尋ね、スギョンはすかさずメモ用紙をくださいと頼んだ。そしてウジェの電話番号を書いた。いつでも電話に出られる人だから。いつでも家にいる人でもあるし。

警備員は差し出されたメモ用紙を見もせず、ズボンのポケットに突っこんだ。

「ところで、どういったわけで失くされたんですか？」

ヨスクさんは黙ってかすかに微笑んだ。困った事態になるたびに、いつも習慣のようにこういう表情をしてきたのだろうとスギョンは思った。

車を出発させながらスギョンが言った。「母さん、あんまり心配しないで。ここの人たちはお金持ちだから、指輪を拾っても返してくれるはず」

「スギョン、知らないからそんなこと言うんだろうけど、お金持ちのほうががめついのよ。本物の金だって知ったら絶対に返してなんてくれない」

ヨスクさんのあまりに断固とした口調に、スギョンは反論できなかった。

金の指輪を拾っても持ち主に返してあげる心みたいなものを、スギョンに理解できるはずがなかった。自分はそっち側の人間ではないのだから。ヨスクさんも同じだ。ヤン・チョンシク氏も、ウジェも、ジュヌも。おそらくジフだけが、そっち側の人間なのだろう。正直に返すはずだ。でも十年後のジフもそうするだろうか、指輪を返してあげるような人間になってほしいと願っているのかと訊かれたら、そうだと答えられる自信がなかった。

「それで、そのまま帰ってきたのか？」

腕組みをしたヤン・チョンシク氏が険しい表情でヨスクさんを睨んだ。ヨスクさんは肩をすぼめた。

「私たちだって、できることは全部やってきたんだから」。遅い夕飯を食べながらスギョンが反論した。ヨスクさんは食欲がないと言ってリビングの床に座り、しきりに足の指をもぞもぞさせている。靴下に穴が開いていた。それもそのはずだ。一日中せかせかと走り回ったのだから。スギョンはヨスクさんの靴下の大きな穴を見ながらご飯を食べた。

「まったく、あれを失くすなんて、どんだけぼんやりしてるんだ、指輪だぞ！　もう仕事には行くな」

ヤン・チョンシク氏はヨスクさんを叱り続けた。顔が少しずつ若返っていく。どうにかしてヨスクさんをこらしめてやりたかったところに、こんな事件が起こったので浮き浮きしているといった表情だった。悔しさもあるだろうが、それよりもヨスクさんのミスを指摘して威張ることに集中しているらしかった。スギョンは食事を済ませて食器を洗い終えると、まだ責め立ているヤン・チョンシク氏に向かって言った。「父さんは、仕事探してみたの？」

静寂が流れた。

気配をうかがいながら、ぎこちない空気が父娘《おやこ》のあいだをそうっと通り過ぎていった。

何も答えないヤン・チョンシク氏から視線を移し、スギョンは裁縫箱を取りにいった。ヨスクさんの靴下をしっかりと繕《つくろ》ってあげるために。

ヨスク

オ・ギョンジャは車のリモコンキーを押しながら顎でドアを指した。「はい、乗って」

ヨスクは助手席に乗りこんだ。その横顔に強い意志を感じたのか、オ・ギョンジャはこう尋ねた。「あんた、ついに離婚するの?」

ヨスクは目を丸くしながらオ・ギョンジャを見て言った。「違うわよ」

「じゃあ、なんで急に運転を教えてなんて言うわけ?」

「言ったじゃない。仕事で運転しなきゃなんだって」

「介護士になるってやつ?」

「ううん、そうじゃなくて。ほかの仕事」

配送の仕事をするつもりだという言葉をヨスクは飲みこんだ。

オ・ギョンジャの夫は高校教師を勇退していて、彼女自身はソウルと地方にそれぞれ家を持っていた。夫が好きな慶尚南道《キョンサンナムド》の南海《ナメ》近くにマンションを買ったが、価格が下がってしまったので売っても手元にいくらも残らないとめそめそしていた。オ・ギョンジャはときどきヨスクに電話をかけてきては、そんな話を並べたてた。ヨスクが長女の家に転がりこんでいるのを知っていてもおかまいなしだった。こんな感じだからか、彼女には友人がほとんどいなかった。よく考えてみるとふたりが親しくなったきっかけも、少しおかしなものだった。オ・ギョンジャは、ヨスクが清掃員として働いていた病院に仮病で入院していた患者だった。秋夕《チュソク》［旧暦の八月十五日。豊作祈願や祖先に対する祭祀を執り行う祝日］を迎え、病院は例年どおり、夫の実家に行きたくなくて偽の診断書を求める嫁たちで溢れかえっていたが、彼女だけが嫁ではなく姑《しゅうとめ》だった。理由を尋ねてみると、嫁たちが煩わしくてたまらないのだとあっさり本音を打ち明けた。他人に負けるのは死んでも嫌だが、息子が愛した女に対して躍起になるわけにもいかないので、病院でゆっくりしてから帰るつもりだということだった。

オ・ギョンジャはエンジンを掛け、ひとり言を口にしながら車を発進させた。

「相変わらずひとり言ぐせがあるの？」

久しぶりに会ったにもかかわらず何も変わらない彼女のようすに、ヨスクの緊張はたちまちほぐれた。オ・ギョンジャは特に意味のないようなことをよく訊いてくるが、こちらが返事をしなければひとりでぶつぶつ言っていることが多い。「ヨスク、あんた寂しくない？　むなしい人生だなって思わない？」オ・ギョンジャが電話でそんなことを言うたびにヨスクは、マッコリでも買ってきて飲みなと言って電話を切った。

ヨスクが尋ねた。「ボラはどうしてるの？」

ボラはオ・ギョンジャが遅くに産んだ末娘だ。

「あの子、最近はすっかりクラブにハマっててね。クラブって、わかる？」

「ナイトクラブとかそういうのでしょ。そんなことも知らないほど年とってないわよ」

「そうね、同い年だもんね」

正確にはヨスクより二歳年下だったが、オ・ギョンジャは何かにつけて対等ぶろうとした。

「ボラったらそこで一晩中踊ってんのよ。ストレス発散だとか言って」

「まだ学生なのに、ストレスになるようなことがそんなに多いの？」

「最近は大学に入ったら、そこからもっとストレスだらけ。就職について考えなきゃだからね」

「……なるほどね、私もだわ」

「ボラはお酒を一滴も飲まずに夜通し踊ってる。びっくりじゃない？」

ヨスクは返事をためらった。その気持ちを悟ったのか、オ・ギョンジャが付け加えた。

「危ないことはしてないみたい。エネルギーがあり過ぎて、持て余してんのね」

「そうね。そういう年頃でしょう」。ヨスクは同意してやった。だが、自分が二十代だった頃を思い出してみても、そんなふうにエネルギーに溢れていたことはなかった。ソウルの城東区《ソンドン》にある印刷所で名ばかりの経理として雑用に明け暮れており、自分は孤独だという思いが頭から離れなかった。

「だからって、ずっと放っておいたらだめよ」

オ・ギョンジャは答えなかった。前方をじっと見ながら運転に集中していた。聞こえなかったわけではないようで、ボラをこのままにしておくかどうか悩んでいるようだった。

ヨスクはサイドミラーに目をやった。確認しながら車線を変更するとはわかっていたが、どうするのかは思い出せなかった。十七年前、普通免許を取得した。スギョンに便乗したのだ。技能試験は四回で、路上試験は二回でようやく合格した。そのときの達成感はかなりのものだった。四十四歳。老人になったパク・ヨスクを想像できなかった年齢だ。

「あそこに停めるよ」

オ・ギョンジャは広い駐車場へと車を進めた。平日の昼間のせいか、公園は人影もまばらだった。オ・ギョンジャはほかに車両が一台もないエリアに停車してからギアをＰ《パーキング》に入れ、サイドブレーキを引いた。その単純な動作がヨスクの目にはやたらと格好よく映った。認めざるを得なかった。ここからはオ・ギョンジャのショータイムだということを。

「ヨスク、まずはゆっくり回る練習からね。車と仲良くならなきゃだめ。そうすれば思いどおりに動かす方法が自然にわかってくるから」

ヨスクは聞きわけのいい学生のようにこくりとうなずいた。

「ここなら広くてほかの車とぶつかる心配もないから、ゆっくりハンドルを切ればいいだけ。ブレーキとアクセルの位置はわかるよね？」

「わかってるって」。しかし声からは自信が感じられなかった。

昨日の夜、ヨスクはスギョンから車のキーを借りて運転席に座ってみた。足元を覗きこむと、ブレーキペダルとアクセルペダルは隣り合わせで、ブレーキは彼女の記憶どおり、右側ではなく左側にあった。そうそう、幅の広いやつがブレーキだった。アクセルは小さくてちょっと細いやつね。十七年前の記憶をゆっくりと手繰《たぐ》りよせてみた。すると、車をどかせという隣人からの抗議に急かされ、ヴェルナ［教習車としても使用される大衆向けセダン車］の運転席にあたふたと乗りこんだあの日を思い出した。ブレーキとアクセルを踏み間違えて塀に突っこんだのだった。幸い崩れはせずにひびが入っただけだったが、ヤン・チョンシクは塀にセメントを塗りつけながらヨスクを罵《ののし》った。よくそれで運転免許が取れたもんだ、今すぐ国に返納してこいと叱責した。ヨスクはただ黙って粉のセメントに水を注いでいた。補修した部分は少しずつひび割れて、いつからか、その状態が当たり前になった。誰も塀のひびには文句をつけず、ヴェルナはヤン・チョンシクだけの堅固な聖域となってしまった。車を売ることが決まったときは、わからないままの宿題を葬り去る気分になるほどだった。

「まずは席を交代ね」

オ・ギョンジャがシートベルトを外して車から降りた。ヨスクは運転席に向かって歩きながらうろたえてしまった。自分はここで何をしているんだろう。それでも、運転席に座ってからは少しずつ気分もマシになった。使命感を抱くのも悪くなかった。はじめてだった。いや。だいぶ前に感じたことがあったのかもしれないし、毎日のように感じていたのかもしれない。でも、その役目を若者たちに押しつけてしまってからずいぶん経っていた。こんな生き方はだめだと頭を振った。このまま老人になってしまってはいけない。パク・ヨスク、しっかりして。まだそこまでの歳じゃないんだから。まだイケるって自己暗示をかけよう。

ヨスクはシートベルトを締めた。それから、何をどうしたらいいのかわからなくて両手でハンドルを握り、ただ座っていた。

「ヨスク、シートは大丈夫？」

「大丈夫って何が？」

オ・ギョンジャは忍耐強く丁寧に説明した。「ブレーキ踏んでみて」

ヨスクは言われたとおりにした。

「どう？　遠くない？　しっかり踏めた？」

「たぶん……」

「よしっ。じゃあ、サイドミラーとルームミラーを調整して」

ヨスクは指示されるままに調整を終えた。昔覚えたことが蘇ってきていた。そうだ、そんなこと言われた気がする。

「準備はいいね？　エンジンを掛けてごらん」

その言葉にヨスクは思わずべそをかき、オ・ギョンジャを見つめた。もう？　そんな言葉が喉元まで出かかって引っこんだ。運転しにきたんだから運転しなきゃ。いつまでシートの背もたれを合わせて、サイドミラーを直して、ってやってるつもり？　エンジンを掛けて軽やかに走り出さなくちゃ。

そう覚悟を決めるとオ・ギョンジャに教わった方法で車を駆動させた。車体がブルンと震えてエンジンが掛かった。指先に伝わる感覚はまんざらでもなく、自然に笑みがこぼれた。

「そろそろ出発するよ。サイドブレーキを下ろして、ギアはD《ドライブ》に」

ヨスクはサイドブレーキの解除が一気にできずおろおろしたが、なんとか下ろすとぎこちない手つきでギアを変えた。技能試験の練習に行くたびにコースを五回ずつ往復した記憶が蘇った。近所で始まった建て替え工事のせいで粉塵が巻きあがり、店に見苦しいカーテンが設置された頃の話だ。売り物の下着を車に積んで道路脇にでも出て売ろうと考えていた。店に次の借り手が見つかるまで一旦そんなふうにでもしてみるつもりだった。しかし考えただけで行動には移せず、そうしている間に客足はじわじわと遠のいてヨスクの店は傾いていったのだった。

「さぁ、車を出して」

ブレーキから足を離すと車はゆっくり動き出し、ヨスクはそれを驚きのまなざしで見守った。

「アクセル踏んで。大丈夫だから、ビビらない」

ヨスクは言われたとおりにした。車が走り始めると、心にひっかかっていた桃の種のように硬くて頑固な何かがポンと抜けた。

「どう？　ちょっとは車と仲良くなれた？」駐車場をぐるりと一回りして元の場所に戻るとオ・ギョンジャが訊いた。ヨスクはこくりとうなずいた。

「そう。それでいいのよ。とにかく車を知らなきゃ思いどおりには動かせないんだから」

「ところでさ、ギョンジャ。私、素質あるんじゃない？」

オ・ギョンジャはけらけらと笑った。そのとき、ヨスクの携帯電話が震えた。

――母さん、今こっち来られる？

スギョンからのメッセージだった。

＊＊＊＊＊

スギョンは車のドアに体をあずけて立っていたが、ヨスクを見つけると笑顔で手を振ってみせた。心配していたオ・ギョンジャが顔をほころばせた。

「大丈夫そうだね」。オ・ギョンジャはすかさず耳元でささやいた。ヨスクは首を縦に振った。しかし大丈夫なのか大丈夫なフリをしているのかは、もう少しようすを見てみないとわからない。あの子の大丈夫なフリは誰もがすっかり騙《だま》されてしまうレベルだけど、ヨスクには一度だって通じはしなかった。

「驚かせちゃったよね」。そう尋ねるスギョンの表情は、ついさっきよりも明るくなっていた。ヨスクは全然、と力強く答えたものの、声のトーンが高くてぎこちなく聞こえた。ひどく心配していた胸の内がそのまま出てしまっていた。

「急に貧血になったの」

その言葉はヨスクの耳には入らなかった。ひたすらスギョンの顔色をうかがってばかりいた。何があなたを怖がらせたの。言ってごらん。

ヨスクは心の中でそう問いかけた。

「ごめんなさいね、おばさん。一緒にいらっしゃるって知らなかったんです」

オ・ギョンジャは気にしなくていいと手をぶんぶん振ってみせた。そしてスギョンの車に目いっぱい積まれた宅配の荷物に興味を示した。

これを一日で全部配達できるのかと好奇心をにじませた声で訊いた。スギョンは、ここにあるより余程たくさん配達しないと、ガソリン代を引いたら手元に一銭も残らない実状を、懇切丁寧に説明した。

オ・ギョンジャの携帯電話が振動した。通話を終えた彼女は、ボラが来て代わりに配達するから車はここに置いていこうと言った。マンション群の外に出て酒でも飲もうと。

「ボラが来るんですか？」

「うん。だから行こう。ちょうど一杯おごろうと思ってたのよ」

そしてスギョンと腕を組むと引っ張るようにして正面ゲートのほうへ向かった。ヨスクは黙って後を追った。

なんだったのだろう。あの子の恐怖心を掻《か》き立てたものは。

ヨスクは静かで平穏な高層マンション群を見回した。よく手入れされた花壇に見やすい表示板、適度な高さの減速帯や丸い反射鏡。すべてがあるべき所にあり、犯罪のにおいなど感じさせないごく普通の人たちばかりが行き交っていた。

ヨスクはため息をついた。アイツもこんなマンションに住んでいた。アイツだって犯罪のにおいみたいなものは微塵も感じさせない顔でエレベーターに乗っていただろうし、隣人と挨拶も交わし、周囲には男手一つで息子を育てている父親という好印象を植えつけていたことだろう。人目につかない所でことあるごとにヨスクにセクハラをしていた室長も同じだ。信頼の厚い父、夫、室長として家族や同僚から高く評価されている人だった。

どいつもこいつも、どうしてそんなに善人ぶれるのか。吐き気がする。家族に恥ずかしいとも思わないのか……。

オ・ギョンジャがふり向いて手招きをした。ヨスクは足を速めた。そうして敷地の正面ゲートを抜けようとしたまさにそのとき、販促用のブースを設置して飲み物を勧めている男を見つけた。足が止まった。

男は小さな紙コップを差し出しながら、道行く住民を引きとめていた。受け取る人も中にはいた。ヨスクはもしやあれではと疑いかけて、そんな自分にぎょっとした。試飲を勧める行為と、あの事件とのあいだにはなんの関連もない。被害妄想と言われても返す言葉もない。だが、もしやという気持ちは収まらなかった。スギョンがブースを見ていないか注意深くうかがった。彼女はそちらには一度も目をやらなかった。ヨスクはふたたび歩き出し、紙コップを受け取る若い母親たちの顔をさりげなく見た。できることなら厳しい視線をじっと注いで、だめだと首を振りたかった。握った手のひらに爪が食いこんだ。

「ヨスク、早くおいでよ」

ヨスクは急いだ。そのあいだにスギョンのよく知る母親の姿に、表情と気持ちを切り替えていった。それらしいセリフも口にしながら。

「ねえ、ニラチヂミ食べようよ。甘いタマネギ薄切りにして入れたやつ。ああ、いい天気。最高だね」

スギョンがこちらをじっと見てから、そうだねという表情で軽くうなずいたのがわかった。


オ・ギョンジャが足を止めたのは、ポンジャのごきげん屋台という店の前だった。チヂミを焼いているのか、香ばしいにおいが店先まで漂っている。オ・ギョンジャはヨスクのほうをちらっとふり返ると、まっすぐ中に入っていった。昼のかき入れ時が過ぎた店は明かりが消されて薄暗かった。店内には窓から日が半分ほど差しこんでおり、酒を飲むにはなかなかいい雰囲気だった。エプロン姿でチヂミを焼いていた女性店主は目を丸くして、水の入ったボトルを持ってやってきた。

「お昼のメニューは一種類だけですが大丈夫ですか？　今日はサバのキムチ煮ですけど」

「食事じゃなくて飲みにきたんです。あれ、チヂミですよね？」オ・ギョンジャがうきうきしたようすで尋ねた。

「ええ、ニラチヂミです」

「それ、ください。マッコリも」

店主はうなずくと厨房に戻っていった。鉄板に生地を落とす音が盛大に響いた。スギョンがコーナーに置いてある紙コップを持ってきて水を注いだ。店内は香ばしいニラチヂミのにおいでいっぱいになった。

「私、お酒は遠慮します。仕事に行かないと」

スギョンの顔はいつのまにか凛々しく引き締まった表情に変わっていた。

オ・ギョンジャが言った。「ボラが来るんだってば」

「ボラにできると思いますか?」

「どうして? あの子、一晩中踊ってんのよ。ボラのほうが体力あるよ」

店主がマッコリを持ってきた。アルミのカップに残った水気をオ・ギョンジャがぱっぱっと床に振り落とした。

「一緒にお酒飲むのはじめてだよね。おばちゃん、すっごく面白いんだから」

そう言ってスギョンのカップにマッコリを注いだ。黙って見つめていたスギョンは、結局手に取って口をつけた。もう大丈夫という言葉を信じていたわけではなかったが、その姿を見た瞬間、ヨスクは心にぽっかり穴が開いたようにむなしくなってしまった。それですぐさまマッコリをあおり、オ・ギョンジャも乾杯抜きで一気に飲み干した。しばらくするとニラチヂミが出てきた。薄く焼いたさくさくの生地をオ・ギョンジャが食べやすく切り分けた。ニラチヂミはすぐになくなり、キムチチヂミを追加で頼んだ。

ヨスクは、スギョンがこんな席で本音を話すとも思わなかったが、こんな席でなかったらいつ娘の本心が聴けるだろうかとやきもきした。家ではただ母と娘として毎日顔を合わせているだけだったし、外ではこういう場を設ける機会もなかった。娘と酒を酌み交わす母親を見るたびに、酒なんか教えてと、ちっちっと舌打ちしていた自分の愚かさが今さらながら悔やまれた。これからはサシでタバコを吸ったって構わないと思った。

一本目のマッコリはすぐ空になった。がばっと立ち上がったオ・ギョンジャが二本目を持ってきた。それから慣れた手つきで円を描くようにボトルを振ると、スギョンのカップにマッコリを注ぎながら口を開いた。「あのね、あたしは大学には行かなかった。いや、行けなかったの。進学させてほしいってどんなに頼みこんでも、父は許してくれなかった。嫁にでも行けって。あたしたちの頃はそんなの当たり前だったし、だからそのとおりにしたってことかな。そうやって出会ったのがうちの旦那。教師ひとすじだったからか、辞めた今でも家で教師面《づら》しようとすんの。もう家まで来てくれる教え子もいないし。それで寂しいのかもね、あの人。一生懸命教えたってなんの役にも立たないなんて突然言い出して。だから、みんな社会に出て真っ当に生きてるのに、なんでそんな言い方するのかって噛みついてやったの。そしたらあの人、いきなり怒り出して、真っ当に生きてるか他人を騙して生きてるかなんてわかりっこないって。なんでまともな教え子のことを詐欺師呼ばわりするのかって非難したら、ため息つきながらこう答えてきたの。詐欺を働けるくらいのずる賢さがあるならまだマシだ、おまえだってわかるだろ？　正直なのがいちばんだなんて教えたばっかりに。そりゃあ誰も訪ねてこないわけだよ。バカ正直に生きてるヤツなんていないだろうからなって」

　話し終えると、オ・ギョンジャはヨスクに尋ねた。「あんたもそう思う？」

　ヨスクは返事をする代わりに、タマネギのしょうゆ漬けを口に入れた。当然だ。わかりきっていることをなぜ訊くんだ。

　オ・ギョンジャは続けた。「たまに思うんだけど、スギョンもボラも賢くてしっかりしてるじゃない？　あたしたちとは全然違う」。そして急に顔をぐしゃっと歪め、紙ナプキンを取ると目元を押さえた。「あたしたちは、やりたいことをたくさん我慢して生きてきた。おかしな子だって思われないように、言われたとおりにしなきゃいけなかった。だって、ほかにどうしろっていうのよ。でもボラが言うには、その頃だって自分がやりたいことを堂々と押しとおして生きてた女性たちはいた。工場勤めをしながら夜間の学校で学び、誰でも入学できて学費も安い通信制の大学に入ってから一般の大学に編入し、そのかいあって自分の夢を叶えた人、留学した人だっている。芸術家や女性学の教授、政治家だっている。要するに、全部お母さん自身が選んだことじゃないのかって。だから言ってやったの。ああ、そうとも、あたしが選んだ。自業自得さ。あたしがバカだから父親の言うとおり大学進学を諦めて、一緒になれと言われた相手と結婚して、それからも子育てと家のことしかやってこなかった。ボラは黙って聞いてたけど、そのあとなんて言ったと思う？　お母さん、今からでも遅くないよ、まだ若いんだからだって」

ヨスクとオ・ギョンジャは顔を見合わせて笑った。若いだなんてね……。

オ・ギョンジャはふたたび口を開いた。「スギョン、絶対くじけないで。怖がらないで。あんたたちはあたしたちとは違う。ボラなんて一晩中クラブで踊ってても、翌朝にはコーヒー飲んで課題に向かってんだから。涼しい顔してやるべきことをこなしてる。それでわかったの。あの子はあたしとは違う。あの子ならなんだってできる。あの子はあたしが知る、どの〈女〉でもない。つまり……ヨスク、それってなんなの？　あたしたちが知る〈女〉はなんて呼べばいいの？」

ヨスクは薄目を開けた。オ・ギョンジャは酔っぱらっているし、ヨスクも酔いが回ってきていた。しっかりしているのはスギョンだけだった。ヨスクは両手で頭を抱えながら考えこんでいたかと思うと話し出した。

「私たちは……過去《むかし》の女。娘たちは現在《いま》の女」

「ちょっと」。オ・ギョンジャが鼻で笑った。

「ひと昔前の歌謡曲のタイトルでもあるまいし、何が過去《むかし》の女と現在《いま》の女よ」

ヨスクの右隣にはスギョンが、左隣にはほとんど酔いがさめていない顔のオ・ギョンジャが座っていた。配達を終えたボラは、車で公園に向かっているところだった。オ・ギョンジャの車は、彼女から世間知らずの頭でっかちと称される夫が地下鉄でやってきて家に回収していった。夫からこれでもかというほど小言を浴びせられ、彼女は途中で電話を切ってしまった。「余計なことばっかり、いちいちうるさい！」。そう言ってブチ切れたかと思うと、立ち上がって会計を済ませた。スギョンがどんなに止めてもきかなかった。

夕焼けを見るたびにもの寂しさを感じていたヨスクだが、今日はそれほどでもなかった。夕焼けを背にして立っているスギョンとオ・ギョンジャを携帯電話のカメラで撮ると、なんだか妙に似たところがあるように思えた。目鼻立ちは少しも似ていないのに、ふたりで並んでいると母娘《おやこ》だと言われても信じてしまいそうだった。似たような雰囲気をまとっていた。スギョンの佇《たたず》まいは貧しさなんて感じさせないからなんだろうな。ヨスクは撮影した写真をじっと見つめながら思った。それは彼女のくせだった。スギョンの写真を見るときはいつも、一目で貧しい家の娘とばれないかをチェックし、その気《け》がなければ喜んだ。一体どこで判断するのかとスギョンに言われたことがあった。今どき誰がオンボロの服を着て出歩いたり、食べ物に困って痩せこけた体でうろついたりするのか。見た目では絶対にわかりっこないと。ヨスクはうなずくしかなかった。

　ボラがヨスクの前にひょっこり姿を見せた。スギョンがすっと立ち上がり、携帯電話を受け取った。配送アプリを確認し終えたスギョンによると、誤配もなく完璧とのことだった。ボラはきちんと仕事をさばき、それほど疲れているようすもなかった。ヨスクは感心しながら彼女を見た。物おじすることがないボラは、そんな性格だからヨスクの人生とは明らかに異なる人生を歩むのだろう。

　ヨスクは三人とともに駐車場へ歩いていった。途中でボラとオ・ギョンジャが脇道にそれた。スケートボードパークがあった。傾斜をつけた構造物があちこちにあり、ボードに乗って駆け上がったり滑り下りたりする若者がたくさんいた。ヨスクはスギョンと並んでベンチに座った。ボラはひとりの青年を間近で見物し、オ・ギョンジャはその後ろから何やら話しかけていた。

「母さん、今日はごめんね」

　ヨスクは返事をしなかった。ごめんって何が？　怒りたいのを我慢した。一体どうしてそんなことに？　訊きたいのを我慢した。酔いはさめてくるし、頭はガンガンするし、だんだんイライラが募ってきた。ヨスクは自分の状態をよくわかっていたので口をつぐんだ。むやみやたらと髪をなでつけた。風でまた、薄い頭頂部があらわになるだろう。貧しさがばれるのは服や顔ではなく、手の甲や踵《かかと》、頭頂部のようなあまり表立たない部分だ。ヨスクはため息をついた。

「母さん、昨日のマンションにまた行ってみたけど、指輪はまだ見つかってないって」

「警備室に行ったの？」

「管理事務所にね。自分は配達員ってことも、仕事中になくしたってことも全部言った」

「どうして言ったの？」

「どうして隠すの？」

ヨスクは言い返せなかった。ちょうどそのとき、さっきの青年がボードに乗って高く跳び上がるのが見えた。急斜面を滑走してその勢いでジャンプ！ 宙を舞う、にこやかな横顔があった。その気にさえなれば一日に何回でも跳べるんだろうねえ。青年の体に目をやった。健康で恐れを知らない体。活気と熱気がみなぎる体。湿疹や関節痛、腰痛、五十肩とは無縁の体。ヨスクは何気なく自分の手に視線を落とした。シミだらけの甲。みっともないからレーザーで取っちゃおうよ、とオ・ギョンジャが言っていたけど、聞いておけばよかった。

「スギョン」

スギョンがヨスクのほうを見た。

「あんたはよくやってる。だから心配いらないよ」

スギョンは伏し目がちに言った。「お金、稼がなくちゃ」

「そうね、稼がなくちゃ」。ヨスクは大きくうなずいた。

ボラがボードに足を乗せていた。青年は、真剣で心配そうなまなざしで見守った。ついにボラは地面を蹴って走り出し、オ・ギョンジャが拍手を送った。ボラは前進した。ぐんぐん加速していった。しかしすぐバランスを崩し、転んで尻もちをついた。青年が駆け寄った。貸したボードが無事なのを真っ先に確認すると、明るい笑顔を見せる。ボラはお尻を払いながらさっと身軽に立ち上がる。そして同時に、ジャンプ台からまた勢いよく踏み切る青年。空中へと高く舞う姿がまぶたに焼きついて離れなかった。ヨスクは思わず感嘆の声を漏らした。わあ！本当に久しぶりに味わう感情だった。あんなに高く跳べるのか……。

帰り道、ヨスクは車に揺られながら、道路脇の街灯がパッと灯る瞬間を目撃した。

そう、手遅れになる前に明かりをつけなくちゃ。真っ暗にならないように。そんなことを考えながら、徐々に襲ってくる眠気を追い払おうと目をぱっちりと開けた。

ボラ

飲み屋でスギョンから配送アプリの操作方法を教わった。難しくもなんともなかった。アプリを使いこなせないとできない仕事だから、簡単に使えることを前提に設計されているのだろう。プラットフォームとは得てしてそういうものだ。ボラは教養科目の授業でプラットフォーム労働をテーマにグループ発表をしたことがあった。規模が拡大しつつある新たな労働形態だが、労働者と称することのできない彼らの人生は世知辛く思える。そう言うと先輩がケチをつけた。

「実際にやってみたことは？」

「ありませんけど」

「経験したから言うんだけど、やる価値あるよ」

「じゃあ、やる価値があるって発表します？」

ますか？」

先輩は口をつぐんだ。ボラは続けた。「先輩は、自分の妹や弟にこの仕事やりなよって言え

とんでもないという顔で先輩が言った。「いやいや、うちは薬学部生だからね？」

ボラはパソコンに向かうと無言でタイピングし始めた。労働条件、労働環境、労働基準法上の問題点、等々。

アプリのインストールされた携帯電話を差し出しながら、スギョンがボラの目をまっすぐ見てきた。ボラが先に目をそらした。まだ彼女の顔をまっすぐ見ることはできなかった。なんの力にもなれなかったという罪悪感よりも哀れみのほうが少しだけ強かった。スギョンさん可哀そう、という気持ち。そしてそんな気持ちになる自分を嫌悪する気持ち。

スギョンさんはよく克服したと思う。これはもう認めざるを得ない。まったく家から出ないと聞いたときは、そうだよね、今年はきっとずっとそうしていたいよね、なんて安易に納得していた。少々面長で退屈な目鼻立ちをした彼女のことがボラは好きだ。誰かになついたりなんて滅多にしないのに、そんな性分を忘れてしまうほどスギョンには簡単に心を開いてしまった。ボラの持ち物、いつもボブにしている髪、爪に貼ったどくろのシールまで、なんでも気づいてくれた。どこで買ったの？　それ好きなんだ？　どうして好きなの？　そんなときボラは、どこで買ったか、好きか嫌いか、どうして好きなのかを答える代わりに別の話をした。興味を示

してくれるスギョンのことが好きだったが、同じくらい照れくさくもあった。

ボラは男にあまり魅《ひ》かれなかった。じゃあ女かと言うとそれも確信が持てなかった。女のほうが男よりも楽で無害ではある。だが楽で無害だからといって愛につながり得るかは未知数だった。疑問符《クエスチョニング》を抱えている人。たぶんそう分類されるのだろうが、ボラにはわかっていた。分類された瞬間、ほかの場所へ逃げてしまうに違いないと。それが自分であり、救いようがないと判断する前にそんな自分を愛してしまっていた。アイデンティティーを見つけるための苦しい旅路なんてものはなかった。苦しいなんてとんでもない、めちゃくちゃ楽しんでますけど。つねにそう考えるよう心がけた。二十一世紀が目と鼻の先ってときに生まれたのに、与えられた選択肢の中からしか選ばないなんて味気ないじゃない？

スギョンの背格好はボラに似ていた。脚の長さも、腕の長さも、座高も。だから彼女の運転したあとにボラが座っても、サイドミラーやルームミラーのたぐいを調整する必要はほとんどなかった。

私が追いついたってことかあ。

スギョンの携帯電話をホルダーに固定してアプリを開き、マップを拡大したり縮小したりしながら動線を考えた。教わった方法が正解であることに異存はなかった。荷物を分類して台車に積み、エレベーターに乗り、アプリのカメラで写真を撮り、次の棟に走って移動する、という一連の流れは明確だった。目標だけを頭に浮かべて体を動かしてみると、雑念はおのずと消えていった。だがそんな理由でスギョンがこの仕事を選んだとは考えにくかった。

きっとドアが閉まってるからだ。

インターホンを押しても顔を合わせることはほとんどなく、荷物を受け取るやいなやドアを閉めて消えてしまう人たち。決められた配送エリアがあるわけでもないから、場所とのつながりも生まれない。

マップに表示された配送先へ順番通りに荷物を届け終わると、いつのまにか日が暮れかけていた。空っぽになった後部座席を確認してから、教えてもらったとおりにメッセージアプリを開き、配送会社が設けたグループルームに配送完了と書きこんだ。そんなことをしているうちに、うっかり別のトーク画面を見てしまった。スギョンを気にかけるメッセージがいくつも届いていた。

——元気にしてる？　ご飯でも食べよう。

——どうしてる？　一杯おごるから会おうよ。

——忙しいみたいだね。

それらには一言も返していなかった。スギョンが返信していたのは家族だけだった。夫、両親、甥っ子たち。それから、ウンジ。

ウンジって、誰?

ボラはふたりのトーク画面を開いた。スギョンを気安くおばちゃんと呼ぶ、この子は誰なのだろう。写真を見ると中学生のようだった。十代の女の子が好きそうなアイメイクをして前髪を巻き、顎が尖って見える角度で自撮りしていた。週に二、三度ずつ、かなり頻繁に連絡している。家にもよく遊びにいっているようだが、一体誰なのだろう。そんなことを考えている自分にドキッとした。こっそり覗くために預かったわけではないのに。

携帯電話を置いて車のエンジンを掛けた。胸がドキドキしていた。プライベートを盗み見した罪悪感からではなかった。意外なことに、ときめきにも似た感情だった。ふたりの親しげな会話には、ボラの記憶に残るスギョンが垣間見えた。自分に関心と温もりを寄せてくれた昔のスギョンが。そういえばメッセージのやり取りをしなくなってずいぶんになる。

スギョンの攻撃的な姿を一度も見たことがない。鋭く突き、切りつけ、傷つける姿。お金を貯めなきゃと口ぐせのように言ってはいるが、それは相手を思ってのことで、お金しか頭にない人ではないと考えていた。でも、オ・ギョンジャが言うには「どうしてスギョンが外に出るようになったかわかる？　金だよ、金。甥っ子があの野郎をボコボコにしたから、示談金のために預金をすべて解約したんだって」。ボラは考えた末に答えた。「だとしたら、お金に苦しめられているから外に出るようになったってことでしょ」

ふたりは差し向かいに座って紅茶を飲んでいたが、家に遊びにきた友人が母娘のティータイムに仰天していたのを不意に思い出した。「お母さんと本当に仲良しだね」。否定も肯定もしなかった。月に二、三度ほどのティータイムを持てるのは余裕があるからだ。時間的な、精神的な、物質的な余裕。自分たちは恵まれているが、スギョンさんはそうではない。

ボラは駐車場に車を停めた。もう少しスギョンに近づいてみる必要がある。別の方向に、永遠に手の届かないところに行ってしまう前に。でも次に思ったのは……もし、別の方向に進むことで救われるのなら、送り出してあげるべきじゃないだろうか。

＊＊＊＊＊

一階の共用玄関でチャイムを鳴らした。スギョンから配達の仕事を代わったお礼にと昼食に招かれた。夕食は家族が大勢いて落ち着かないかもしれないと言われ、あまり深く考えずにランチタイムにお邪魔しますと返信した。

手ぶらではばつが悪いので、近くのおいしいスイーツ店を検索してマカロンのセットを購入した。種類が多すぎて選ぶのに苦労した。ボラはスイーツ好きではないが、スギョンが喜ぶことはわかっていた。ただ、それも結婚前の話だ、今も当時のままだろうか。階段を上がりながら思った。昔みたいに若いわけでもないし、甘いものはもう好きじゃないかもしれない。スギョンのことを昔みたいに若いわけでもないと決めつけた自分に驚いた。

初対面の瞬間を思い出した。本を読む自分をじっと見つめるスギョンに何を読んでいるのと尋ねられ、わざと気乗りしない表情で表紙を見せた。ヘルマン・ヘッセの『シッダールタ』。面白い子ね。そう思っているような顔つきだった。その当時からボラは大人のふりをしていて、いつも偉そうな態度をとっていた。いま思うと、どうしてそんなことをしていたのかわからない。作家になると心に誓っていたが、誰かに将来の夢を訊かれると、ためらうことなく弁護士と答えていた。一度も口げんかで負けたことがなかったし、大人や友人たちも、弁護士ならぴったりだと口を揃えて言った。なぜかうんざりだという表情で。ボラは一度も否定しなかった。本当の夢は作家で、『シッダールタ』やシャーロック・ホームズみたいな本を書くつもり。親友にも本音を明かしたことはなかった。あの頃はシッダールタとシャーロック・ホームズに違いがあるとは思いもしなかった。何かを切実に探し回っている姿が同じだと思っていた。

スギョンは笑顔でドアを開けてくれた。マカロンの入った紙袋を差し出すと、思いがけず誰かがソファから立ち上がった。

「この子はウンジ。ジュヌの彼女」。スギョンが言った。

「ああ」。ボラは短く答えると、じっとウンジのことを見つめた。わざと小さい制服を着ているのか、あらわになった太もも、ぴちぴちのシャツが目障りだった。浅黒い肌のボラとは対照的に、小麦粉みたいに色白な子だった。笑うと半月目になり、豊かな付けまつげは瞬きするたび、鳥の羽ばたきのようにばさばさ揺れた。見た目にあらゆる時間をつぎ込む、チャラチャラした中坊か。

「それ、なんですか？」スギョンの手に移動した紙袋に目が釘付けのウンジが訊いた。

「マカロン」

「チョコ味もありますか？」

「ない」。ボラはソファに腰を下ろして答えた。スギョンがチョコマカロンを好むわけがないからだ。アールグレイ、ブルーベリー、サツマイモ、黒ゴマのような、大人の好きそうな味ばかり選んできた。本当はスギョンの好みなんて知らないのに。電話で訊いてみようかとも思ったが、そこまでするのは親切すぎる気がして止めておいた。

これから切り出すつもりの話は、スギョンにとって決して楽しい内容ではないからだ。楽しい内容ではないどころか、もしかすると苦痛すら感じるかもしれない。でもボラが思うに、あの事件を本当に克服する気があるのならプラットフォーム労働ではなく、もっと別の仕事に興味を示すべきだ。今日はスギョンを揺さぶってみる計画だった。このままにしておいたら、踏みにじられた心はまたしても放置されてしまうだろう。このまま誰も抵抗しなければ、誰も光を当てようとしなければ。

「お昼はデリバリー頼むから。何を食べようか?」

ボラは眉をつり上げた。「デリバリーはうんざりなんだけど」

「私は好き。ピザ食べましょう、おばちゃん」

ウンジは普段と変わらぬ表情、なれなれしい態度でスギョンに接した。

「あんた、歳いくつ?」

「十四」

ウンジは早速アプリを開いてメニューを選んでいる。

「お姉さんは、何味のピザが好きですか?」ウンジがふり返って尋ねた。天真爛漫な表情だった。今日スギョンに話そうと思っている問題を切り出せるか心配になってきた。ウンジって子の脳ミソは付けまつげ、ティント、前髪、彼氏みたいなもので構成されているようだった。

「なんでもいい」。手を組んで伸びをした。

「わあ、お姉さん、めちゃくちゃ細い」。ボラの横姿を見つめながらウンジが言った。

「あんたも細いよ」

自分のことを細いと評する女たちに、いつもそう答えてあげることにしていた。あんたも細い。あなたも細い。母さんも細い。どうして痩せることに執着するのだろうか。食べた分だけ動き、過食を好まず、週に三、四日はクラブで踊らないと息がつまりそうで、そういう生活を続けていたら自然とスリムになっていっただけなのに、誰もがああして血の滲むような努力や、とてつもない目標が裏にあるかのような言い方をする。

「体重どれくらいですか？」

本格的に追及する気らしい。ボラは答えずにソファから立ち上がると、リビングを歩き回った。でも部屋が狭すぎて数歩で壁、曲がったらドアだ。向きを変えようとした瞬間にドアが開き、誰かが出てきた。

「……おじさん」

スギョンはスギョンさんだが、ウジェをウジェさんと呼んだことはなかった。そこまで親しい間柄ではなかった。はじめて会ったときからタイプじゃなかった。ボラのタイプである必要はないのだが、それにしてもかけ離れていた。

「おっ、来てたんだ？」

ウジェは口ごもりながら優しく声をかけてきた。伸び切ったシャツとズボン。うん、自分の家なのだからそれはいいとして、平日の昼間に、なぜ部屋から出てくるのだろうか。

ボラはソファに戻った。ウジェは頭を搔きながらバスルームに消えた。用を足す音が丸聞こえだ。

「ピザは好きじゃない？」

スギョンに訊かれ、なんでも構わないと答えた。ふたりきりだと思っていたのに、予想外のシチュエーションに少し戸惑っていた。ウンジはハワイアンピザを選び、結局それを注文することになった。ウジェはバスルームから出てくるとマットに足をこすりつけて拭き、もじもじと立っていたがダイニングチェアに腰を下ろした。久しぶりに会ったのだから、このまま部屋に戻るのもどうかと思ったようだが、そのまま引っこんでくれたほうがマシだった。

「最近もクラブ通いしてるの？」

ウジェがしょうもない質問をしてきた。答えようとすると、ウンジがボラの腕をぐっとつかんで歓声をあげた。「お姉さん、クラブ連れてって！」

十四歳のガキをクラブに同伴できる方法なんて知らない。それよりもウンジみたいな女の子がどんな目に遭うか、まずそれを想像した自分が嫌になった。

「ほかの人に頼みなよ」。なんとなくだめという言葉を使いたくなくて言ったのに、意外な答えが返ってきた。

「彼氏と行くと、見張られてるからやりにくいんだもん。お姉さんとだったら楽しそうなのに」

「私は躍り専門だから。遊んであげる時間はないの」

ウンジが唇を尖らせた。

ウジェがスギョンに尋ねた。「ピザはいつ来るって?」

「四十分くらいかかるみたい」。スギョンは答えると、ボラにマカロンを差し出した。受け取って包装紙を破くと口に入れた。思ったよりもおいしい。全員が自分の選んだマカロンを食べているので静かだった。包装紙のかさかさという音だけが響いた。

ボラはピザにパイナップルという組み合わせが理解できなかったが、そんな素振りは見せずにハワイアンピザを食べた。ウンジは手をはたくと携帯に顔を埋めてチャットに没頭し、ウジェは少ししかない無料のピクルスを猛スピードで食い尽くしているところ、スギョンは一切れをむしゃむしゃ食べると、ひっきりなしに水を飲んだ。

スギョンの顔色をうかがった。不機嫌ではなさそうだが、上機嫌にも見えなかった。何か考えに耽《ふけ》っているようだった。浮き毛がぴょんぴょん立っているスギョンの後頭部を眺めていると、ウジェが口を開いた。「恋愛はしないの?」

「はい。しません」

「わざとしないようにしているってこと?」

「はい」

「なんで?」

「興味がないからです」。ボラはぶっきらぼうに答えたが、ウジェは空気を読めずに話を続けた。

「まだ理想のタイプに出会えてないんだな。いつかそういう日が来るよ。今はそんなこと言ってるけどさ、ウジェさん、彼氏ができたんですなんて、来週いきなり報告にきたりして。まあ、とにかくさ、この人でいいやって妥協しないで色々と会ってごらんよ。こんなアドバイスする人、ほかにいないだろ？」

自分を非常にさばけた大人だとでも思っているのか、ウジェは自信満々の顔でじっと見つめてきた。ボラはため息をついた。黙っていようと思ったけど、だめだこりゃ。

「恋愛って、必ずしないといけないものですか？　ひとりでも十分楽しくやっているのに。犬とか猫を飼うつもりもないし、観葉植物も好きじゃない。自分ひとりでたくさんです。そのほうが気楽だし」

ウジェはぽかんとした顔でボラを見ていたが、ようやく驚いた顔つきになった。こういう人間を見るの、はじめてなのかな？　ボラはふにゃふにゃのパイナップルを抜き取ってからピザをつまみ上げた。

「寂しくはない？」

スギョンに尋ねられ、意外にもすぐ答えられなかった。ためらった。いつもそう、彼女の質問は無駄に色んなことを考えさせる。自分ではおそらく気づいてもいないのだろうけど。彼女の目に映るハン・ボラはクラブ好きな二十二歳のしっかりした女の子、その程度のはずだ。健康な、口げんかで負けることを知らない女の子。

小さくため息をついた。ケトジェニックダイエットを始めてから、炭水化物の摂取に強い拒否感を抱くようになった。でも炭水化物が嫌いな人なんてほとんどいないから、誰かと食事をするたびに苦痛を強いられた。ここに来る途中はそんなことなかったのに、脂ぎったピザのにおい、目の前の愚鈍なウジェ、自撮りにチャット、あそこでひとり笑って大騒ぎの中学生も、そのすべてが苦痛だった。

「そろそろ失礼します」

ボラは急いで席を立った。ウジェとスギョンが驚いた表情で見上げた。

「おい、もう帰るのか？　あんまりだろ？」

何があんまりなのか不明だが、ウジェは心から傷ついたという表情を浮かべていた。口元にこびりついたタマネギの欠片《かけら》でも拭き取っていたら、その言葉も心に響いたかもしれないが、今はこの家から一刻も早く出たかった。急いで玄関に向かうとスニーカーを履いた。

「ちょっと待って」

スギョンがあたふたと部屋に入っていったと思ったら、コートを羽織って出てきた。

「一緒に行こう」

ボラは唖然とした顔でスギョンを見つめた。一緒に？　どこへ？　スギョンに背中を押されるようにして玄関の外に出た。ドアが閉まる直前、ウンジの叫ぶ声が聞こえてきた。

「今度一緒にクラブ行きましょうね、お姉さん！」

＊＊＊＊＊

スギョンは何も言わない。怒っているのだろうか、話があるから一緒に来たのだろうかと気になったが、黙って横で歩を進めた。

「こっちに行くと漢江《ハンガン》があるの」

スギョンが指差す方向へ向かって一緒に歩いた。市場の喧騒を抜け、ひっそりとした道路脇を歩いた。キャンドル工房の前で立ち止まり、フラワーキャンドル講座の案内広告を見ながら、こういうのを受講する人は心も平和なのだろう、そんな短い会話をした。途中でコーヒーを買おうと、アイスアメリカーノをテイクアウトした。コーヒーを飲んだら胃の調子も少し治まってきた。ケトジェニックダイエットの副作用はおぞましいものだった。手が震え、頭が痛くなり、過労からくる筋肉痛になったりもする。そろそろ見切りをつけるべきだった。

「スギョンさん、日記って書いてる？」

「ううん。ボラは？」

「たまに。人にがっかりしたときだけ」

「私にがっかりしたの？」

　ボラは言葉につまったが、ぎこちない雰囲気を取り繕うために声をあげて笑った。そしてコーヒーを一口飲んだが、プラスティックのストローに今さら気づいてびっくりした。普段はスターバックスしか行かないし、あそこでは紙のストローがいつも提供された。そういうのが当たり前の時代でしょ？

「これ、プラスティックだね」

「安い店だからかも」

　スギョンが間髪いれずに答えたせいで、ボラは気まずくなった。好んで利用しているスターバックスのコーヒーの値段は……。グランデサイズを一日に二杯は飲んでいる。値段が高いと思ったことは、これまで一度もなかった。ほかのカフェには行かないから。スターバックスは快適だったし、課題をするための場所でもあったから。それだけだった。ほかに理由はない。韓国にオープンしたばかりの頃のスターバックスが、八十年代生まれの女性たちに愛され、その結果どんな汚名を着せられたか聞いたことがある［当時、経済面で家族や恋人に依存しながら高額なスターバックスのコーヒーを好んで飲むような女性を、ぜいたくだと皮肉る風潮があった］。なんてひどいことを。

「今日は気分がイマイチだった?」

スギョンがそれとなく訊いてきたが、否定も肯定もしなかった。気分はイマイチだったが、中学生とウジェに会ってからそうなったわけで、本当のことを言ったらスギョンが傷つくと思ったのだった。

「スギョンさんに話があるの」。結局はその一言に留めた。

地下横断道路を抜けると日差しが降り注いできた。散歩にきた人びとが紐に干された洗濯物みたいに、両腕を気持ちよさそうに振りながら歩いていた。誰もが軽い足取りだった。スギョンが漢江を一目で見渡せる広々とした木の階段を指差した。そこに並んで座り、川面を眺めた。

ユンスル、あるいは水の鱗《ムルピヌル》。光を反射してきらきら光るさざ波を、そう呼ぶのだと聞いたことがある。スギョンに教えてあげると、ユンスル、ユンスルと何度かつぶやいた。

「きれいな名前。いつか娘が生まれたら名前にしてもよさそう」

ボラは仰天した。

「ディンクスじゃなかったの?」

「そうよ。でも、いつか産みたくなるかもしれないじゃない」

その程度ならディンクスとは言えないんじゃない? そう思っただけで口にはしなかったが、ボラだって自分がクエスチョニングの状態なのかそうじゃないのか、明確にわかっていないわけで、もしかすると人間のアイデンティティーって、いくつかに区切られているのかもしれない、そんな気もしてきた。いくつかの時期にまたがって区間がわかれているのだろうか。今はクエスチョニングの近辺を行ったり来たりする時期なのかも。どんな性を愛するか決めることを拒否している状態。それを一時的なアイデンティティーだと言ってもいいのか一瞬悩んだが、スギョンにはもう少し素直になってみることにした。

「私ね、男の人と会うたびに同じことを思うんだ」

スギョンは続きを催促しなかった。水の鱗をひたすら見つめていた。

「何を思うかって言うと……私が会った男は変な人かもしれない。友だちとか知り合いを通じて出会ったならともかく、そうじゃない場合はちょっと不安になる。それでも信じようと努力するしかないけど、完全に信じるのは難しい」

「どうして？」

「何をされるかわからないじゃない。別れてからしつこくストーキングされたり、付き合っているあいだも殴られたり、首を絞められたりするかも。そう思うと恋愛なんてしないほうがいいなって」

「だから恋愛をしないのだとしたら、それはちょっと問題ね」

スギョンはそれ以上何も言わなかった。会話が続くとばかり思っていたボラは慌てた。このまま終わってしまったら、この話題を二度と切り出せなくなりそうだった。誤解されたままにはしておきたくない問題なのに、明らかにスギョンは誤解している。自分の事件のせいでボラは恋愛ができなくなったのだと。それは違うのに。

「スギョンさん、私はね、ほかの人とは少し違うの」

「そうね。確かに」

スギョンは素直に同意した。

「だからかもしれないけど、男を信じるのが難しいなら、いっそ女の人と付き合ってみようかと考えているところ」

スギョンは答えなかった。表情も変わらなかった。しばらく何かをじっと考えていたが、ようやくボラに向き直ると言った。

「本気なの？」

ボラは素直に答えられなかった。その問いかけには鋭い何かが潜んでいた。一度も見たことのないスギョンの攻撃的な姿が浮かび上がってきた。

「ボラ、そういう感情って選択できるものじゃないよ。自然に感じるものでしょ」

「もちろん選択できるものではないよね」。一歩譲ってそう答えたが嘘だった。選択しようとしているじゃないか。

「私が言いたいのは、女性を愛するほうが安全な社会だって事実に呆れてるってこと」

「今の意見はおかしいと思う」

スギョンはまたしても鋭いトゲをあらわにした。ボラも、もう黙ってはいなかった。

「私だけじゃない、おかしいのはスギョンさんも一緒だよ。私が変な男に引っかかるかもしれないのに、なんとも思わないの？」

「変じゃない男だっているでしょう。ボラは怖がりすぎ」

「怖がってる？　私が？　怖がってるのは私じゃないでしょう。どうして急に配達の仕事をするなんて言い出したの？」

「……私は、一日も早くお金を稼ぎたかっただけ。飢え死にするわけにはいかないじゃない」

「なんで飢え死にするの？　結婚だってしているのに」

「本当に何もわかってないのね。結婚生活って、そんな単純なものじゃないの」

「自分が肝心なことを見失っているとは思わない？」

「何を見失ってるって言いたいの？」

「アイツ、罰金刑にしかならなかったんだってね」

スギョンの顔がひきつった。一瞬のうちに。

「このまま過去の出来事にするつもりかって訊いてるの」

スギョンがボラに視線を向けた。当惑がそのまま表れていた。

さっきのウジェの姿とオ・ギョンジャから聞いた話をもとに、ボラはこの家族の問題点についての把握を終えたところだった。彼らはあの一件を覆い隠し、通過点にしようとしている。全員が何事もなかったかのように演技をしている。ボラのような外部の人間が登場し、その事実に言及しない限り、本当になかったことにして生きていくのだろう。でも事件について一切口にしないのは、逆にいつも意識しているのと同じことだ。

ボラは心の中で渦巻く思いを口にできなかった。どんな言い方をしたところで傷つけるのは明らかだった。どこで暮らそうと、何をして生きていこうと、スギョンにはいつも笑っていてほしかった。それがすべてだった。それ以上の望みはなかった。でもスギョンはちっとも笑わない。

あんな目に遭った人に幸せになってと言ったところで、なんの意味があるだろうか。なんの役に立つだろうか……。ボラはゆっくり切り出した。

「スギョンさん、私たちが努力すれば世界は変えられる」

スギョンは何を言っているのだという顔でボラをじっと見つめた。

「もっと良い世界になるように努力できるってこと。私はそうやって生きるつもり。同じような考えを持っている人もたくさんいるよ」

「……どこに？」

ツイッターに。ボラはそう言いかけて飲みこんだ。理解してもらえるとは思えなかった。スギョンはしばらく黙っていたが口を開いた。

「ボラ、私は生きるのに忙しいし、あの事件のことは全部忘れた。だから、今後その話は一切しないで」

その瞬間、ボラは心底がっかりした。こんなに遠くへ行ってしまえる人だったのか。こんな人のことを心配し、しょっちゅう思い出していた時間を返してほしかった。スギョンさんは、私のことを一度でも考えたりしただろうか。私にとって、この話し合いがどれだけ大切か理解しているのだろうか。今みたいな言葉が人を傷つけるのだと、本当に気づいていないのだろうか。自分の中のスギョンという存在をできるだけ小さくしてしまおうと決心した。

「私のせいで、ボラが否定的な人間になるのは嫌なの」

「今この瞬間も、どれだけ多くの犯罪が起こっていると思う？」

「わかってる。でも、ボラには何も起こらないから。あなたはあなたの人生を生きて。私の人生がボラの足まで引っ張っているみたいで、いい気がしないの。私の克服があなたの克服になる必要はないでしょう。ボラはまた別の克服をする日が来る。私とは違う人間に成長するはずだし」

「私はもう大人だよ。それからね、これは一度しか言わないから。スギョンさんが巻きこまれた事件は、誰もが被害者になる可能性のある犯罪だよ。あんなことが簡単に起きる社会になるのを、私は絶対に放っておかない」

ボラはすっくと立ち上がった。顔が上気していた。意外にもスギョンは冷静な表情だった。

陽光の下に立って暗い地下横断道路を眺めた。うつむき加減でとぼとぼ歩くスギョンは、はるか彼方へと去っていく人のように見えた。そっと近づいて腕を組み、笑いかけたかった。小さい頃のように。でも、もう子どもではないし、最悪な大人になってしまった。スギョンもそう思っているのだろうか。あの子、最悪だなって。金を稼いだこともなく、そうする必要もないから、あんなことが言えるのだ。まだ若いから、たかが二十二歳で人生を知らないから、あんなことが言えるのだと。たとえスギョンがそう思っているとしても、これだけはわかってほしかった。

この闘いはスギョンさん、あなたのためのものなんだよ。

スギョンは地下横断道路を通り抜けるとふり返った。陽光の下に立ち尽くすボラを見つめる顔からは、何も読み取れなかった。今度はボラが暗いエリアへと足を踏み入れる番だった。

第2章

ウジェ

午前中に起きて机に向かうのは会社員と同じだ。ウジェはそう思っていた。この仕事も、かなりの誠実さが要求されると。でも会社員と同じなのはそれだけだ。月給もなければ超過勤務手当もないし、同僚もいなければ受注先もない。自分をどう定義づけるべきかわからなかった。

専業投資家。誰かがそんなふうに呼んでいたから、そう名乗ってみたこともあった。専業投資家という言い方は、いかにもそれっぽく聞こえそうだった。問題は頭の痛い質問が付きまとうことだ。「それで収益率は何パーセントなの?」そう訊かれるたびに目を泳がせた。専業で投資しているのは事実だが、利益はまるっきり出せていないとなると、自分は何をしていることになるのだろう。

スギョンは大体において温厚な性格だったが、金にかんしては厳格だったし、自分には厳しく他人には寛大なタイプだった。そういう正反対の性格を持つ妻のおかげで、四年間も専業投資家として生活することができた。そのあいだはスギョンが生計を立てるだけでなく、責任感の強さもあってか、会社でのポジションも確固たるものにしつつあった。それなのに、あの事件が勃発した。

もし専業投資家として成功していたら、スギョンは会社に通う必要もなかっただろうし、あんなことも起こらなかったはずだ。ウジェは毎日そう考えていた。すべてが自分のせいに思えた。

彼を株式投資の世界に導いたのは、はじめて勤めた職場のメンターだったハンチーム長だった。久しぶりにハンチーム長と会うことになったが、今や出世してハン次長となった姿を見たら、立場の違いを自然と比較することになるのだろう。

それじゃあだめだ。そんなケツの穴の小さい、しかも凝り固まった気持ちと態度で、忍耐の時間を過ごすなんてごめんだ。ウジェは別の考え方をしようと決めた。久しぶりの外食だ。飲み屋に行くのはいつ以来だろう。友だちともほとんど会わなくなっていた。会うとしても近所のコンビニの前に置かれているテーブルが集合場所だった。四つで一万ウォンの缶ビールをシェアしたり、それも厳しいときは缶コーヒーを飲みながら話をしたりした。皆一様に職場のストレス、家を買うという一大プロジェクトのネックなどを打ち明け、妻が育児休暇を使うために妊娠しようとしていると憤慨した。「俺だってむちゃくちゃきついのに、あいつは自分のことしか考えてない」。そのたびに別世界の話を聞いている気分になり、黙ってひたすら飲み物をすすった。すると相手は少しずつ言葉尻を濁すようになり、ところでお前は一体どうやって食っているのだと尋ね、ウジェは答える代わりに長いため息をついて帰宅する。まったくだ。これまでどうやって食ってきたのだろう。

＊＊＊＊＊

おばさんの家という名の屋台は相変わらずだった。たまにハンチーム長と酒を飲んでいた店は、文字が消えかかっている看板も、銀マットでくるんだ椅子も、荒っぽいおばさんまでも、すべてが以前のままだ。おばさんはウジェをひと目で見分けた。

「あ、お疲れ」

まるで昨日も会ったように親しげな態度で接してくれた。すぐに冷麺用のステンレスのボウルに盛られた株漬けの白菜キムチ、ネギキムチ、エゴマの醬油漬けなどが出てきた。突き出し用の小皿ではなく文字どおり冷麺の器だったから、毎回食べきれずに残すしかなかった。

がらがらと扉が開いたと思ったら、保存容器を小脇に抱えたハン次長が入ってきた。そして保存容器をおばさんに渡した。最近は残ったおかずを持ち帰っているそうだ。この店に通うようになって十年の常連、ハン次長だけに与えられた特権だった。だから決して高い酒代ではないのだと言ってウジェを見ると、真剣な顔で尋ねた。「お前が持って帰るか？」

「いえ、大丈夫です。次長がお持ち帰りください」

「おかずでも持って帰れば、小言も少しはマシになるんじゃないか？」ハン次長がげらげら笑いながら言った。ウジェは答えなかった。

「奥さんは元気か？　甥っ子たちは？」

「元気にしています」

スギョンに何があったかハン次長は知らない。彼は姑や舅《しゅうと》のようすまで尋ねてから口ぐせのように言った。「お前がしっかりしないと」

「もちろんです」。ウジェはそう答えると、ほろ苦い表情で酒を注いだ。ハン次長は四年前より白髪がだいぶ増え、額には深いしわが刻まれていた。

「あのとき新しく入った社員はどうしてます？」

「あいつも、もう係長だ」

それもそのはず、四年も過ぎたのだから。ウジェが退職する前にハン次長は新しい社員を採用したのだが、有力候補と目されていた青年はアイスアメリカーノを手に現れると、平然とした顔で面接室はどこですかと聞いた。ウジェは驚いたものだった。外国育ちか？　それが意外にもハードなサラリーマン生活にうまく馴染んでいるようだ。

「これまでどうしていたんだ?」

ウジェは専業投資家の夢を諦めることにしたと決心を打ち明けた。「この業界も大変で。そろそろ違う仕事を探してみようかと」

うなずきながらネギキムチをもぐもぐ噛んでいたハン次長が言った。「お前、いくつだっけ?」

「三十九です」

ハン次長は長いため息をついた。「きついな。その年齢だと」

「一カ所だけ面接まで進んだところがありましたが、結局落ちました」

ウジェはスギョンにも言わなかった一件を話し出した。「面接に行ったら、いきなり運転はできるかと訊かれて。経理の仕事だけじゃなく車の運転、忙しいときは資材の運搬、秘書の業務もやってくれる男性を探していると。でも年俸は食事手当込みで三千万ウォンでした。総支給額です」

ハン次長は黙りこんだ。十年前にウジェがもらっていた初年度の年俸にも満たない額だった。かつてウジェが面接で二千八百万ウォンでも十分だと思うと率直に述べたとき、当時まだ課長だったハン次長は、それで生活できるのかと訊きながら顔を覗きこんだ。合格の知らせをもらって脇目も振らずに入社したのは、そういう理由からだった。大企業よりかなり低い金額だったが、そうやって質問してくれたことがありがたかった。それで生活できるのかと、ずばり聞いてくれる心。見て見ぬふりしない心が。それからも会食の席で一万ウォン札を三、四枚そっと差し出してきては、デート代に充てろと言ってくれた。ハン次長は現在に至るまで恋愛経験がなかった。紹介された女性と会い、次のデートを申しこむと必ず断られた。それでもかなり楽観的に生きている人だった。

「お前が辞めるって言ったとき、引き留めればよかった」

「引き留めてくださいましたよ。私が言うことを聞かなかっただけです」

ウジェはあの日のことを思い出した。当時のハン次長は、退職する本当の理由を知る唯一の人だった。ビギナーズラックの次の段階にあったウジェは投資額を増やし、それでも高い収益率を維持していた。気がかりなのは投資期間が短すぎる点だったが、さほど気にはしていなかった。入れてさえおけば数カ月後に数百は上がっていたから、投資額を増やすだけで、一カ月に七、八百は簡単に稼げると思っていた。退職する前日、ハン次長はウジェと差し向かいで酒を飲みながら言った。

「お前、知ってるか？　株とか博打にハマる人間には共通点がある。大儲けした記憶が忘れられないんだよ。人間は損をしたときも引きずるが、ぼろ儲けした一度きりの記憶からは絶対に逃れられない。だから何度でも賭場に舞い戻る」

「私は負けたときのことも忘れませんけど」

「それは違うな、パク・ウジェ。お前が今どんな状態にあるか、俺にはよくわかる。似たような連中を散々見てきたから。失ったときの記憶は、今のお前の頭からは完全に消えている。一度だけ大儲けしたあの日が忘れられなくて会社を辞めるんだよ。だから最後にもう一回だけ考え直してみろ」

言われたとおりにしていたら結果は変わっていただろうか。

ハン次長がウジェのグラスに焼酎を注ぎながら尋ねた。「お前さ、正直に言ってみな。あのときチャン・スワンに影響されてハマったんだろ?」

ウジェはずっと忘れていたあの野郎の顔を思い出した。

「こんにちは。チャン・スワンです」

想像していた以上にあどけない外見の持ち主だった。当時のウジェは三十二歳で建設会社の下請に入社して三年、おなか周りには脂肪がつき始め、説教臭いオヤジになりつつあった。

「二十代の頃は工事現場を転々としていました。金を貯めて株に投資し、すったら工事現場に戻る。それを十年くり返したある日、悟ったのです」

焼肉屋の鉄板の前に陣取ったチャン・スワンは、今まさに勢力を拡大し始めたカルト教団の教祖のように話し出した。アリとキリギリスのアリ、つまり成功した側の人間である人事チームのチェ課長が、半信半疑といった表情で質問した。「たくさん損もしたようですね？」

「もちろんです。すっからかんになったこともあります。はじめに申し上げておきますが、私の投資法は一度に大儲けしようという方には向きません」

「俺は一度に大儲けしようとするタイプだけど？」チェ課長が間髪をいれずに訊き返した。

「でしたら、私とは合わないと思います。細く長く続けるのを好むタイプなので。私が投資をお勧めするのは安定した代表株ではなく、機関が短期的に関心を示すような銘柄です。小さく稼いで手を引く。これのくり返しです」

当時は課長だったハン次長の猜疑心に満ちた表情は変わらず、チャン・スワンは彼の顔色をうかがいながら続けた。「お約束できるのは二つです。一つめ、すぐに上がる銘柄をお教えします。二つめは自動売買プログラムを差し上げます」

ハン課長が素早く尋ねた。「自動売買プログラムとは？」

「そのままの意味です。売値を設定しておけば、その価格で自動的に売れるプログラム。サラリーマンの場合、株を売らなきゃいけないのに急な会議が入ったり、上から何か命令されたりと、タイミングを逃すことも多いじゃないですか。それを防ぐためのものです。上がる銘柄を的中させて買い、あらかじめ決めておいた価格で売るところまでを行います」

興味を抱いたらしいハン課長は用意していた提案を切り出した。「スケジュールに問題がなければ、講義をお願いしたいと思うのですが。ちょうど気候も良い季節ですし、京畿道《キョンギド》の大《テ》成里《ソンニ》あたりのペンションで講義を聴いて、一緒に足球《ジョック》［足と頭で相手コートにボールを返すスポーツ。四人ずつのチームで対戦する］もして。いかがですか？」

チャン・スワンはにやにやしそうになる口角を無理やり下げて答えた。「私なら構いませんよ」

それから三週間後、彼らは大成里の近くにあるペンションに集まった。ワークショップに参加したのは全部で七人だった。チャン・スワンはグレーのスーツ姿にネクタイまで締めて現れた。その姿をひと目見ただけで、この業界の真っすぐな新入社員だとバレバレだったが、誰もからかったりしなかった。いずれにしてもチャン・スワンの手には、チャンスを生かして長生《チャンス》きのアリになれる秘法が握られているのだから。

講義は合宿もできるオンドル部屋で行われた。ホワイトボードの組立が終わると、待ってましたとばかりにチャン・スワンが椅子から立ち上がった。マイクまで準備してきている。人事チームのチェ課長がボイスレコーダーを取り出して言った。「録音してもいいですよね？」

チャン・スワンの顔が歪んだ。「だめです。本来は百三十万ウォン払わないと聴けないＶＩＰメンバー向けの内容ですから」

百三十万ウォンの講義をタダで聴くチャンスを手にした男たちは、チェ課長を睨みつけた。チェ課長はきまり悪そうにボイスレコーダーをポケットにしまった。

「それでは講義に入りたいと思います。まずはご挨拶申し上げます。チャンスを生かして長生きするアリ、チャン・スワンです。お目にかかれて光栄です、皆さん」

チャン・スワンは腰を九十度に曲げてお辞儀した。参席者は大きな拍手を送った。ウジェはすぐにノートを広げた。ハン課長とチェ課長は腕組みして聴いていた。講義は株式の基礎理論からはじまり、チャートの分析法、出来高の分析法、押し目と反騰のポイントなどをテンポよく説明していった。ホワイトボードはグラフだらけだった。ほとんどが株式の理論書に載っている内容だったが、ここまで来たからには時間がもったいないと、全員が熱心に耳を傾けた。チャン・スワンはこれまで選んできた銘柄の収益がいくらだったか、一気に説明を始めた。参加者がもっとも欲しがっている情報だった。

「ご覧ください。正確でしょう?」チャン・スワンはチャートに書かれた赤い矢印を指差して言った。彼が選んだ銘柄は必ず株価が上がっていて、その言葉には信憑性がうかがえた。

「さあ、ポイントはここです。一度に大儲けしようとすると大損するかもしれません。つねにリスクが付きまとうわけです。だから失敗するアリが続出するわけですね。私はどちらも致しません。アリとキリギリス、ご存じでしょう? あのアリのように毎日少しずつエサを運ぶつもりです。毎日少しずつ収益を上げるという意味ですよ。はい、大事なところです。よく聴いてください。私のやり方はこうです。一日に三パーセントずつ、毎日収益を上げていきます。

銘柄は私が選びます。機関やアリが一斉に群がる急騰株があります。代表株ではありません。短期の急騰株です。徹底的に取引量を分析し、私がそういう銘柄を選んで差し上げます。それでは皆さんは何をするのか。毎日それを購入し、きっかり三パーセント上がったところで迷わず売ればいいのです。絶対に迷ってはいけません。迷ったら最後、一巻の終わりです。チャンスを生かして長生きするアリ、これをお忘れになってはだめ。取引が行われるのは月に二十日です。月曜日から金曜日まで。これで計算してみると……どうなりますか？　一日に三パーセント、二十日間にわたって稼いだら収益はいくらになりますか？　そうです。六十パーセントです。一カ月に六十パーセントの収益を上げることになります」

「本当に毎日稼げるのですか？」

株をあまり好きでないファン・スチャンが不愛想に尋ねた。そんなうまい話があるかという表情だった。

「ごもっともです。毎日は稼げません。人間は機械ではありませんし、毎日勝ち続けるのは不可能です。だからこそ、一日の平均収益率を三パーセントではなく二パーセントに設定します。そうすると一カ月にどれくらいの収益になりますか？」

「四十パーセント」。ハン課長が答えた。真剣な面持ちだった。

「そうですね。四十パーセントです。これを一年間ずっとくり返すと、四十かける十二は？

何パーセントになりますか？」

「四百八十パーセント」。チェ課長が答えた。ハン課長に劣らず真剣な面持ちだった。

「はい。四百八十パーセントになります。いま一億ウォンを投資すると、一年後には四億八千万ウォンを手にする計算になります」

沈黙が流れた。誰も口を開こうとしなかった。チャン・スワンが一座を見回して言った。「さて、これで終わりではありません。私は皆さんに複利投資をご提案いたします。一日に二パーセントだろうが三パーセントだろうが、収益が出たそばから再投資します。これは複利として計算するべきですよね？　複利効果を適用すると、皆さん、よくお聴きください。いま一億を投資すると、一年後には最低でも六億から七億を手にすることができます」

おばさんがカンジャンケジャン［ワタリガニの醤油漬け］と、おにぎりをテーブルにどんと置いた。

あのときチャン・スワンに騙されたせいでこのザマだと思いたかったが、いくら言い張ったところで墓穴を掘る結果になるのは目に見えていた。

「次長、私は株にハマって会社を辞めたわけではありません」

「じゃあ、どうして？」

「あの会社にずっといたら、裏金工作とか連れ出しキャバクラでの接待とかしなきゃいけなくなる、それが嫌だった」

小さな建設会社に勤務して六年、日々の残業と会食をくり返していたら、体重は入社前より十五キロも増えたし体も壊した。しかも未来がなかった。上司の命令で裏金を作って牢屋行きになるか、断って自分から会社を出ていくか、二つに一つだった。スギョンには隠していたが、連れ出しキャバクラで接待する慣習もひどく不愉快だった。

ハン次長は黙ってワタリガニの脚をしゃぶっていた。

「会社にチェ副社長がいらっしゃったことがあったでしょう」

「ああ」

「あのとき決めたんです。ここを離れるべきだって」

ハン次長は理由を訊かなかった。おにぎりの器にカンジャンケジャンの漬け汁をかけるのに余念がなかった。そしてがつがつと完食した。

大成里でのワークショップから半年後、チャン・スワンにしぶとく食らいついたハン課長は自動売買プログラムをタダで手に入れた。だが、どういうわけか結果は芳しくなく、ハン課長は疑い始めた。「あの野郎、ちょっと怪しいぞ。収益率がイマイチな日はコミュニティサイトに公開しないのに、良かった日だけアップするんだ。知らない人が見たら、毎日儲けていると思うじゃないか」

その頃のウジェはチャン・スワンなんて気にも留めていなかった。今の自分は株式の知識をある程度持っていると思っていたし、これまで貯めてきた給料を投資して、まとまった額まで増やすことばかり考えていた。収益率を計算してみたら悪くなかった。チャン・スワンが主張していた率よりは低いが、それでも誰もがあっと驚くような金額にはなっていた。でも会社の業務に押しつぶされて株に集中できる時間がほとんどなく、今いる環境に納得がいかなかった。金鉱を手中に収めたというのに、掘る時間がなくて遊ばせているも同然だった。そこで会社を辞めて専業投資家になる計画を立てた。

新婚旅行のために一週間の休暇を取得すると、ウジェは製薬会社の株を売った金で東ヨーロッパに飛んだ。そしてプラハのホテルのビュッフェレストランでさまざまな種類のハムとチーズを味わいながら、自分たちは世界でいちばん幸福なカップルだと感慨に浸った。ウジェはスギョンに約束した。毎年プラハに連れてきてあげると。それくらいの大金を稼げるのは確実だったから。

彼らが幸せな未来を夢見ていると、レストランに銀髪の外国人が入ってきた。上品なジャケットを身につけていたが、片方の袖が空っぽだった。ウジェは注意深く見守っていたがスギョンに言った。

「うちの会社に伝説の人物がいてさ」

「伝説？」

「うん。なんで伝説かって言うと、雨の工事現場で機械が止まったことがあった。一日止まるだけでも莫大な追加費用がかかるんだけど、感電の危険があるから全員が及び腰で。そしたら、その人が機械を動かした。会社の金を自分の金のように大事に思っていたんだな。でも、その結果……片腕を失った。この業界の誰もが尊敬する方だ。でもさ、それってすごくおかしい気がするんだよ。雨が降っているのに、感電の恐れがある機械を、会社のためだけを思って直した人に、絶対の尊敬を示さなきゃいけない理由は何か。誰もが見習うべきだとか、英雄になりたいっていう生半可で大げさな感情だとか、お涙頂戴的なドラマのワンシーンだとか、そういう意見は全部置いといて冷静に考えてみよう。これって本当におかしくないか？　雨が降っていたら、感電の恐れがある機械には絶対近づかないのが正しいことなんじゃない？　工事の費用がかさむとか減るとか関係なく、雨の日に感電するかもしれない機械を自分から触ろうとしたらだめだって。会社のために腕を差し出そう、命を捧げようとする人間を会社が称賛するのも良くないし、むしろ内規で釘をさすべきだよ。会社は社員に対して労働への正当な対価を支給し、事故を未然に防ぐために最善を尽くして努力する。社員は業務を誠実に遂行するが、事故が起こり得るあらゆる状況では無事故を選択すること、って。チェ副社長が会社に来たことがあったけど、会長自ら玄関まで見送りに出て、社員たちに紹介もしてくれた。副社長は片方の袖がぺらぺらのジャケット姿で微笑んでいたけど、ものすごく謙虚な方で、その場の全員が感嘆していた。自然と頭も下がるよな。でもさ、そのオーラもやっぱり空っぽの袖から出ていることは否定できない。後からこんなことを思ったんだ……会社ってどういう場所なのだろう。社員の片腕と数千万ウォンの費用が天秤にかけられる場所だとしたら、それが会社だとしたら、自分から去るべきじゃないか？」

あのとき、スギョンはどんな気持ちでウジェの退職を後押ししてくれたのだろう。

「若かったんだな」。ハン次長が言った。「若さゆえに判断を誤ったってことだ」

ハン次長は続けざまに二杯あおると、グラスを置いて考えに耽った。

「でもさ、ウジェ、お前の負けはどうしようもなかった。一個人がシステムに勝てるわけないだろ。この業界はアリを搾取するメカニズムで回ってんだ。お前も知ってるよな。〈勢力〉がどんなにうまく頭を使っているか。お前はそこにやられたんだ。まあ、あんまり腐るなよ。お前が間抜けだからこうなったってわけではないから」

ウジェは反論しなかった。お前が間抜けだからこうなったのは明らかだと言われているように聞こえた。アリを食い尽くすメカニズムを知らなかったのはウジェひとりだったわけだ。彼らに勝てると思いこんでいた。この業界の敗者は、最後は〈勢力〉の陰謀論にハマってしまう。そうなるしかないのだろう。俺のことを身ぐるみ剝ぐほどのヤツらだ、頭が悪いはずがないだろ？　ひとりのわけがないだろ？　アイツらの作戦にやられたんだ。どうしようもなかった。

屋台を出る頃には酒が回っていた。ハン次長がどうしてもと言い張るのでカラオケに行き、肩を組んでソンゴルメの『すべてを愛す』を熱唱した。店を出るときになって気づいた。大成里のワークショップで参加者全員が肩を組んで歌った曲だと。でも当時の悲願みたいなものはさっぱり感じられず、すべてを愛したいのにそんな資格もないという、どこまでも悲しく寂しい気持ちだけが残った。

帰りのバスでウジェは思った。

自分に、家族を愛していると言える資格があるのだろうか。

＊＊＊＊＊

リビングからヤン・チョンシク氏の鼾が聞こえてきた。

ヤン・チョンシク氏は、ウジェと同じくらい呑気で純真な一面がある。この家の女たちは生活力があって騙されないタイプだが、男たちは詐欺に遭いやすいタイプだ。ウジェもヤン・チョンシク氏も、それはわかっていた。それでも、こういうバランスも悪くないと思っていた。スギョンにあんな事件が起こるまでは。

ウジェは最近になってようやく殺意を抑えられるようになった。殺してしまおうか。一日に数百回は想像していた殺害のシミュレーションもやらなくなった。すべては金のせいだという思いばかりが強まっていった。

金さえ稼げればスギョンは働かなくて済むし、自分は今すぐにでもあの野郎をボコボコにしてやれる。

ジュヌはそういう計算抜きで実行してしまったために、示談金を払う羽目になった。貯金を崩しながらスギョンは泣いた。ウジェは一緒に帰る途中、人間のそれと同じくらい大きな犬の糞を踏んだ。

それでも、まだあの頃は自信があった。スギョンをまた笑顔にさせる自信が。でも、その方法はずっと間違っていたのだと、今は認めざるを得ない。スギョンが引きこもっていた数カ月のあいだにウジェが失った金額は……。

簡単に、そして迅速に大金を稼げる仕事なんて存在しないと、今ならわかる。はした金だろうけれど、すぐ手に入るならと、ひとまず会員登録を済ませて同意しますにチェックした。何に同意するのかも知らずに。基本的な個人データと免許証の認証まで終えた。

決心さえすれば職業的アイデンティティーの変化は簡単だった。ウジェは放心状態でパソコンの電源を落とした。いつも猛烈だった動作音も、お手製の売買の通知音も聞こえない部屋はひっそりしている。マイホームを手に入れるという夢は、墓の中へと静かに歩み去っていった。狭苦しい家に詰めこまれて暮らしている家族を思い浮かべながらため息をついた。でも変えようのない現実に悶々としたところで良いことなど一つもない。いっそのこと全部諦めたほうがマシだ。

そうだ、全部諦めてしまおう。

もう一度、最初からコーディングするのだ。デフォルトを恐れずに。

ウジェは椅子から立ち上がるとカーテンを引いて窓を開け放った。歪んだ木のサッシがきつくてありったけの力を込めた。そして絡み合った電線や高圧線、隣家が出したゴミ袋などを眺めていたが、大きく深呼吸すると、清涼な空気を吸いこんだ人間のように満面の笑みを浮かべた。

チョンシク

若い頃のヤン・チョンシクは染色工場で働いていた。軍に納品する衣類を扱う工場だった。内部の床には狭い水路があり、つねに悪臭を放ちながら排水が流れていた。社内食堂では薄い汁物と味のないキムチばかりが提供された。それ以外の副菜はないに等しかったり、手もつけられないほど不味かったりした。退社後にマッコリ酒場で豚の皮やホルモンを焼いて食べる楽しみがなかったら、とてもじゃないが耐えきれなかっただろう。

マッコリ酒場の店主はヤン・チョンシクを見かけるたびに、ハンサムな常連が来たと豚の皮をサービスしてくれた。同僚たちは何を言っているのだとからかい、照れ屋の青年ヤン・チョンシクは顔を赤らめて笑った。同僚が一様に醜男だったから、思いのほか端正だった目鼻立ちが目立っただけかもしれないが、このときから彼には生涯にわたって守りたい信念ができてしまった。

あ、俺ってハンサムなのか。

親戚の紹介で会った女は気に入らず、女の友だちだったヨスクが目に留まった。でもヨスクは彼をハンサムだとは思っていないようだった。一度もそんなことは言わなかったから。たまりかねて自分の顔をどう思うかと尋ねた。

「どう思うって、何をですか。目と鼻と口がついてるでしょ」

それって、どういう意味だ？

何を言っているのか理解できなかった。どこまで興味がなかったら、そんな答え方ができるのだろう。ヨスクにとっては、特に言及することもないレベルの見た目らしかった。ヤン・チョンシクはひどく自尊心を傷つけられた。だから実家に電話をかけて、結婚したい女がいるのだが鼻っ柱が強いから不安だと愚痴を並べた。母親は鼻で笑うと、そんなの子どもを産んで生活しているうちに弱くなるから心配無用だと言った。信じて結婚した。その言葉は嘘だと判明したが、ヨスクとの結婚を後悔したことは一度もなかった。

ふたりの娘の父親になったが、四十五歳になるまでハンサムだと言われると胸が高鳴った。五十歳になっても、そう言われたいと期待していた。だが五十代の半ばになると、これまでの信念が揺らぎ始めた。生涯にわたって言われるはずのハンサムという言葉を、あのマッコリ酒場で一生分聞いてしまったヤン・チョンシクは、自分は大してハンサムじゃないのかもしれないと疑うようになったのだ。だから当時の同僚と久しぶりに会ったときに、それとなく切り出した。

「あのマッコリ酒場の店長、俺の顔を見るたびにハンサムだと言っていたじゃないか」

同僚は赤くなった顔でヤン・チョンシクをじっと見つめた。「はあ？　誰がハンサムだって？」

「俺だよ、俺」

酔いが回って薄れゆく意識の中、必ず答えを引き出してやるぞという決意で訊いた。「あの女店長、俺のことが好きだったのかな？」

同僚は鼻で笑った。「お前も俺も、とにかくみすぼらしかったのに、そんなわけねえだろ？」

何も答えられなかった。同僚が網の上の肉を箸でつまんで口に入れてくれた。何気なくその肉を嚙みながら、こいつ酔ったな、何やってるんだ、ぞっとするじゃないかと思いながらも、同じように同僚の口に肉を入れてやった。かなり酔っているようだ。実に久しぶりの再会だった。

「チョンシク、俺さ、田舎に移住することにした」

「どこの田舎？」

「潭陽《タミャン》」

「タニャン？」

「タニャンじゃなくてタミャン」

ヤン・チョンシクの耳には、その後もずっとタニャンと聞こえていた。

「なんでそんなところに」

「食べていけないから」

「そこだと食べていけるのか」

「竹林を見にくる観光客に、笹の葉で作ったふな焼き《プンオパン》［ふなの焼き型で焼き、中にあんこを入れたたい焼きに似た食品］を売ることにした」

「何を売るって？」

「ふな焼き」

「なんでお前がふな焼きを売るんだ？」

ヤン・チョンシクは目をぱちくりさせた。同僚はソウルにマンションを持っているし、公務員の息子だっているというのに。

「俺、離婚する」

「なんでまた？」

「一緒には暮らせないから」

「どっちが？　お前が？」

「わかんねえ」

同僚は続けざまに酒をあおると、いきなり寂しいと泣き出した。手の甲で涙を拭い、泣くまいと堪えながら涙を流した。逆に涙を絞り出そうとしているように見えて、なんとも滑稽だった。ヤン・チョンシクはおしぼりで顔をごしごしとこすってやり、泣き止んだタイミングで口に肉を入れてやった。そして気の毒そうな表情で見つめた。同僚は涙の乾いた顔で焦げた肉をもぐもぐしながら言った。「チョンシク、お前は妻を大事にしろよ」

「俺は大事にしてるよ、うるさいな」

「本当にだぞ」

「本当に大事にしてるって」

「……俺は、あの女を愛したわけじゃなかった。過《あやま》ちだった」

「奥さんが過ちだったって？」

「いや、別の女」

ハッとしたヤン・チョンシクは一気に現実へと引き戻された。

「お前、浮気したのか？」

「浮気じゃないって。あれは浮気なんかじゃなかった」

「愛だったって言うのか？」同僚が睨みつけた。

「てめえ、さっき言っただろ。過ちだったって」

「酔ったのか？　はっきり言えよ」

「浮気は愛だけどさ、俺がしたのは浮気じゃなくて、愛でもなくて、過ちだったんだってば、過ち」

ヤン・チョンシクは床がぐるぐる回るのを感じた。テーブルの上には焼酎の瓶がずらりと並んでいる。浮気とは、愛とは、過ちとは。

「チョンシク、人間の心が揺れるのってさ、ほんの一瞬なんだよ。お前も肝に銘じて生きろ」

同僚はそう言うと、またヤン・チョンシクの口に肉を入れてくれた。それをおとなしく食べていると、ふり返ってこちらを見ながらくすくす笑っている若いカップルと目が合った。ピンと来た。自分たちを笑っているのは明らかだ。酔っぱらいのおっさんがふたりして、アーンしているザマがおかしかったようだ。その瞬間に気づいた。もう自分はハンサムではないのだ。ハンサムだとは言えない、いや、言い張ることはできないのだと。

若い連中の笑い者になるなんて。

ヤン・チョンシクは怒りに燃えた顔で同僚を揺り起こした。いつの間にか座ったまま居眠りしていた。目を覚ませとおしぼりで顔をこすってやり、外に連れ出した。トイレで仲良く連れションしてから、タクシーを捕まえるために道路沿いに向かって歩き出した。同僚はいきなり縁石に腰を下ろすと、先に帰れという手振りをした。

「ちょっと休んで帰るから、先に行ってくれ」

「こんなところで寝たら脳卒中になっちまうぞ」

「夏だから大丈夫だ。先に帰れよ」

「タニャンには、いつ行くんだ」

「来週」

「ところでさ、ギョンチョル、夏にふな焼きが売れると思うか？」

クァク・ギョンチョルは両目を大きく見開いたが、そこまでは考えていなかったという顔つきだった。

「お前さ、少しは考えて生きろよ」


家に戻って顔を洗っていたヤン・チョンシクは長いこと鏡を覗いた。そこには目と鼻と口がついている、老いた男の顔が映っていた。唯一の信念が完全に崩れ去ったことを悟った。彼はもうハンサムではなかった。そしてこのときから家族に対してこう言うようになった。

「俺はどこに行ってもハンサムだって言われる」

家族は噴き出した。最初はその笑顔を見るために言っていた。鼻で笑おうが大爆笑しようが、笑ってくれるのがうれしかった。そのうちに、そんなことを言う自分が好きになった。「俺はどこに行ってもハンサムだって言われる」。妙なことに、この台詞を口にすると気分爽快になった。身の程知らずに生きても免罪符になってくれそうだった。だが詐欺に遭って家を失ってからは口にしなくなった。下の娘になじられた。「何をどう信じたら、そこまで騙されるの?」なんて答えたらいいかわからなかった。俺はどこに行ってもハンサムだって言われる。そう言って笑わせることもできなかった。ヨスクも口を閉ざしたままなのは同じだった。不安がる彼女をこう説得したのだ。「リスクを受け入れなきゃ投資にならないそうだ。俺たちがマンションの一つも手に入れられずに生きてきたのは、リスクを受け入れたことがないからだ。今回は俺の勘を信じてくれ。金持ちはこうしているらしい」。ヨスクは信じ、しばらくして彼らは全財産を失った。その後は行く当てのない身の上になり、上の娘の家に厄介になった。下の娘はワンルームで暮らしながら会社に通っていたが、いつ戻るかわからないと言い残して突如オーストラリアに旅立ってしまった。不法滞在者にならないようにするためには、いつか戻ってくる必要があるはずだが、スギョンの話によると、どうも向こうに恋人ができたようだった。「外国の男と付き合っているってことか?」ヤン・チョンシクは目を剝いて尋ね、スギョンは回答を避けた。外国人の婿だなんて。そして後からこう思った。どんな国籍の婿だろうとウジェよりはマシかもしれないと。

ウジェは優しいことは優しいが、金を稼ぐ才覚がなさすぎた。ウジェを見るたびに機嫌が悪くなった。だが、ウジェもヤン・チョンシクを見るたびにいい気はしていないはずなので、できるだけ表に出さないようにした。それでも時々こんな言葉が口をついて出てしまうが。

「キミは家にばかりいて退屈じゃないのか？」

「退屈だなんて。私は遊んでいるわけじゃありませんから。お義父さんは退屈なんですか？」

「退屈なわけはないだろう。俺だって遊んでいるわけでは」。ヤン・チョンシクはそう答えると携帯電話をいじった。表向きの仕事は〈詐欺犯の追跡〉だったが、金を持って海外へ高飛びしてしまった一団を探すのは難しかった。自分たちも家族だと言っていた。兄妹といとこだと。彼らがフィリピンで毎食のように豪勢な食事を囲む姿を想像し、晩餐後に兄妹が泥酔したいとこを射殺して財産を横取りする、ノワール映画のワンシーンを思い浮かべたりもした。

そのくらいの目に遭ってもおかしくない連中だ。お互いのことも信用していないだろう。良心の欠片《かけら》もなく、あんなことをしでかす人間がいるなんて。結局は内輪揉めして殺し合いになるはずだ。ヤン・チョンシクが毎日のようにつぶやくと、ジフは必ずこう答えてくれた。「心配しないで。きっと捕まるから、おじいちゃん」

ヤン・チョンシクが見たところ、ジフは自分なりの復讐を夢見ているようでもあった。幼い子がそんな感情を胸に宿していいのかと心配しながらも、ジフが鋭い眼差しで宙を見つめたり、鉛筆を転がしたりすると、利発なこの子の足元に詐欺犯がひれ伏す日が来るかもしれないと、またしてもノワール映画のワンシーンを思い浮かべながら考えた。

はあ、もう映画を観るのも止めないと。

家ではひっきりなしに映画を観ていたが、どれも三、四十代の頃に好んだ香港のノワール映画で、見終わると逃亡した詐欺犯と自分の人生を映画のプロットに当てはめて想像した。自分と詐欺犯の人生が拮抗作用するシーンだった。気分のいい日だと、詐欺犯の一人が計略にはまって撃たれ、そのせいで計画にほころびが生じて身元が割れ、刑事に尻尾を捕まれるというプロットに、気分がイマイチの日だと、詐欺犯はフィリピンでゴルフを楽しみ、あらゆる海の幸で豪勢に整えられた食卓に座り、高級外車を乗り回し、プール付きの家に住むという平凡な一日がくり広げられるプロットになった。片方が不幸だと、もう片方は平穏になるという、幸福と不幸の長さが直線の目盛りで正確に表示されている状態だった。

「敵役《アンタゴニスト》と主役《プロタゴニスト》って言葉がある」

友人のクォン・ハッキが言った。彼の夢は〈映画街の忠武路《チュンムロ》で映画を作る人〉になることで、すべての映画人はシェイクスピアを手本にするべきだと、誰も興味を持たないような変な主張を唱えるヤツだった。彼によるとアンタゴニストは詐欺師、プロタゴニストはチョンシク、まさにお前、そう理解すれば簡単なのだそうだ。

「チョンシク、お前、そのうち病気になっちまうぞ。忘れろって」

ヤン・チョンシクは決して忘れはしないと心に誓いながらマッコリを飲んだ。

「俺はいつもこう思っている。こんなに気落ちしているのだから普通の死に方はできないはずだ。きっと苦しんで死ぬだろう。じゃあ、どこが苦しくて死ぬのか。おそらく癌だろうな。もう長くは生きられないと医者に告げられるだろ、そうしたら飛行機に飛び乗ってフィリピンに向かい、ヤツらを自分の手で始末する。どうせ死ぬ身なのだから」

「チョンシク、もう長くは生きられないと医者に言われたとするだろ？　そうしたらお前は変わるしかなくなる」

「変わる？　どう変わるんだ？」

「お前は許すことになる」

「イカれた野郎が」

「長生きするために許すはずだ。そいつらを憎み続けたら病が悪化するから、きっとお前は許すよ」

「話にならないな」

「うちの親父がそうだった」

「えっ？」

「うちの親父がそうだったんだよ。許したよ、結局」

「俺はそんなことしない」

「チョンシク、お前が全財産を失ったのは韓国人のおかしな習性のせいだ」

「はあ？」

「生涯かけて貯めた財産を不動産に投資する韓国人の習性だよ。だからお前はすっからかんになった」

ヤン・チョンシクは反論しなかった。だからといってクォン・ハッキの話に同意したわけでもない。クォン・ハッキは感傷的すぎるし、自分はまだ還暦にもならないという気概で生きているらしく、詳しく理由を尋ねてみると、歳を数えるのを止めたという答えが帰ってきた。

「おかしいからさ。俺がそんな歳だなんておかしいよ」

忠武路で映画を作るという夢が遠ざかった今、あと三十年以上もどうやって生きたらいいのかわからないとクォン・ハッキは言った。ヤン・チョンシクは驚いた表情で訊いた。「ハッキ、お前、百歳まで生きるつもりなのか？」

「俺はタバコも吸わないし、酒だってたくさんは飲まないだろ。今から大酒のみの喫煙者にでもなろうか？」

「なんで？」

「長生きすると、それだけ金が必要になるじゃないか。健康でいれば病院代もそんなにかからないから、これまではきちんとした生活をしてきたけど、このままだと長生きしすぎるんじゃないかって心配になってきてさ。お前は妻子がいるけど、俺には誰もいないだろ。まさか還暦過ぎても誰もいないなんてことにはならないだろうと思ってたけど、現実になるとはな」

　クォン・ハッキは壁紙を売って貼る仕事をしながら貯めた全財産で中古の平屋を購入し、ベランダで観葉植物を育て、庭に家庭菜園を作り、たまにスンデグッ［豚の肉や内臓、腸詰を入れたスープ］の店で友人とマッコリを飲んだ。そのたびにシェイクスピア云々と言い始めるから、みんなからは変なヤツだと思われているが、いつからかヤン・チョンシクは、金や子どもの話題は口にせず、シェイクスピアのことしか話さない彼のほうが気楽だと感じるようになった。

「お前さ、なんでそんなにシェイクスピアが好きなんだ？」

「宿命を語っているから。宿命は運命とは違う。運命には逆らえるが、宿命は受け入れるしかない」

「お前、どうして女と出会えなかったんだろうな？」

「一度だけ結婚したいと思った女性がいたけど、俺が機会を逃した。それからは来ないな。誰も」

「そんなことあるか」

「そんなことあるんだな」

　クォン・ハッキはしばらくしてから続けた。「だから俺は映画を愛している。映画には俺みたいな人物が登場するから」

そう言って首を振っていたが、やがてマッコリを飲むとシェイクスピアの話を再開した。いつも飲み代を払うのはクォン・ハッキだ。もちろん、それが理由で話を聞いてやっているわけではないと思っているが、会計をする彼の背後にぼんやりと佇みながら、ありがとうと言うべきか、今からでも女と付き合ってみろと言うべきか、帰ったらぐっすり寝ろよと言うべきか悩み、結局は何も言わずに別れた。手も振らず、じゃあなとお互いに背を向けて。

＊＊＊＊＊

スギョンにあの事件が起こったとき、ヤン・チョンシクは鬱憤がたまって寝込んだ。彼にできることはほとんどなかった。あの野郎をボコボコにして帰宅したジュヌが痣のできた拳を握りしめているのを見たときは、まず示談金の心配をした。確かに到底許しがたい事件だったが、最悪の事態は免れたのだから、ついてなかったと思うことにして忘れたかった。どうしたらそんなにひどいことができるのかって？　そうでもしなければ自分が死んでしまいそうだったからだ。火病《ファビョン》［怒りを抑え続けることでストレス障害を起こす精神疾患］で心臓が爆発してしまいそうだった。

スギョンは家に閉じこもっていた四カ月のあいだに、二度ほど過呼吸で救急救命室に運ばれたが、ヤン・チョンシクも寝ている最中に息ができず、がばっと起き上がることが何度かあった。家族には気づかれないようにしていたが、このまま死ぬのだなと思うほど苦しかった。そんな経験を何度かするうちに、まずは自分の気持ちを落ち着かせなくては、自然とそう思うようになった。病院に行けば病院代がかかるだろうし、救急救命室に運ばれたらあれやこれやと検査するだろうから、病気が見つかるかもしれない。かなり前に保険を解約した身としては、スギョンの迷惑になる状況を作りたくなかった。そうなってしまう可能性を放置しておくわけにはいかなかった。だから、ついてなかったと思うことにしよう、何事もなかったのが不幸中の幸いだと考えることにしようと、ひたすら自らを洗脳した。そしてある日、家族全員が同じように行動していることに気づいたのだ。それが良いのか悪いのかという判断は下せなかった。

娘の心を楽にしてやろうと思うなら別に家を借りるべきなのだが、どうしても自信が持てなかった。ヨスクが清掃スタッフの仕事を再開すればいつかは可能かもしれないが、あの仕事に戻るかは疑問だった。勤務していた病院では派遣会社を介して清掃スタッフを採用していた。最低賃金が上がるや、病院側は下請け料金を固定制にし、派遣会社は勤務時間を短縮する方法を採用した。そのせいで給与は下がったのに仕事の量は一切減らないという状態になり、体力ばかり消耗するようになった。近くの建物で働く清掃スタッフや警備員も似たような状況だったり、解雇されたりしていたので、苦しい事情を訴える場所もないと言っていた。血や膿のついたガーゼや注射針を片付けるのに、まともな保護具すら支給されず、いつも手袋を二、三枚重ねて仕事をしていた。汗と湿気で爪の根元が腫れ上がり、皮膚が剝がれ落ちるのは日常茶飯事だった。これ以上ヨスクを追い立てるようなことはしたくなかった。もう詐欺犯の追跡は警察に任せ、自分とヨスクの生活費の追跡をするべきだった。

あちこちの知人に電話をしてみた。ほとんどが糖尿と高血圧による合併症を患っていたり、脳出血で倒れたり、抗がん剤治療を受けていたり、ローンの元金の返済という圧迫に苦しんでいたり、子どもと絶縁してうつ病の治療中だったりした。逆に慰めてから電話を切った。彼らは特に持病もなく、ローンの利子を払う必要もないヤン・チョンシクを心底うらやみ、どうやったら婿とそんなに良好な関係を築けるのかと不思議がった。ヤン・チョンシクは笑いながら黙っていたが、最後に健康診断を受けたのはかなり前だから、どこが悪いかわかっていないだけで、もしかすると自分の体も病気になっているかもしれないという言葉が喉元までこみ上げた。利子だってローンを組む資格のある人間にだけ生じる借金なわけだし、婿と良好な関係が築けるのはふたりとも稼ぎがないからだ。この家では女のほうが生計を立てるのが得意だった。知人に職を紹介してもらうのは間違いだったと即断したヤン・チョンシクは、最後に昔の同僚に電話をしてみた。ずっと前に家具店で一緒に働いていた相手だが名前は忘れてしまった。当時はキム課長と呼んでいた。

キム課長は大げさなほどに電話を喜んだ。そして今でも現役で働いているから、いつでも事務所に寄ってほしいと言った。翌日すぐに会社を訪ねた。

（株）テソ食品。

鍾路《チョンノ》のど真ん中、清渓川《チョンゲチョン》の隣にある古いビルの地下に、やや傾いた四角い看板が掛かっていた。何度も確認してから地下へと下りていった。半透明のガラスのドアを押して入ると、五十代半ばと思しき女性が席から立ち上がった。六坪あるかという小さな事務所だ。片隅に段ボール箱が天井まで高く積まれ、そのあいだからキム課長の顔が見えた。

二十年の月日が流れたというのに、キム課長は一目でヤン・チョンシクを見分けた。ふたりは再会の挨拶を交わし、握手した手をなかなか放そうとしなかった。キム課長が出し抜けにラーメンは好きかと尋ねてきた。

「ラーメン？」

「そう。よく食べる？」

「そうだと思うけど」

「どこのラーメン？」

「辛《しん》ラーメン」

そう答えた瞬間、最近は安城湯麵《アンソンタンミョン》をよく食べていることに気づいたが、大して重要ではないだろうと黙っていた。キム課長はしばらく何も言わなかった。そして引き出しからパンフレットを取り出した。ヤン・チョンシクはパンフレットを覗きこんだ。そこにはラーメンがあった。

「これは?」

「うちの会社の商品。ジャガイモラーメンだ」

「そうか? 今度買ってみる」

「スーパーには置いていない。貴重な品だから」

キム課長は間を置きながら説明した。「江原道《カンウォンド》の新ジャガで作った麺だ。油で揚げずに焼いていてカップラーメンと袋麺の両方がある。化学調味料は一切入っていない。煮干しの粉、昆布の粉、スケトウダラの粉、ウコンの粉、とにかく体に良いものをすべてぶち込んだ。ちょっと値は張るが、高くなるのは仕方ないよな。品薄でスーパーには納品できないから、知っている人だけが味わえる高級ラーメンってわけだ。金持ちはみんなこういうのを食べている。庶民派は一般的なラーメンだけどな」

ヤン・チョンシクは説明を聞いたにもかかわらず、状況が呑みこめなかった。キム課長は今やキム支社長で、鍾路支店を一手に引き受けているそうだ。

「競争が厳しくて待機者リストは数十人になるが、キミは知り合いだからな」

ヤン・チョンシクは目をぱちくりさせた。

「家の近所に老人ホームはあるか？」

「知らない。どうして？」

「うちのラーメンは老人ホームで人気がある。たくさん売れるはずだ。超健康食品だから。これはラーメンじゃなくて栄養剤だな、栄養剤」

キム課長は横に積んであった段ボール箱を机の上に下ろした。持って帰れるように紐でしっかり縛ってある。

「登録の手続きはこっちでやっとくから、必要な書類だけ送ってくれればいい。今日は帰ったら家族に食べさせてみてくれ。うまいって大騒ぎになると思うぞ。いいときに電話してくれたよ。会社が過去最高の好景気でね。最初に宣伝を始めたときは大変だった。今はテソ食品のジャガイモラーメンって言えば、みんなわかってくれるから楽だよ」

テソ食品のジャガイモラーメンをはじめて知ったヤン・チョンシクは面食らっていた。知らないのは自分だけなのか。

「書類はいつ送ってくれる？」

「家に帰ったら送るよ」

とっさにそう答えると、段ボール箱を持って立ち上がった。そして事務所を出ようとしたところでふり返ると訊いた。「ところで、なんの書類が必要なんだ？」

「なんの書類って決まっているじゃないか。謄本と身分証明書に通帳のコピー、そういうのだよ。知ってるだろ。始めるときに提出する」

何を始めるのかとは訊かずにビルの外に出た。段ボール箱はそれほど重くなかったが、厚みがあって持ちにくかった。

家に戻ると段ボール箱をリビングの隅に置き、家族の帰りを待った。そして夕飯の時間に合わせてラーメンを食卓に出した。意外にも袋麺ではなくカップラーメンで、お湯を注ぐだけだから面倒な作業は一切なかった。

ヨスク、スギョン、ウジェ、ジフは期待に満ちた表情でラーメンの完成を待った。ついに三分が過ぎ、全員一緒にジャガイモラーメンを食べ出した。

静かだった。誰もしゃべらずにひたすら無言だった。麺をすすり、スープをごくごく飲む。ついにスギョンが口を開いた。「これが有名なの?」

「ああ」

「どこで?」

「金持ちはこういうのが好きらしい。俺たちが食べるようなラーメンは口にしない」

「誰が言ったの?」

「キム課長が」

ヨスクが箸を置いて言った。「こんなにまずいラーメン、はじめて食べた」

ウジェも箸を置くと言った。「お義父さん、これはラーメンじゃないですね。ラーメンの味じゃない」

「じゃあ、どんな味だ？」

答えたのはジフだった。「おじいちゃん、これ、紙の味がする。食べてみたことあるからわかるんだ。同じだよ」

スギョンは立ち上がるとカップラーメンを回収していった。ヤン・チョンシクの前にぽつんと一つだけ残して。

「父さん、これ本当に売る気なの？」ヤン・チョンシクは答えに窮した。おいしくない。まずいにも程がある。

「ラーメンじゃなくて、栄養剤だと思って食べたらいけるんじゃないか？」

「栄養剤よりまずいです」。ウジェがそう言うと食器棚から安城湯麵を取ってきた。スギョンは鍋に水を入れ、冷蔵庫からネギと卵を出してきた。ヤン・チョンシクは食べかけのジャガイモラーメンを見下ろした。

食べろっていう意味でくれたのか、捨てろっていう意味でくれたのか。

怒りがこみ上げてきたが、それよりも家族に理解してもらえない寂しさのほうが大きかった。

まだ謄本やら通帳のコピーは送っていなかったが、この仕事をやってみる気だったたし、社会復帰できるかもと、少しのあいだ胸が高鳴ったのに。多くは望んでいなかった。家賃程度にでもなれば満足だった。老人ホームはないかと、帰り道はずっときょろきょろしながら歩いた。足取りも軽く、気分も爽快だった。家族で食卓を囲んでラーメンをすすりながら、金持ちはこんなものを食べているのかと感嘆し、俺たちはそんなことも知らずに安城湯麵ばっかり買っていたな、そんな言葉を交わす光景を想像していた。

箸を持つと麵を完食した。スープまで飲み干した。そして言った。「俺たちの味覚が化学調味料に慣らされているから、この良さがわからないんだ。シンプルながらも深い味わい。金持ちは俺たちとは味覚そのものが違うからな。刺激的な食べ物よりも、体に良い食べ物に反応する」

だが誰も聞いてはいなかった。

ヤン・チョンシクは静かにリビングへ向かうと、段ボール箱をベランダにぽいっと投げ捨て、携帯電話をつかんでキム課長の番号を迷惑電話に登録した。ちょうど本人からショートメッセージが届いていた。

——味が薄かったら唐辛子粉をちょっと振って、牛肉出汁《ダシダ》の粉末調味料をスプーン一杯足すといい。

血圧が一気に上昇した。

こいつ……確信犯だな。

全部わかったうえで段ボール箱を抱えさせ、家族と食べるように勧めたとは。お前は絶対に食べるな、販売に専念しろ、老人ホームに持っていって天然マツタケ、高麗人参、カエデの樹液、オメガ3などなど、とにかく体に良いものをぶち込んで作ったラーメンだと、デタラメ言って売ればいい、そう正直に教えてくれていたら、ここまで惨めになることもなかったのに。

その晩はリビングでマッコリを飲みながら、何をして食べていこうかとふたたび途方に暮れた。詐欺犯の行方が見つからないのと同様に、生活費の行方も依然はっきりしなかった。

＊＊＊＊＊

ヤン・チョンシクはジフと手をつないで家に向かう途中、人気《ひとけ》のない路地に置かれている電動キックボードを見つけた。

「乗ってみるか？」

ジフの目がまん丸になり、口元に笑みが浮かんだ。

「うん。同じクラスの友だちが、お父さんと乗ってるところを見かけたよ」

ヤン・チョンシクはキックボードを真っすぐ立てて乗った。自転車と同じくハンドルにブレーキがつながっている構造のようだ。ちょっと見ればわかるさ。少し自信が出てきた。でもいくら地面を蹴っても動かない。徐々に焦ってくる。どう運転するのか、さっぱりわからなかった。ジフが手を伸ばしてきた。

「携帯貸して、おじいちゃん」

素直に渡すとジフは素早くアプリをダウンロードし、運転免許証が必要だと言った。ヤン・チョンシクは財布から運転免許証を取り出した。ジフは順調に身元確認の手続きを終え、デビットカードの登録までやり遂げた。なんでこんなことまで知っているのだろう。この年代の子たちがいちばん興味を持つ、面白いおもちゃが携帯電話なのは承知していた。それなのに買ってやれないのが不憫ではあったが。

「携帯を持っている子は多いのか？」

「僕ならなくても大丈夫。ＹｏｕＴｕｂｅなんて全部でっち上げだし」

「でっち上げ？　どういうことだ？」

ジフは答えずに、大人びた表情で電動キックボードについたＱＲコードをスキャンした。すると軽快な音とともに動き始めたではないか。ヤン・チョンシクはハンドルを操作して加速とブレーキをチェックし、三メートルほど進んでから飛び降りた。手のひらは汗でぐっしょり、両脚もがくがくしていた。

「どうしたの、おじいちゃん」

「こういうものなのか？」

「どこか変なの？」

「こんなに速いものなのか？」

ジフは首を横に振りながら叫んだ。「おじいちゃん、今のちっとも速くなかったよ」

そんなはずなかった。スピードが速すぎて地面に頭を打ちつけるかと思った。

ヤン・チョンシクは電動キックボードをずるずると引きずって歩いてきた。電気モーターのせいか、ずっしりと重かった。人ひとりを引っ張っている気分だった。言葉が通じず、彼に対して敵意を抱いており、どう接したらいいのかわからない相手。でも彼におとなしくすべてを委ねているから、誠に厄介な相手。

たった数歩の移動なのにさまざまな思いが交錯した。これに乗っている男性を先週見かけたのだが、間違いなく同年代だった。まだ現役なのかスーツ姿だった。シャツの裾をはためかせて走り去る姿が非常に格好よかった。電動キックボードをはじめて知ったときは、ああいうのは若者が乗るものだと目も向けなかったが、そのときの自分の態度が恥ずかしかった。こうやって人は老いていくのだな。いつの日か必ず乗ってみせると決心した。ところが、まさかこんなに速いとは。

「おじいちゃん、僕も乗りたい」

ためらったが、路地を見回して誰もいないのを確認してから後ろに乗せてやった。

「腰にしっかりつかまってろ」

ジフが言われたとおりにする。

「おじいちゃん、出発進行」

軽くハンドルを回した瞬間に電動キックボードが前に飛び出した。急発進、急ブレーキの連続だったが、それよりも問題なのは、この人の多さ！　うっかり人気のない路地から出てしまい、通行人を避けようとして転びそうになり、そのせいでジフは悲鳴をあげ、凸凹な地面で何度も急ブレーキを掛け、とうとうキックボードから落ちたジフは火がついたように怒った。一度も腹を立てたことなんてなかった子なのに。

「おじいちゃん、降りて！」

ひとりキックボードに乗ったジフは人混みを抜けて突っ走り、あっという間に視界から消えた。しばらくしてふたたび現れると、目の前でぴたりと停まって言った。「壊れてなんかなかったよ」

そして、じっとヤン・チョンシクの顔を見上げた。彼は何も言わずに手振りでジフを降ろすと、キックボードをずるずると引っ張って電柱の前に立てた。

「帰るぞ」

帰り道ではあらゆる悲観的な思いに苛《さいな》まれた。

俺も老いたな。たかがキックボードにも乗れないなんて。

あのときの男性はどう見ても同年代だったのに、どうしてあんなにすいすいと乗っていたのか。彼にあって自分にないものは何かと考えていたが、もしかすると反対なのかもしれないと思い当たった。彼になくて自分にあるもの。滞納している健康保険料、小言ばかりの嫁、尊敬してくれない子ども、そして……恐怖心。ため息が出る。時代は自分を置き去りにしたまま猛スピードで走っていく最中だった。QRコードのスキャンも、ようやく慣れてきたところだというのに……。長々とため息をついた。

ヨスクとロッテリアに行ったときの一件を思い出した。ふたりはセルフオーダー端末の前で両腕をだらりと垂らして無力に立ち尽くしていた。娘や婿から教わりはしたのだが、彼らがいないと、彼らに教わった知識も一緒に蒸発してしまうらしかった。恥ずかしくなったヤン・チョンシクは妻に一任して席に座ったが、すぐにヨスクが追いかけてきた。

「何してるんだ？　注文してこないと」

「あなたがやって」

「やり方がわからない」

「どうしてわからないの」

「お前がやれよ」

結局立ち上がってセルフオーダー端末に向かった。ヨスクは義理堅くも隣に付き添ってくれている。ふたりともぼうっと霞んだ頭の中をほじくり返し、娘と婿に教わったとおりに指を伸ばしてパネルを押した。ぐっ。すると画面が変わり、おすすめメニューが映し出された。

「私はココアにする」

すぐにヨスクが言ったが、画面にココアはなかった。

「その歳で甘いものなんか飲むのか？　コーヒーにしとけ」

「この時間にコーヒー飲んだら眠れなくなるんだってば」

ヤン・チョンシクは横目でヨスクを睨んだ。その拍子に、後ろにできた長蛇の列が目に入ってしまった。ジュヌと同年代らしい十代の子たちがため息をつきながら待っていた。ヤン・チョンシクはごくりと唾を飲みこんだ。なんであんなに並んでいるんだ。決して焦るまいと心に誓い、指先で画面をたどっていった。ところがコーヒーを単品で注文できる方法が見当たらない。コーヒーだけの写真を押さなくてはいけないのに、どこを見てもハンバーガーとのセットしかなかった。仕方なく最初にある写真を押すと、ヨスクがびっくりして叫んだ。

「なんでハンバーガー？」

「俺が食べようかと」

「さっき夕飯を済ませたばっかりなのに」

「もう腹がすいた」

そんなはずないという目で見つめるヨスクを無視して決済ボタンを押した。それを探すのも一苦労だった。すると画面がまた変わり、これは何々の四角、四角、延々と四角が続き、その中に書かれている単語を解読するのにまた一苦労、一体どうしたらいいんだ……。カウンターに立っている店員は、どうしてこっちをぼうっと見ているだけなんだ。さほど老けては見えないはずという自負があったが、今はむしろ年寄りに見られたほうが良さそうだった。誰かが手伝ってくれたら……。そっとふり返ってみると、十代の子たちは全員が携帯電話を見ていた。注文方法がわからなくて困っているヤン・チョンシクに誰も気づいていなかった。少し安堵してカードを投入口に差し入れた。ところが入っていかない。どうしたんだ。デビットカードだからだめなのか。この前は大丈夫だったのにおかしいな。何度も無理やりカードを押し入れようとしていると、いきなり横からにゅっと救いの手が現れた。隣の端末で注文していた若い女性が、ヤン・チョンシクの画面上で素早く何かを二度タッチすると、ようやくカードが入っていった。小さな声でありがとうございますと告げたが、若い女性はたちまち見えなくなった。

こうしてようやく注文を終えたヤン・チョンシクは席に戻ることができた。

パニック状態だったし、何がなんだかさっぱりで、どんな商品を注文したのかも不明だが、値段は七千八百ウォンもした。領収書の下に記された番号を確認したヨスクが電光掲示板を注視しているあいだ、ヤン・チョンシクは長いため息をつき、歩道を行き交う人びとを見つめた。ざっと見積もっても人口の四分の一は同年代なのに、二十五パーセントは自分と同じ高齢者なのに、この社会はかくも先端かつ迅速なのか。カウンターで注文していた頃は、そちらよりもセットで購入したほうがお得だとスタッフが教えてくれたし、プロモーション商品の紹介もしてくれたし、ストローをもう一本欲しいと頼めばくれたし、紙コップをもう一つだけとお願いすれば聞いてくれたのに、今やそういう個人的な頼みごとは一切できないし、どうもご親切に、ありがとうといった言葉もかけられなくなった。そう言えていた頃はとても気分が良かったのに、自分が店にふさわしい洗練された客だと思えたのに。今はこの店にふさわしくなくて垢抜けない客になった気がして、カウンターのスタッフにやたらと目が行った。

「うちらのだ」

ヨスクが立ち上がって持ってきたのはハンバーガーのセットだったが、パティはぶ厚くて正体不明の揚げ物が挟まっており、ソースまみれなうえにチーズまで顔を覗かせていて、とてもじゃないが口に合う代物ではなく、ヤン・チョンシクは名も知らぬそのハンバーガーを食べながら、酸っぱいものがこみ上げてくるのを何度も感じていた。腹が膨れた状態でぎとぎとしたハンバーガーを食べるなんて、自分はいま何をしているのだろう。ヨスクはコーラを前にしてため息ばかりついていた。ヤン・チョンシクは普段コーラを口にしないが、その日は飲むしかなかった。あまりに脂っこかったから。

ヤン・チョンシクは黙って前を歩き、ジフは静かに後を追った。四角い鞄を背負った男が横を通りすぎた。ヤン・チョンシクは鞄のロゴをじっと見つめていたがジフに尋ねた。「あの人はどこかの職員か?」

「デリバリーをする人だよ」

「何の?」

「食べ物の」

「あの鞄に食べ物が入っているのか?」

「うん。友だちのお母さんもやってるよ」

「何を?」

「デリバリー。歩いていくんだ」

その瞬間、ヤン・チョンシクの足が止まった。

「歩いて食べ物を配達するのか？」

「うん。町内限定でね」

心臓が躍った。ヤン・チョンシクは自転車やオートバイといった二輪車に乗れない。昨年、慣れた道を自転車で走っていたらトラックに轢かれそうになったのがトラウマとなっていた。本当に間一髪でトラックがかすめていったのだ。衝突していたら天文学的な金額の治療費になっていたはずだと胸をなで下ろした。それから二輪車に乗りたい気持ちは完全に消えた。適度なスピードで歩くほうが安心だった。

「誰でも配達できるのか？」

「アプリを入れて、本人確認とかすればできるはずだけど？」

ポケットから携帯電話を取り出した。ずっと前から使っていたのが壊れ、ウジェが無理して買ってくれた新機種の中古品だった。

ぶらぶらしているよりは歩くほうがマシだろう。歩くよりは配達するほうがマシだろう。そうすれば、この先端社会に適応できない自分も変わるかもしれない。そうだ、この機会に町のことを知っていけばいい。ジフの学校と市場、地下鉄の駅と近くのスーパー以外の場所にほとんど行ったことがなかった。どこに何があるのかも、よく把握していなかった。車を売ってからはずっと運転していないし、最近は携帯電話の画面の文字もよく見えなかった。それは老眼鏡を持ち歩けばどうにかなるだろう。

「ジフ、それを入れてくれないか」

「何を？」

「配達だよ」

「おじいちゃんがやるの？」

「どうして？　できないと思うのか？」ジフは少ししてから答えた。「ううん。おじいちゃんにもできるよ」

その言葉にヤン・チョンシクは感動した。

「でもさ、おじいちゃん。データは何ギガなの？」

ヤン・チョンシクは目をぱちくりさせた。

「Ｗｉ-Ｆｉ使えばいいだろ、どうしてだ？」

「データの容量を増やさないと。アプリの使い方も習わないといけないし。僕が教えてあげるね。心配しないで」

子どもが存在するからこの世は美しくなるのだと認めざるを得なかった。あんなに小さな子が、こんなに大きな勇気をくれるなんて。

方向を変えてスーパーに向かった。ジフにスナック菓子を買ってあげたかった。

サイバープロレタリア夫婦

スギョンは助手席のウジェが気になっていた。どうして急についてきたのだろう。不意打ちのように現れたから断りようがなかった。玄関を出ようとすると、がちゃりと部屋のドアが開き、ジャージの上下に身を包んだウジェがどたばたと走ってきてスニーカーを履きながら言った。「俺も連れてってよ」

つい乗せてしまったが、先物取引はどうするつもりでこんなことをしているのか知りたかった。

「最近は取引してないの？」

「してないよ。かなり前から」

最近のウジェは夜になると外出して明け方に戻ってきた。どんな仕事をしているのか見当がついたから尋ねはしなかった。うまくいっていないのか自分の寝言で目覚め、すさまじい音で歯ぎしりする。そのたびに何度も揺すって起こさなくてはならないスギョンまで寝そびれる日が続いていたし、ウジェの服からかすかに漂う車両用の脱臭剤とタバコのにおいも気になっていた。そんないくつもの夜がふたりのあいだで澱《よど》んでいた。

「先物取引、止めるつもり？」

ウジェは黙っていたが、しばらくして口を開いた。

「ボソク、知ってるだろ？」

ファン・ボソク。ウジェのいちばんの親友だ。スギョンは十年にわたって彼を見てきたが、そのあいだ一度も職に就いたことがなかった。哲学を専攻し、小説や詩を書いていた時期もあり、三十五歳になるや筆を折る決心をして、いきなり詩集を出したと思ったら、現在は両親が所有する建物にオルタナティブスペースだか何かを作るのに熱を上げている。退職する直前に彼と会ったことがあった。店のオープン準備中で、費用を節約しようとフリマアプリで椅子や食卓、什器《じゅうき》などを山ほど買いこんでいた。スギョンとウジェは車で什器を運び、お礼にチキン屋でビールをご馳走になった。そのときはじめて何をする店か訊いたのだが、返ってきた答えは、地域社会の小さなコミュニティを活性化するための非営利型の店だった。何を言っているのかと訊き返すと、完全に同じ答えが返ってきた。スギョンはそれ以上しつこく尋ねなかった。

「ボソクがさ。運転代行をやってるって話したら、酔っぱらい相手の仕事なんか止めろ。いっそ、スギョンさんの仕事をやってみたらいいのに、だって」

スギョンは黙っていた。ウジェが運転代行をしながら、どんな目に遭ったのか想像する余裕はなかった。まだおかしな客に遭遇したことはないが、駐車にかんするクレームで揉めたことが何度かあり、タメ口を使われるのは日常茶飯事だった。でもその程度なら我慢できた。かすってしまった人たち。深くかかわることもない人たち。お互いにそう思っていることが表情にはっきり出ているから楽だった。つねに閉まっているドア。応答のないチャイム。品物を受け取るとすぐ家に入ってしまう人たち。エレベーターの中で配達する荷物を持っていると、子どもたちがささやくことがある。「うちのもあるかな?」スギョンはどこに住んでいるのかと訊きかけて止めた。子どもが宅配業者に警戒心を持たないのは良いことなのかわからなかった。自分の家宛の荷物を受け取っていこうという純粋な気持ちなのだろうが、それを悪用する人間もいるかもしれないと思ったのだ。同じ階で下りたとしても、必ず家の前で荷物を渡すようにしていたし、一度はチャイムを鳴らすようにしていた。それを見て「うちの荷物ですか?」と子どもが尋ねてきたら部屋番号を確認して手渡す。受け取った子どもが暗証番号キーに気を取られた姿勢でボタンを押し始めると、スギョンは急いで背を向けた。あれじゃあ危ないのに。内心そう気にかけながら。

「仕事は大変?」

「効率が悪い日はキツイな。数珠なりの日は、よし! って感じ」

ウジェはそう言うと音楽をかけた。速く軽快なビートのアイドルの曲が飛び出してきた。すぐにロックバンドのサヌルリムの曲に変えた。思い出のヒット曲が次々に流れてくる。ふたりは『回想』を小さな声で一緒に歌った。ウジェが週末の朝になると大音量でかける曲だった。ヤン・チョンシク氏は貧乏くさいと嫌がり、ヨスクさんは耳を傾け、ジュヌはうんざりだとイヤホンをつけ、ジフは汚れなき声で一緒に歌った。家族が全員一緒にその歌を聴いている週末の風景はかなり騒々しく、温かく、ずっとこんなふうに暮らすのも悪くない、けたたましい音を立てて古びた敷居を越えていく真空掃除機を眺めながらスギョンは思った。

「あ！　あそこ、漢方の店の前に犬が二匹つながれてる」。ウジェが大声で言った。ちらっとふり返ると、黒と茶色の犬が道端につながれていた。憐れな表情をしていた。ウジェは窓を下げながら言った。「番犬用だよな?」

どういう意味で尋ねたのかわかっていたから、スギョンは黙ったまま答えなかった。わからないでしょ。番犬として外に出されている犬なのか、別の目的のために連れてこられたのか。

「番犬として連れてきたんだろう」。ウジェはそう信じたい人のように言ってから窓を上げた。

未舗装の左折区間でスギョンはハンドルを切った。土埃が舞い上がった。徐々に開けてくる視界にグレーの物流センターが現れた。ウジェは前のめりになると、中に入るために並んでいる車両の数を数えて驚きの表情で叫んだ。「あれ、アウディだ！　その後ろには幼稚園のバスもある！」

たまについてくるヨスクさんは、アウディのおばさんの内情を知ることとなった。子どもたちは海外在住で、夫は退職後の再雇用で地方住まい、おばさんはマンションのローンの利子返済に充てようと、この仕事をしていた。アウディのおばさんもヨスクさんの内情を知っているのかもしれない。全員の収入が思わしくない家族……そんなふうにまとめられているのだろうか。

ふと電車のプラットフォームに立つ家族を思い浮かべた。それぞれが確固とした目的意識を持っているかは不明だけど、電車に乗るという熱望を抱えて立っている。そして電車が到着すると、どの方面に向かうのかもわからないのに乗りこんでしまう。とりあえず乗ってみよう。とりあえず、今すぐどこかに連れていってくれることだけは確かだから。

打ち捨てられた潜水艦のような物流センターに入るたび、水圧のような力がスギョンを押さえつける。でも今日はウジェが一緒だから、その力はいつもより軽く感じられたし、深海の底を歩くような足取りも普段より軽かった。ウジェと一つの酸素ボンベを共有しながら歩くのも悪くない。

今の私たちは本当によく乗り越えているなんて言ったらさ、ウジェ、みんな鼻で笑うんだろうね。

スギョンはそう思いながら、前の車のハザードランプを見つめた。沼にはまった人が打ち上げた、かすかな信号弾みたいだった。私を先に、ぴかり。助けてください、ぴかり。

＊＊＊＊＊

「東源《トンウォン》マンション一〇四棟一一〇二号のカン・ソンウンさんが注文したサーキュレーターのホワイト一台」。ウジェは懐に抱いている大きな段ボール箱の送り状を一字ずつ読むと、こう付け加えた。「カン・ソンウンさんは、今から夏の準備をしてるんだ。マメな人だな」

「もう六月だもん。すぐに暑くなる」

その言葉に、ウジェは飲料水がぎっしり積まれた後部座席をふり返った。「みんな夏は配達してもらった水を飲むんだな」

「あれを両手に持って何度か運ぶと手首がずきずきしてくる」

「それでも続けられる?」スギョンが答えずにいるとウジェが訊き返した。「この仕事、お前に合ってると思うか?」

スギョンはやっぱり答えなかった。

同じようにウジェに尋ねたことがあった。海外先物取引のウィンドウを開いたまま、ぼうっと座っている横顔を見ながら、この仕事、あなたに合ってると思う? 昨日も赤字、一昨日も赤字だったじゃない。先週も収益は出なかったし。それでも続けられるのと穏やかな語調と表情で尋ねたが、ウジェは硬直してしまった。今のスギョンも同じだった。

わかっていると思うけど、仕事をしている人ってね、その職業が合っているからやっているわけでも、続けられそうだからやっているわけでもないの。なんとか耐えられそうだ、続ける理由はただそれだけ。そういうこともあるの。スギョンは心の中で答えた。

配達区域が固定されておらず、顔なじみの警備員もいなければ挨拶を交わす客もいない。周期的に炭酸飲料を注文する顧客は覚えているが、それ以外はほとんど記憶に残らない。多種多様な品物を注文する、ほとんどがありふれた名の持ち主だ。記憶に残りそうな特徴は客ではなく、住んでいる家にあった。品物を消火栓ボックスの中に入れておいてほしいと要請事項にあったのに、いざ開けてみたらガラクタがいっぱいで、とてもじゃないが入れられない家、手渡しにチェックしてあったのにチャイムが引っ剥がしてあり、挙句の果てにノック禁止と貼ってあるから、どうやって到着を知らせたらいいのかわからない家、届け先は三〇一号となっているが、部屋番号の表示のないアパートが半地下を一〇一号としているために、三〇一号が実際は四〇一号になってしまっている家など、要請事項を叶えようがないとか、住所を正確に把握できない家ばかりが印象に残った。人でなく家を記憶するのは気楽だった。複雑な関係を結ぶのが不可能で、誰かに危害の加えようもない非生物だが、それでも生身の人間のように見た目もそれぞれだし個性もさまざま、独特なにおいや雰囲気を漂わせている家。スギョンが関係を結んでいるのは場所であって、人間や、彼らの見えない本音などではなかった。

体のつらさは心のそれに比べたら我慢できると思っていたが、いつまで手首がもってくれるかが問題だった。真夏になれば飲料水の配達は二倍に増えるだろうし、そうしたら彼女の手首は二日に一度、それもやっと作動させられるまで悪化してしまうかもしれない。作動。この仕事をしながら自分の体が機械のように正確に動き、機械のようにしょっちゅう故障することを実感している。レースを終えて戻ってきた自動車が整備に直行して点検を受けるように、彼女も帰宅するとアイシングと休息が必須だった。タンパク質の摂取を増やそうとゆで卵を食べたりもした。「筋力はタンパク質で作られるって聞いた気がする」。スギョンのつぶやきを耳にしたヨスクさんは、頻繁に卵を茹でるようになった。

「今はこの仕事がいいの」。ようやくスギョンは答え、それ以上ウジェは尋ねようとしなかった。

＊＊＊＊＊

最初の配達エリアに入った。数万世帯が入居する新築の高級マンションや、ヨスクさんが指輪をなくしたマンションもある敷地だった。指輪が見つかったという連絡は結局なかった。ヨスクさんはとっくに諦めていた。ヤン・チョンシク氏は指輪の跡だけが残るシワの刻まれた手を見るたびに当たり散らした。また買ってあげるとは言わなかった。

スギョンは自分の結婚指輪をちらっと見た。ゴマ粒ほどのダイヤモンドが埋めこまれたプラチナの指輪だ。これを買った頃は、こんな未来はまったく予想していなかった。

ウジェが段ボール箱を抱えて車から降りてきた。スギョンは後部座席から荷物を引っ張り出した。配達の動線どおりに荷物を載せ、順番どおりに出すやり方にも慣れた。ウジェはスギョンに渡された荷物を台車にきちんきちんと積んでいった。

「低層階の荷物をいちばん下に置いて」

自分のノウハウを教えた。ウジェは言われたとおりにする。ふたりは台車を引いて一〇四棟を目指した。エレベーターで上がって順番に配達していると、ウジェがエレベーターのドア上を指差して言った。「数字ごとに位置が表示されてるんだな。各階の三号室の入口は左、四号室の入口は右」

「ほとんどのマンションがそうなってる」

おかげでドアが開いた瞬間に左か右かと悩むことなく動けた。配達の仕事をするまでは気づかなかった事実だ。標識は、それが必要な人の目にしか入らない。

ウジェは、スギョンが家の前に荷物を置いて写真を撮るあいだ、エレベーターの〈開〉ボタンを押したまま待った。送り状に〈不在時は置き配〉と書かれている場合は不在チェックが必要だったので、そのときも〈開〉ボタンを押したまま待った。そうやって一階についたときにエレベーターを待っている住民がいると、ふたりともうつむいて急いでその場を抜け出した。宅配業者がエレベーターを占領するのを良く思う住民はいないから。たまにボタンを押したまま待っていてくれる住民もいたが、十人にひとりかふたりといった具合だった。

車に戻ったウジェは少し上気した表情だった。「俺、この仕事うまくやれそう」スギョンはシートベルトをしながら言った。「これも毎日やってると疲れるよ」

ウジェは聞いていないようだった。

「毎日取引で座ってばっかりいたら腰の調子が悪くなってさ。運転代行も座ってやる仕事だからつらかったけど、これと並行したら良さそうだ」

履歴書は送らないつもりなのかと訊こうとして止めた。やりたいようにやらせてあげたかった。ウジェも自分に対してそうしてくれているから。不意にふたりのあいだに存在する感情に疑問を抱いた。普通の夫婦関係って、相手をけしかけて、ムチ打って、小言を浴びせて、そういうのがあるべきなんじゃないのかな。自分たちのあいだにそういうものは存在しなかった。内心どう思っているかはわからないが、ウジェは気分が良さそうだ。でも、これって気分の良い仕事なのだろうか。

「スギョン、昼飯はいつ食べるの？」車を出発させると同時にウジェが天真爛漫な表情で尋ねた。

＊＊＊＊＊

ヨスクさんと弁当を食べたベンチに、今回はウジェと並んで座った。家族を順番に自分の仕事場へ招待している気分だった。

六月の真昼のじりじりじりする日差しを浴びながら、ヨスクさんが包んでくれた弁当を広げた。玄米ご飯と卵焼き、ワカメの茎炒め、黒豆煮、ジャコ炒め、大根の葉のキムチ。

「わあ、ごちそうだな」

ウジェはひどく空腹だったようで、肉がないと不平を言うこともなかった。

「いいなあ。遠足に来たみたいだ」

スギョンは黙っていた。ヨスクさんも最初は遠足に行くみたいにはしゃいでいたが、配達を一カ所終えて戻ってきた途端に元気がなくなってしまった。比べ物にならないほど体力があるウジェはまだ大丈夫そうだが、夕方になる頃には口数も少なくなっているはずだ。今日受け取ってきた荷物は百個を少し超えるくらい。アバンテにはすべて積めないので、二度にわけて配達する計画だ。物流センターのカゴ台車に残りの荷物を積み、自分の名前を走り書きした紙を貼っておいた。だから今日は帰宅ラッシュの時間帯になる前に大急ぎで配達をしなきゃいけないのに、呑気なウジェを連れて回る羽目になるとは困ったものだった。

「一緒にやると楽しいだろ？」ウジェが笑顔で尋ねた。

スギョンはうなずきかけたが訊き返した。「運転代行はどう？　酔っ払いにからまれたりしない？」

「そりゃ、そういう人もいるさ」。ウジェは少し考えてから口を開いた。言おうかどうしようか迷っているのが垣間見えた。「この前は駐車が下手だって、ぎゃあぎゃあ喚《わめ》くおっさんが客だった。下手ってほどでもなかったけど、なんかそう言い出してさ。町が押し流されるんじゃないかって勢いで怒鳴るから、野次馬まで見物し始めて。最後は何事もなく帰っていったけどね。ひとりを除いて。隣に住んでるおばさんがさ、もう我慢できないって、客のおっさんに抗議して大騒ぎだよ。後から聞いた話だけど、その客、運転代行を呼ぶたびに駐車が下手だって喚いているらしい。見当違いの相手でストレス発散してるってことだ。実際は下手でもないのに。おばさんはうるさくて眠れない、警察に通報するって興奮するし、おっさんも負けずに怒鳴るもんだから、本当に通報騒ぎになっちゃってさ」

「それで？」

「すぐに警察が来たよ。でもご近所さんが何人か出てきて、全員がおっさんを庇うんだよ。なんでもない。帰ってくれて大丈夫だって。通報したおばさんをなだめながら、隣人同士、そんなことするもんじゃないって説得してさ。見守っていたんだけど、途中でその場を離れた。悪態つかれすぎて頭がぼうっとしていたし、何がなんだかわからなくて」

スギョンはかけるべき言葉が見つからずに黙っていた。

「それでも金はちゃんとくれた。金もくれなかったら、そのときは殴っていたかも」

「ウジェは人なんて殴れないじゃない」

「いや、殴れる」。ワカメの茎炒めをむしゃむしゃ食べながら、ウジェはもう一度言った。「今は殴れる」

静寂が流れた。

ウジェも同じ人間を頭に思い浮かべているはずだ。ジュヌがボコボコにした相手。こうやって不意に割りこんでくる記憶が嫌だった。仕事中ににゅっ、食事中ににゅっ、過ぎたことなのに、こんなにも鮮明に。

「実はさ……呼び出しがあるたびに、こんなことを想像してる」

「どんな想像？」

「着いてみたら、代行を呼んだ相手があの野郎だった」

続きは言わなくともわかった。いつかそんなふうに出くわしたら、どうやって復讐してやろうかと思案したはずだ。スギョンは答えなかった。もし本当に出くわしたらウジェはどうするのだろうか。運転中ずっと殺すかどうか悩んで、結局は家の前で降ろし、料金をもらってそのまま帰宅しそうだった。

「このワカメしょっぱいな。もっと塩抜きしないと。最近のお義母さんの料理って、ちょっと塩が強くないか」

「暑いからでしょう」。話をそらそうとするウジェに調子を合わせ、スギョンは玄米をもぐもぐと嚙んだ。滑り台の下をぱらぱらと歩いている鳩に目をやった。今日は水たまりがなかった。鳩はどこで水を飲むのだろう。

「食べ終わったらきれいに片づけておいてくださいね」。誰かがふたりに向かって叫んだ。

スギョンがふり返ると警備員が立っていた。

「鳩が集まってくるので」

「はい。わかりました」

彼は自分の顔を知っているのだと確信した。何度かここでひとり弁当を食べたことがあった。子どももほとんどいない、ひっそりとした公園だったから。でも、だから警備員もスギョンを覚えていたようだ。居心地の悪さを感じた。

「知り合いか？」

「いや。知らない」

スギョンは箸を置いた。ご飯は半分も残っていた。ウジェが顔色をうかがいながら訊いた。「食欲ないの？　カップラーメンでも買ってこようか？」

「いらない」

スギョンは膝を立てると向きを変えた。ウジェは弁当を片付け、しばらくしてから言った。「スギョン」

「何」

「無理して頑張りすぎなくても大丈夫だから」

「えっ？」

「スギョンはうまくやってるって」

しばらく何も答えられなかった。

「私たち、今うまくやってるって言えるの？」

「もちろん」

「そうなの？」

「そうだよ」

決然とした態度だった。きっぱり言ったかと思うと、ウジェはベンチから立ち上がって腰をぐっと伸ばした。

「仕事が終わったらボソクが店に来いってさ。今日オープンだ」

スギョンは目を丸くした。「どうしてもあれをやるつもりなの？」

「決まってるだろ。什器も全部運びこんだのに」

「じゃあ、今のこのスピードじゃだめだ」

ウジェが驚きの表情で尋ねた。「俺たち遅いの？」

「私ひとりでやってるときより遅いよ」

ウジェはどこへ行くにものんびりと回り、平気で物を落としたりもするから、スギョンは後ろで注意しながら歩かなくてはならなかった。

「遅いとだめなのか？」

「決まってるでしょう。ボソクさんのお店にも行けない」

「じゃあ、今から走らないといけないのか？」

「数えてみたら、一時間に十二個しかさばけてなかった」

「それって多くないの？」

「うん。時給に換算したら一万ウォンにもならない。でも私たちはふたりでしょ。そうなると、ひとり当たりの時給はいくらになるか計算してみて」

ウジェの顔に驚愕の色が浮かんだ。

「そんなことまで計算しないといけないのか？」

「当たり前でしょ」

スギョンはベンチから立ち上がった。基本中の基本だ。自分の車で配達する場合、時給は本人次第だ。走れば上がるし、歩けば下がる。尿意を我慢すれば上がり、トイレにしょっちゅう行けば下がる。食事を抜けば上がり、食事をすれば下がる。ヨスクさんには教えなかった時給の計算法と上げ方をウジェに教えてあげた。ウジェは次の配達エリアから走り始めた。

「学校を卒業してから、こんなに走るのはじめてだよ」

ウジェがはあはあと喘ぎながら言った。それでもまだ最低賃金にも達していない、スギョンは喉まで出た言葉を飲みこんだ。

「運転代行のほうが、ずっと楽だな」。ついにウジェがそう口にしたときも、スギョンは何も答えなかった。彼にとってはそうだろうけど、スギョンにとってはそうでなかった。酔っぱらいを相手にするなんて、どんなひどい目に遭うかわからないから。しばらくしてからウジェが言った。「考えてみたら、呼び出しがイマイチな日はほとんど稼げてないな」

「そういう日が多いの？」

「もちろん」

ウジェは少し黙ってから続けた。「先物取引をやっていたときは、今日はマイナス、翌日はプラス、結論としてはプラスマイナスゼロ、これがすごく嫌だったんだ。でも運転代行も同じだった。ゼロの日もプラスの日もあって平均がつかめないから、専業にするのはきつい」

「これも同じ。荷物の数に波がある。私が申請したとおりに来るわけじゃないから。荷物があんまりない日は仕事をもらえなかったりもする。最初はマンションの荷物を多く割り当てられるのがうれしかったけど、今は嫌になった。マンションのほうが良くないの。最近は三十階以上の高層も多いでしょ。住民がエレベーターを頻繁に利用すると、待つだけで十分はかかる。そうするとまた時給が減るってわけ」

「そうか。時給の計算は大事だな」

「タイムイズマネー。だから歩かないで走るようになる」

「俺も待機時間はつらい。だからって割の悪い配車リクエストに応じるわけにもいかないし。トイレを探すのも頭が痛いよ。深夜の時間帯だから余計に」

ウジェとスギョンは沈黙した。苦しい胸の内を淡々と共有する光景は、文字どおり淡々として見える。だが彼らは夫婦なわけで、改めてそう考えると、夫婦ふたりしてこんな状況でもいいのか、どちらかは正規雇用に就いているべきではないのか、無期雇用の契約職でも、あるいは単なる契約職でもいいから、どちらかは別の仕事をするべきではないか、そんな気がしてきた。対人恐怖症の三十八歳と経歴が途切れてしまった三十九歳。それでも探してみれば、何かできるはずなのに。でも、今はどこに向かうのかもわからない電車に、一時的に乗っているも同然の状況だった。スギョンは、この〈一時的〉がどれだけ続くのだろうかと考えた。

ウジェが言った。「俺たちって、ふたりともプラットフォーム労働者なんだって」

「何？」

「ボソクが言ってた。アプリを介して個人と仕事がつながる。だからプラットフォームってことらしい」

「興味あるって？」

「いや。絶対にやるなって。いいものじゃないってさ」

スギョンはカッとなった。「あの人にそんなこと言う資格ないんじゃない？　自分の手でお金を稼いだことなんて一度もないのに」

「これからやろうとしているだろ」

「コミュニティ何ちゃら、非営利型の店？」

「知らないよ、俺も。あいつが何をしようとしているかなんて。でも、わかんないよ。儲かるかもしれない」

絶対に稼げないと思う。スギョンはその言葉を飲みこんだ。わかるはずがなかった。もしかするとスギョンとウジェがやっている仕事よりも、マシな稼ぎなのかもしれない。

　午後四時になっても気温は下がらなかった。スギョンはチムジルバン［スーパー銭湯や健康ランドのような温浴施設］に炭酸飲料八箱を配達してから一階のスーパーへと走り、セール中のコーンアイスを二個買った。近くの雑居ビルへ配達に行ってきたウジェは喜んで受け取った。

　ふたりはスーパーの脇に立ってコーンアイスを食べた。買い物かごを持った人が行き交う。向かいには美容院、ネイルアートの店、餃子屋があった。蒸し器から白い湯気が立ち上り、道着姿の子どもたちが自転車で通り過ぎる。町の日常的な風景だが、スギョンの目には労働の現場として映っていた。

「ウジェ、配達していて、いちばんうれしいときっていつだと思う？」

「配達が終わった瞬間に雨が降ってきたとき？」

「それもうれしいけど、今この瞬間。こうやってアイスを食べながら休憩していると、世の中捨てたもんじゃないって思える」

　ウジェが驚きの目でふり返った。「そんなに？」

「ウジェは仕事していて、そういう瞬間ないの？」

「あるよ。ソウルから京畿道《キョンギド》の議政府《ウィジョンブ》まで行ったら、家と同じ方向へ向かう配車リクエストが来たとき」。ウジェはにやりと笑って付け加えた。「非常にすっきりと終われる一日ってこと」

「私たちって本当にささやかだね。ささやかなことに満足を感じて生きてる」

「変なのかな？」

「私たちなりの踏ん張り方だよね」

「それでも金は稼いでいるじゃないか」

「遊んでいるのは恥ずかしいから」

「俺は、もう恥ずかしくない」。ウジェは包み紙についたチョコクリームを舐めながら言った。

＊＊＊＊＊

ファン・ボソクの店はすっくとそびえる雑居ビルの二階にオープンした。かなり多くの人が訪れてくれたと、ファン・ボソクは騒々しくしゃべりまくった。滅多に自分の周波数を失わない人なのに、今日は少し浮かれているようだった。到着したときには客はふたりしか残っていなくて、どちらも彼の知人だった。ひとりは大学の同窓生で小説家、もうひとりは小説家の友人で職業については語らなかった。それぞれワイングラスを手にしている。どの窓辺にもロウソクが灯され、照度を下げることで密かな、そしてロマンティックな雰囲気が醸し出されており、そういうのに慣れていないスギョンは持ってきたビニール袋を突き出しながら、少ししたら帰ろうと思った。

「ビール買ってきました」

胸の内とは裏腹に明るい笑顔で空いている席に座った。ウジェは抱えてきたお菓子を食卓に置いた。チーズプレートの横に鎮座するスナック菓子の袋。スギョンはぎこちない笑みを浮かべるウジェの顔を見つめた。明らかに酔っているファン・ボソクはワイングラスを持ってくると、スギョンとウジェに差し出した。

「ワインはどなたからだ？」

ウジェの問いにファン・ボソクは答えた。「売り物だ」

「ワインを売っているんですか？　非営利型の店じゃなかったんですか？」

スギョンの言葉にファン・ボソクは苦笑いした。「非営利でも店は店ですから。何か売らないと」

「じゃあ、利益率を低くして売るってことですか？」

「スギョンさん、店の管理費と俺の生活費が捻出できなきゃ商売にならないでしょ」

それでは非営利型の店とは言えないのでは、そんな気がしたがスギョンは黙っていた。

ふたりの女はスギョンをじっと眺めていた。小説家が先に口を開いた。「どういうご関係？」

「幼馴染。小学校からの」

ウジェが詳しい説明を付け加えた。「ボソクは生徒会長、私はなんでもありませんでした。学級委員にも、副学級委員にも、盛り上げ隊長にも、六年のあいだ一度もなれませんでした」。女たちは短く笑った。「ボソクは女子にも人気があったし、作文コンテストに出れば賞を総なめにして……」

すべてファン・ボソクを持ち上げるための話題だった。過去にどんな人物だったかは知らないが、今の彼はそういうタイプではなかった。男ふたりのあいだで事前にどんなやり取りがあったのか推察してみた。もしかするとファン・ボソクが好意を寄せている女性（たち）なのかもしれない。スギョンは腕組みをしながら見ていたが、やがてワインを口にした。飲みすぎると顎のあたりに吹き出物が出るので、好んで飲む酒類ではなかった。

こっそり席を立った。息苦しかった。背後の窓を開けると、店内に涼やかな風が吹きこんできた。椅子に戻るとファン・ボソクが言った。「今日も配達してきたんですか？」

「はい。今日は一緒にしてきました」

「さっきスギョンに言ったんだ。俺たちはプラットフォーム労働者だって話」

ウジェがファン・ボソクに話しかけると小説家が関心を示した。スギョンと同年代に見えたが、ネイルケアを受けてきたのか、紫のマニキュアがひときわ輝いていた。自分の爪を見下ろした。三十歳を過ぎてからは一度も伸ばしたことがない。料理するとき面倒じゃないのかな? まあ、最近は自炊する人なんて少ないしね。でも配達のときは確実に邪魔だろうな。

「労働契約書にはなんて明示されているのですか?」

スギョンは訊き返した。「利用約款に同意して仕事をしてはいるのですが、そのことですか?」

「個人事業主って書かれています?」

「委託ドライバーです」

「それが問題なの」。小説家は、ファン・ボソクともうひとりの女に視線を向けて言った。「すっかり定着したでしょう。そういう働き方。料理のデリバリー、運転代行、宅配まで」

ファン・ボソクが続けた。「いちばんの問題は労働者を事業主、雇用主を仲介者と呼んでいる点だ。自分たちがやっているのは仲介だけだから一切の責任はないと。労働者を直接雇用せず、派遣っていう段階を飛び越えて、今やアプリとかウェブみたいなプラットフォームで仕事をさせている。これをなんと呼ぶか知っていますか?」ファン・ボソクは語尾のところでスギョンに目を向けながら尋ね、スギョンは知らないと首を振った。

「サイバープロレタリア」

スギョンはそうかとうなずいた。私はサイバープロレタリアなのか。ウジェはサイバープロレタリアなのか。ところで噛まずに一度で発音できる? プロレタリア。サイバープロレタリア。心の中でくり返した。

「今からでも変えないと。事業主ではなく労働者、仲介者ではなく雇用主なのだと知るべきだ。労災保険もないし、費用も全額自己負担。そんなのありか？　現代版の奴隷制度じゃないか。産業革命時代に逆戻りしたも同然だ。奴隷だよ、奴隷。勉強しないと抜け出せない」

ウジェは何も答えなかった。スギョンも同じだった。面と向かって奴隷だと言われているのに、どう反応しろというのだ。そのとおりだと答えるべきなのだろうか？

今も会社員を続けている身分だったら、ファン・ボソクの言葉にすぐ同意したんだろうかと考えてみた。おそらくイエスだろう。自分の職業でもないし、よくデリバリーで利用する店を思い浮かべながら、そういえばあそこの店員、この前は疲れているみたいだった。台風の日に注文したのは申し訳なかったなんて思い出したりしながら、そうだよね、あの仕事をしている人たちの環境って劣悪だよ、保険も自腹、デリバリー用のオートバイも自腹じゃない。変えていかないと。こういう産業がどんどん成長して、私たちの生活のインフラになっているんだから。まあ、自分はそういう仕事に就くきっかけもないけど、などと思いながら、そういう類いの発言をしただろうか。ファン・ボソクの意見に同意し、相槌を打ちながら。でも彼の言葉は全面的に正しかった。それはスギョンもわかっていた。ただ、だからってこういう話を、こういう席で、こういう人たちとしたいとは思わなかった。

十年にわたる知り合いのファン・ボソクと、今日はじめて会ったふたりの女が、ウジェと自分を現代版の奴隷だと案じてくれることに、腹を立ててはいけないと思いながらも腹が立っていた。もちろん改善されるべき点は多々ある。とある物流センターには女子トイレがなかった。男子の表示がついたトイレ、それがすべてだった。もし彼女が個人事業主ではなく労働者に分類されていたら、少なくとも女子トイレくらいは作られていたかもしれない。スギョンは女子トイレが見つからなくて慌てた瞬間を思い出した。小説家にその話をすると、手を叩いて興奮した。

「なんてこと。ひどすぎます。あなたが妹だったら泣いているところよ」

小説家の目が酔って半開きになっていることにようやく気づいた。彼女のほうが年上だった。妹がいるのですかと尋ねると、ひとりっ子だという。なんなんだ……。

「ウジェ、お前の先物取引も問題だらけだぞ」

ファン・ボソクの声にウジェは驚いたような表情を浮かべた。

「いいか。お前は海外先物取引をするときに、民間企業が作った取引ツールを使っているだろう。でもあれって、単に信号の情報を持ってきて作っているだけだって言うじゃないか。それなのに会員はあれを見て取引している。口座だって証券会社のものを借りて使っているし、証拠金も借りた金だろう。その代わりに取引手数料を払って。そうだろ？」

「まあ、合ってる」

「つまりさ、プラットフォームはそこに全部用意されていて、会員は参加するだけってことだよな。でも考えてみろよ。お前も稼げなかったけど、あれで稼げる人間ってそんなにいると思うか？　私営の賭場と変わらないよ。オンラインの私設カジノ。それに借り物の口座を使うのは不法だろう」

ウジェは答えなかった。顔が徐々に赤くなっていく。スギョンは代わりに弁明したい気持ちをぐっと堪えた。あの業界は昔からそうやって取引しているんです。個人が数千万ウォンもの証拠金を用意できると思いますか？　借金しているのはみんな同じです。でも口座の貸与は厳然たる不法行為だ。スギョンもそれを知っていたのでおとなしくしていた。以前にこの問題でウジェと揉めたこともあったが、今は諦めていた。慣れてしまったのだろう。

「取引手数料をしこたま払っているのに利益は出ていないんだから、プラットフォーム労働よりもひどいよな。お前は完璧な搾取システムに囚われて、時間と金を無駄にしただけってことだ」

ウジェは言葉を失った。ワイングラスを脇に押しやったと思うと、缶ビールを開けてごくごく飲み干した。目を輝かせて話を聞いていた小説家が先物取引にかんする内容をいくつか尋ねたが、ウジェは質問に答えなかった。いつからやっていたのですか？　始めたきっかけは？　一カ月の平均利益率ってどのくらいになりますか？　まさか本業にしているのですか？　ウジェは聞こえないふりをして宙を見つめるばかりだった。

先物取引は二年になります、きっかけは株式投資のテレビ番組に海外の先物を紹介するコーナーがあって、それで知りました。出演者がものすごく気の強そうなおばさんで、一ティック一万ウォン！　って。一ティックの動きなんてどうってことないみたいに話していたから、じゃあ一日に三、四万ウォンくらいなら稼げるのではないかと始めました。株式がうまくいっていないときだったので、そちらに進んだのですが、利益率は今のところマイナスです。本業にしていたのですが、少し前から運転代行とダブルワークをしていて、今後は配達まで含めるとスリーワークになる予定です。ウジェの横顔を見ながら、スギョンは彼の四年間の軌跡を心の中で整理してしまった。

ウジェの表情をうかがっていたファン・ボソクが言った。「まあとにかく、この話はまた今度しよう」

語り尽くしたのに、これ以上何を話すことがあるのだろうという気がしたが、ウジェのために黙っておくことにした。ここでファン・ボソクと揉めるのは無様《ぶざま》だ。何を売っているのかさっぱりわからない店だが、それでもオープンの日ではないか。

「話題を変えましょう」

スギョンが言うと、それまで黙っていた女性が口を開いた。「私はローカルコミュニティを活性化させるための市民運動家です」

スギョンは目を丸くした。何をしているという意味なのか、まったく感じがつかめなかった。

「今回ボソクさんの店で、意識覚醒グループのリーダーたちが実力を強化するための無料教育パートを担当しました。地域の発展につながる活動に役立つ仕事を探していたところだったんです。区庁に支援金も申請済みです」

思わず訊き返してしまった。「なんのグループですって?」

すると女性はスギョンの顔をじっと見つめ、「意識覚醒グループ」という単語を正確に発音した。だがスギョンの耳には地球外生命体の言語に聞こえた。

いきなりファン・ボソクが割りこんできて、終わった話を蒸し返した。

「大赤字なのに供給を増やし続けているプラットフォーム企業がどれだけあると思う? あいつら、ベンチャーキャピタルからの出資で持ちこたえているんだ。バブルだよ。誰もがバブルに転じようと血眼で手間ひまと情熱をかけるものだから、ぱっと見、すごく活発に回っている工場みたいだけどさ、そこから大量に吐き出されるものは空洞のパン、見かけ倒しのパンだ。でも何かが活発に作動しているから、全員が手を休められずにいる状況だな。問題はこのシステムが、すでに社会の一端を担っている点だ。誰が儲かっている? そんな人間はいない。低所得で過酷な肉体労働に従事する人と、スピード配達で利益を得る消費者、赤字まみれの企業が残るだけだ」

「それでも稼いでいる人はいる。知らないで言っているの？」市民運動家が言うと、ファン・ボソクは苦笑いした。

「私はいま楽しい。すごく面白い」。突然言い出した小説家にスギョンは鋭い目を向けた。面白い？　何が？　私が胸くそ悪い仕事をしているのが？

「昔から気になっていたことがあるのですが」。スギョンは小説家を見ながら尋ねた。「作家ってどれくらい稼ぐのですか？」

一瞬のうちに小説家の表情が歪んだ。長いため息をついてからワインを口に含み、胸に手を当て、また下ろしたりして時間を引き延ばしていたが、やがて切り出した。「私が本当に嫌いなことって、なんだと思います？　作家の顔さえ見れば口ぐせのように尋ねてくる。どんな本を出したのですか？　どのくらい稼ぐのですか？　すごく気になりますって。でもね、スギョンさん、ご存じ？　作家相手に、その二つは絶対にしてはいけない質問なの。本ってそんな簡単に出せるものじゃないし、正直に言うと儲かりもしないから。私が本を売っていくら稼いでいるか教えたら、皆さん仰天してひっくり返ると思いますよ？　むしろ配達をしたり、運転代行をしたりするほうがお金になると言ったら信じてもらえますか？」

「稼げないって話を聞いてはいたけど」。ウジェが苦々しい、でも慰めるような表情で言った。

ようやく場の雰囲気がトマトスープのようにとろとろになるまでほぐれたと、スギョンは気づいた。生のトマトを茹でて皮をむき、チキンスープを入れて煮るとぐつぐつ沸き上がり、やがてコクが出てくる瞬間があるが、今がまさにそうだった。

小説家がスギョンを見つめた。スギョンも見つめ返した。

つらいのはあなただけじゃない。私もつらい。

大したことないのはあなただけじゃない。私も大したことない。

ここにいる全員が同じ思いをしている。だから飲もう。

スギョンと小説家は乾杯した。小説家の長い髪の毛がワイングラスに漬かったが、ふたりとも気にしなかった。小説家がグラスを空けて髪の毛をかき上げると、市民運動家ウンジュさんのベージュのニットに紫色のワインが跳ねたが、スギョンは黙っていた。酒の席ではそういうこともあるだろう。でもそういう言葉をかけられるほど、まだウンジュさんは酔っていないように見えた。もう少し酒を飲んだほうがいい。スギョンはウンジュさんのグラスにビールを注いであげた。まだワインが残っているというのに。ウンジュさんは眉をしかめた。それでもワインの混じったビールを一息に飲み干した。そして言った。

「私は小さい頃から、まず闇を見る子でした。ほら、そういう子どもっているじゃないですか。光と闇があると、闇のほうに惹かれる子」

「そういう子をひとり知っています」。スギョンはボラを思い浮かべながら言った。「そう。そういう人って必ずひとりはいる。でもね、これは知っておくべきです。そうしたくて闇を見ているわけじゃないってことを。自分の愛する人たちを守りたくてそうしているんです。それから、そういう人たちって……」。ウンジュがいきなり泣き声になった。「そういう人たちって愛情深いの。だからたくさんの人を愛しているし、とにかく心が愛でいっぱいなの」

ウンジュさんは声をあげて泣き出した。全員がぱっと立ち上がり、急いで紙ナプキンをつかむとウンジュさんに差し出した。何か事情でもあるのだろうか。スギョンが心配そうな表情でふり返ると、ウジェも訳がわからないと同じ表情を浮かべていた。ファン・ボソクが乾杯しようと言い出した。

「いい雰囲気じゃないか。こうなってほしくて店をオープンしたんだ。お互いに胸の内を明かしたり、社会批判をしたり、励ましたり、厳しいアドバイスなんかもして、笑って、泣いて、なあ？　最高じゃないか。そうでしょう、スギョンさん？　そうだろ、ウジェ？　そうだろ、ソンヨン？」

小説家の名はソンヨンだった。ソンヨンさんがうつむいた。髪の毛が前に垂れ下がって顔を覆った。ウンジュさんが言った。「ちょっと、泣いてるの？」

「いや」

「だよね、泣かないでよ。あんたまで泣いちゃったら、オープンの日なのにおかしいじゃない」

「構わないさ。泣きなよ」。ファン・ボソクが言った。きっぱりとした、それでいて温かな声で。

「泣きたい人は泣いてもいいんだ。ここで泣きなよ。外で泣かないで、ここで。そのために俺はこの店を開いたんだ。わかったか?」

スギョンはウジェの手をそっと握ってから放した。実に久しぶりだった。家族以外の人と笑って騒いだのは。

＊＊＊＊＊

ワインとビールをちゃんぽんしたウジェは家に着くなり頭痛を訴えた。スギョンは鎮痛剤を手渡してからベッドに入った。シャワーを浴びるのも面倒だった。もう吹き出物が出てきたのか、顎のあたりがむずむずしていたし、胃もむかむかしていた。最後に焼酎を買いにいったのが災いの原因だった。誰が買ってきたんだっけ。そうだ、ソンヨンさんだ。笑いながら店の外に飛び出していったと思ったら、しばらくしてもっと大声で笑いながら焼酎を抱えて戻ってきた。それからウンジュさんが鶏足の激辛炒めのデリバリーを注文した。全員が鶏足をつまみにして焼酎を飲むのに夢中だった。あまりの辛さに、そこまで飲まなくてもいいのに水のようにあおった。明日の配達は休まなくてはならないだろう。

「大丈夫？」鎮痛剤を飲んで回復したのかウジェが訊いてきた。

「ボソクさんって、ほんとに賢いのね。最初からあんなに頭良かったっけ？　それなのに、どうして何もしないで遊んでばっかりだったの？」

「あいつのどこが賢いんだ」

「私たちのこと、サイバープロ……って言っていたじゃない。そんな言葉はじめて聞いたもん」

「あいつ、昔から口がうまいんだよ。大学時代からそうだった」

「学生運動とか、そっち関係だったの？」

「おい、九十九年度の入学だぞ。ミレニアムが目前に迫っているのに、そんなことすると思うか？」

　スギョンが大学生のときも、確かにそういう人たちが目に留まったことはなかった。内輪でどこかに集まって情熱的に活動していたのかもしれないが、キャンパスの中ではそういう雰囲気は感じられなかった。ずっと抑圧されてきた欲求が弾け、あちこちへ突っ走りがちなのが学生時代だが、スギョンもやはりいくつかの軽い恋や重い恋愛をくり返した。当時が前世のように遠く感じられた。

「俺だって運転代行やりながら、この業界、こんな回り方じゃだめだと思うことは多いよ。でも、だからってどうしようもないだろ。労働組合が作れるわけでもないのに。結局はうやむやになっていくしか」

「そんなことないよ。この前、記事で見たもん」

「なんの記事?」

「運転代行にも労働組合はある。ウジェ、あなたが興味ないから知らなかっただけ」

「そうなの?　そうかもな」。ウジェはしばらく黙っていた。

「ウジェ」

「うん」

「あなたは、私たちがサイバープロとして生きていっても構わないと思ってる?」

「サイバープロレタリア」

「そう、それ」

「……一時的だろ。このまま続けるわけでは」

「別の仕事を探す気はあるの?」

「探さなきゃ。スギョンは配達の仕事を続けるの?」

「体がついていけばね。腰とかやられたら、やりたくてもできないでしょ」

「だからさ、辞めて別の仕事を探してみなよ。腰を痛めたら金もかかるじゃないか」

「自分だって怪我するかもしれないじゃない。ウジェも別の仕事を探してみなよ」

「別の仕事を探すには何カ月もかかるだろ。遊んでいるくらいなら、今の仕事でもやったほうがいいかと思って」

「私もそう。遊んでいるくらいならと思って配達の仕事をやってる」

「そうなの？」

ウジェが驚いた表情で頭をもたげた。そうだよ。スギョンは心の中で答えた。酔いのせいで、どっちでもいいやという気になっていた。みんなつらい思いをしているし、酒を飲みながら泣いたりもするのだから、私もそんなふうに生活しながら前に進んでいけばいいじゃないか。生涯続けたいと思える仕事なんてあるのかな、死ぬまで人とかかわらないっていう決心は続くのかな……。今日はどっちでもいい夜だった。明日もどっちでもいい朝だったらいいのに。

自分に起こった出来事、起こるかもしれない出来事を思い返しているせいで、疑っているせいで、今を無駄にしちゃってるじゃない。今までにない勇気がいきなり湧き上がってきた。ウンジュさんが泣いていたときは一緒に涙してしまいそうだったけど、それってウンジュさんが言っていた愛情深い人間だからなのかもしれない。こういうタイプはどう生きていくべきなのだろう。スギョンは好きな人たちと一緒だった瞬間を思い出した。食事して、お茶を飲んで、冗談を言ったり肩を叩いたり、ミスをかばったりした瞬間を思い出した。そこには愛のすべてが宿っていた。さっきのウンジュさんのように、スギョンの目にも涙がこみ上げてきた。

スギョンはウジェに尋ねた。「また会えるかな？　ソンヨンさんとウンジュさん」

「店に行けば会えるかも」

「つらいのは私だけじゃない。みんな一緒だね」

スギョンは手の甲で目をこすってから、習慣のように携帯電話をつかんだ。

配送アプリのプッシュ通知が届いていた。通知をクリックして内容を読んでみた。深夜配達の単価引き上げが何度か告知されていた。

すごい！　こんなにくれるの？

涙がすっと引っこんで一気に眠気が冷めた。でもお酒を飲んだから仕事には出られない。単価引き上げの告知が上がるたびに心がそわそわしたが、今も同じだった。配達できないのに、頭の中ではアバンテを走らせて物流センターへと向かっていた。

ウジェが訊いた。「何見てるの？」

「配送アプリ」

ウジェがくすっと笑って言った。「愛社精神ならぬ、愛アプリ精神だな」

「……ほんとに」

プッシュ通知を見るたびに、つねに待機状態にあるような気分に悩まされた。設定をオフにすれば済む話だが、そう簡単な話ではなかった。特にやることもないなら、ぼちぼち運転して行ってみるのも悪くないんじゃない。そうやって何度も自分を説得しているうちに携帯電話を手放せなくなる。単価が次第に上がっていく過程をリアルタイムで見守っていたら、馬券を握りしめるギャンブラーの心情が理解できるようになっていた。よし、このあたりでベットする？休もうと決めても、その決心はすぐ無効になる。こうして休日と平日の境界が曖昧になっていく。今や週末に休むことにも罪悪感を覚えるようになっていた。週末は配達の単価がもっと高くなるからだ。稼げるとわかっているのに仕事に行かないと、罰を受けているような気分に苛まれるなんて、誰が理解してくれるだろうか。

「ウジェ、あなたは夜だけアプリを見ればいいからうらやましい」

「一日中見てるの？」

「うん。最近は別の仕事がないかも探してる」

「アプリを使ってする仕事？」

スギョンはうなずいた。ファン・ボソクからしこたま小言を食らってきたし、改善されるべき点もきちんと理解しているが、アプリの中毒性だけはどうにもならなかった。

見るたびにドーパミンが出ているのは明らかだ。ドーパミンじゃないとしても、何か刺激的なホルモンが一時的に爆発するのは確かだった。別のことをしていても、アプリを開くとぴりっとした何かが指先をかすめていく。やりさえすればお金を稼げるんだから。そう気づいた瞬間、本当に通帳に入金されたような気がしてはっとした。中毒だ。

ふり返ってみるとウジェは目を閉じていた。携帯電話をおなかの上に載せ、大切なもののように両手で包みこんだ姿勢で。不意にふたりの人生が、あの小さな携帯電話のサイズまで縮小されてしまったという気分になった。

スギョンは起き上がると、ウジェの手から携帯電話を抜き取った。ウジェはすぐにぱちりと目を開いた。びっくりした表情だった。

「寝ちゃったかと一瞬びっくりしたよ」

「配車リクエストを待っている最中だと思った?」

「うん。いつもびっくりして目を覚ますからさ」

ウジェは横向きになると、すぐに小さな鼾をかきながら眠った。

ウジェと自分の携帯電話をサイドテーブルに置き、スギョンは電気を消した。顔も洗っていなかったが、起き上がってバスルームまで歩く気力がなかった。横向きになってウジェの背中を見つめた。それほど広くなかった。近寄って抱きしめたくなるほど小さく見える。枕カバーで流れる涙を拭った。今日はどういうわけか涙もろい。ボソクさんが言ったように、あの店以外の場所では泣きたくなかった。これからはあそこでだけ泣くようにしないと。そのときはソンヨンさんとウンジュさんも隣にいてくれたら。一緒に泣けたらいいのに。

今日はじめて会った人たちに対する連帯感は、今日はじめて会ったから可能だったのだと気づいた。ウジェの前で、母さんの前で、父さんの前で、ジュヌの前では絶対に泣けないよね。ウンジの前でも、ボラの前でも、それは同じだ。勇ましいふり、なんともないふり、大丈夫なふりをするのに忙しくて、泣いている暇なんてどこにもない。なぜなら彼らがそう生きてほしいと望んでいるから、決して涙を流すような出来事は起こらないでほしいと願っているから。そうしているうちにスギョンは泣かない人になってしまった。それなのに今日は……。湿った枕を裏返し、そろそろ眠ろうとした。今さら酔いが回ってきたらしく室内がぐるぐる回っていた。

＊＊＊＊＊

「今日は車が少ないね」

スギョンの言葉どおり、物流センターの中は昨日よりも閑散としていた。みんな、どこに行ったのだろう。安定した仕事を見つけて安着したのだろうか。

車を運転して中に入っていくと、荷物をもっと担当しようとデスクの付近をしきりに覗きこむ人たちが見えた。担当の決まっていない荷物が入れられたボックスの中を手で引っかき回し、適当なのがないか探しているのだ。港をうろつくカモメみたいだなとウジェは思った。

スギョンは車を停めるとすぐに手袋をした。車から降りて、ふたりに割り当てられたカゴ台車の番号を受け取ってきた。「A四－一六八だって」

ウジェは数十個のカゴ台車がぎっしり並ぶエリアを回りながら、自分たちの荷物を探した。どれもひどく重く、これを出せばあれが出られなくなる、あれを出せばこれが出られなくなるという状態で、乱雑に置かれていた。管理者が現れると周囲を歩き回りながら叫んだ。

「手、気をつけてください！　手を挟まれないように、皆さん注意してください！」

幸いなことに、さほど遠くないところに荷物はあった。すぐスギョンに知らせ、前をふさいでいる四つのカゴ台車を横に押し出した。反対方向からカゴ台車を引いてくる人を目にしたウジェは大声で叫んだ。「社長、ちょっと待ってください。こっちが先に通ります」

配達員たちはお互いを社長と呼び合っていた。でもそれは男性の配達員に対してだけの呼び方で、女性の配達員がほとんどいないという理由もあるが、たまに見かけると〈あの〉〈それ、ちょっと〉〈お嬢さん〉と呼んでいた。スギョンはお嬢さんと呼ばれるのが身の毛のよだつほど嫌だった。

車の前までカゴ台車を引っ張ってくると、ウジェはすぐにバーコードでスキャンを始めた。一度も腰を伸ばすことなく、最後まで一糸乱れぬ姿勢と一貫したスピードでバーコードを読み取った。スギョンはスキャンの終わった荷物をマンションごとに仕分けした。やはり今日も集合住宅が多い。だが昨日のように一緒には動かず各自で配達を行い、ウジェは玄関前の写真を撮ったらスギョンの携帯電話に送ることで、時間を半分に短縮させる予定だった。つまり時給が二倍に跳ね上がるというわけだ。二倍になるとは言っても、彼らの時給はそもそも吹けば飛ぶような金額なのだが……。ウジェはそんな思いを振り払った。せっせと屈んで立ち上がっては荷物をひたすら運んだ。失っていた労働の感覚と筋力が戻りつつあった。モニターの前に座って胸をどきどきさせながらマウスをクリックすることが労働になっていた感覚が、次第に回復してきているところだった。金を稼ぐという行為はこんなにも正直で、いや、本来は正直なのが当たり前なのかもしれない。

スギョンが管理スタッフから出車許可をもらってくるのを待っていると、誰かがぶらぶらと近づいてきた。会社のロゴがついたベストを着ているところを見ると、正規雇用の配達員らしかった。かなり年下の青年だった。

「ご夫婦ですか？」

みんな気になるようだ。

「はい、そうです」

スギョンが戻ってきた。青年はふたりの顔を交互に見て言った。「ふたりで一緒にやるのなら……旦那さんは下の階から上がっていって、奥さんは上の階から下りていくといいですよ。そうしたら中間の階で会えるじゃないですか。ねえ？」

青年は、夫婦なら言うまでもなく配達中も一度くらい顔を見るべきだという口調だった。そんな必要はもちろんなかった。そうでなくても忙しくて死にそうなのに、顔を見る暇なんてどこにあるというのだ。それぞれ一棟ずつ担当して走るほうが圧倒的に楽だった。でもスギョンもウジェも黙っていた。

青年は続けた。「ドアの前まで行って荷物を置く必要はないですよ。床に投げて、ドア前まですーっと滑らせてください。時間をだいぶ節約できますから」。そして会社のロゴが描かれた大きな配達トラックへと歩いていった。

すぐにウジェは気になったことを尋ねた。「スギョン、あの人は写真撮らないのか？　荷物を滑らせて、そのまま次に行けって言ってたけど」

「正規雇用は写真いらないの。撮るのは委託の配達員だけ」

ウジェはふり返って青年を見た。正規雇用の青年と日雇いの自分。その隔たりが垣間見えた気がした。

車が走り出した。助手席に座ったウジェの視界には道路の一部しか映っていない。仕方なかった。誰かが注文した長いカーペットがぐるぐる巻きの状態でビニール包装され、顔の前を斜めに横切るようにして置かれていた。それでは前方がよく見えるはずもなかったが、今日は大きなタンスが後部座席を占めているから、どうしようもなかった。このままでは物流センターと配達エリアを三往復しなくてはという結論に至った。道路上に捨てることになる時間が大幅に増えたわけだ。運が悪いと、たまにこういう日もある。

ウジェはカーペットに眉間がぴったり張りついた状態で座っていた。意味もなく笑いがこみ上げてくるのを何度も堪えた。外からだと荷物に隠れて見えないから、助手席に人が乗っているなんて絶対に思わないだろう。

「大丈夫?」

スギョンが心配そうな口調で訊き、ウジェはわざと明るく答えた。「車から降りたら写真を撮ってよ」

「なんで?」

「こういうのは残しておかないと。目だけが辛うじて出てるなんてさ」

ウジェは笑って言ったがスギョンは笑わなかった。黙々と前だけ見て運転していた。言葉も発しなかった。ウジェは横を向きづらかったので、横目でスギョンの表情をうかがった。考えこんでいる顔だ。ウジェも黙った。幸いなことに配達エリアは近かった。近隣のマンション群だった。

「さっさと終わらせて物流センターに戻ろう」

　ふたりは車から降りるや、台車に荷物を積み始めた。ウジェが配達する重い荷物はスギョンが近くまで台車で運んであげた。ウジェは高層階から順番に配達し、エレベーターで下りるあいだに撮った写真をスギョンに送った。チャット用のメッセンジャーがなかったら、かなり不便だっただろう。携帯電話のアルバムは他人の家の玄関前を撮った写真でいっぱいだった。知らない人が見たら泥棒かと思うほどヘンテコな写真ばかりだった。

〈不玄〉と書かれた荷物を見ると思わずため息が出た。〈不玄〉は〈不在時は玄関前〉の略語だ。受け取る側としては紛失の恐れもあるから、もしくはできるだけスピーディに受け取りたいから〈不玄〉を要請するのだろうが、彼のような新人配達員からすると、ただでさえ恥ずかしいほどの低賃金がさらに下がる要因になった。十人中ひとりではなく、十人いたら少なくとも三人は〈不玄〉を依頼してきた。彼らのためにチャイムを押して反応をうかがうあいだも、エレベーターは配達員を待つことなく運行を続ける。三十階以上の高層マンションで〈不玄〉配達が一度でもあると、十分近くエレベーター待ちに縛られる結果になる。〈不玄〉一つが招く不幸はここまで大きいわけだが、ウジェは配達の仕事をするまでこうした事実をまったく知らず、毎回〈不玄〉にチェックする受取人だった。

「俺、二度と〈不玄〉にチェックしないから。絶対に」

「私も、絶対に置き配を選ぶことにする。さっさと行きなさいってね」

ふたりは物流センターに戻った。次に配達する荷物を車に積みながら、大きな段ボール箱一つを除けば二度で終わるだろうという結論を下した。ウジェはためらいながら、その段ボール箱を持ってデスクに向かった。幸いにも管理者は快く、その段ボール箱を抜いてくれた。ウジェとスギョンは直ちに次の配達エリアに出発した。高級マンション群だった。エレベーターのドアはきらきらしたゴールドカラーをしている。荷物の配達に夢中で走り回っていると、スギョンの携帯電話に連絡があった。センターの管理者からだった。

――さっき置いていかれた荷物ですが、今お持ちしたら配達できますか？

ちょうど彼らは該当するマンション群の中にいた。

――配達は可能ですが、どうやって持ってこられるのですか？

――方法があるんですよ。

電話を切って残りの配達を終えると、ウジェはスギョンと一緒にマンションの正門にある警備室の前で荷物を待った。十分ほどすると会社のロゴが描かれたトラックが現れて路肩に停車した。運転席から降りてきたのは、ふたりに織姫と彦星さながらの配達方法を伝授してくれた青年だった。明るい笑顔で荷台から大きな段ボール箱を出してくると、彼らの台車に載せてくれた。

「それではお疲れさまです。ご夫婦同士、本当にうらやましい」

青年は励ましと言うには曖昧な一言を残し、すぐに帰っていった。

ウジェはスギョンと一緒に荷物を運んだ。段ボール箱が大きすぎるのでウジェが前で台車を引き、スギョンは後ろで荷物を支えながら歩く。風が強くてふたりとも髪の毛がぐしゃぐしゃになった。小さな台車に巨大な段ボール箱を載せて危なっかしく運ぶ姿は住民の注目を集めた。自分たちは配達員に見えるのか居住者に見えるのか、ウジェはふと気になった。

配達を終えて戻ると、すぐに次のエリアに向かった。ウジェは車窓を眺めていたが、スギョンのほうを向くと言った。

「昨日さ、自動売買プログラムを点けっぱなしで出かけたんだけど、プラスだった」

スギョンは驚いた表情で尋ねた。「いくら?」

「四万ウォン」

輝いていたスギョンの目から一瞬にして光が消えた。

「四万ウォンで何ができるの。また負けるかもしれないのに」

「だから、もう二度とやらないことにした。そうしたら四万ウォン稼いだことになるだろ」

勝とうと思うならば、勝っているうちに止めよ。そうすれば絶対に負けない。だが、この言葉を聞き入れるアリがどこにいるだろうか。

「一日ずっと株取引だけをしていたときは、道路を走る車の姿もチャートに見えてた。でも今はこんなことばっかり考えてる。あの車は荷物をいくつ載せられるかなって」

スギョンは笑って答えた。「私も。ミニバンのスタレックスがいちばん偉大な車に見える。三百個は載せられるんじゃない？」

ウジェはひとしきり笑うと、急に静かになって尋ねた。

「スギョン、俺と結婚したこと後悔してない？」

じっと前方を注視していたスギョンが答えた。「あなた、友だちに、俺と友だちになったこと後悔してないかって訊くの？」

ウジェはうっすらと微笑んだ。

良い夫であることより、真の友人として認められたことに胸がいっぱいになる、それってどんな夫婦なんだろうか。スギョンの笑顔を見ながら思った。何があっても自分たちは大丈夫だろうと。

＊＊＊＊

久しぶりに地番住所の荷物が大量に割り当てられた。地番住所の荷物とは、マンションではない建物に配達する品物の総称だ。実際の地番という単語の意味とは距離があるが、物流センターでは全員がそう呼んでいた。マンションに比べてエレベーターを待たなくていいという長所はあるが、どの区域も配達する場所が点在していることが多く、住所を見つけるのが容易ではない場合もあるので注意する必要があった。

スギョンがサイドブレーキを引くと同時にウジェは先に車から降り、不法駐車を取り締まるカメラがないか確認した。スギョンも道路沿いまでチェックしてから大丈夫と叫んだ。ふたりとも存在しないカメラまで見つけ出すのではと思わせるほど鋭い目つきだった。カメラだと思ったら鳩だった！　そう安堵してふり返ったことも一度や二度ではなかった。

ウジェは坂の上、スギョンは下の区域を担当することにした。車は中間の地点に停めておいた。傾斜がきつく、冬に道が凍ったら魔のコースになりそうな坂道だ。ウジェはこの仕事を始めてから、道の凹凸《おうとつ》や勾配を確認する習慣がついた。

まずはスギョンが荷物を手に、坂の下へと駆け下りていった。ウジェは反対方向に駆け上がった。だが思いとは裏腹に、脚はもがくようにゆっくりとしか動かない。三日連続で配達をすると必ずこうなった。水に濡らした綿の段階を通り越して、水あめに浸した綿みたいな状態。スギョンも顔には出さないが同じなのだろう。

ウジェは荷物を三段に積んで抱きかかえると、アパートのあいだを走り回った。チャンミアパート、ウォンミアパート、ソンミアパート。名前に〈ミ〉の字が入るアパートがびっしり連なっている。地面は凸凹、アパートの開放式駐車場にはゴミが山積みだ。真昼だというのに住民はひとりも見当たらない。一階の共用玄関のドアは片方が傾いていたり、ガラスが割れたりしていて、土を詰めた缶で下部を支えている状態だった。チャンミアパートの四階に果物の段ボール箱を配達して移動すると、ウォンミアパートの三階に液体洗剤を配達して下りた。そしてソンミアパートに入ろうとした瞬間に背筋がぞくぞくするのを感じたが、無視してすぐに二階へと駆け上がった。荷物は軽いグレーの封筒が一つだ。〈不玄〉と書かれた送り状を確認してチャイムを鳴らす。火がついたように泣き叫ぶ子どもの声が聞こえるのと同時にドアがかちゃりと開いた。ウジェは宅配ですと告げて荷物を玄関の中に置いた。顔を上げると、上半身しか服を着ていない子どもがリビングの床に座っているのが目に入った。

その手にはお玉が握られていた。母親と思しき女性はウジェをちらりと見ると、何も言わずにドアを閉めようとした。ドアが閉まる直前、子どもがドアに向かってお玉を投げつけた。かたん！　ステンレスのお玉が当たる音が響いた。子どもがまた泣き出した。すると女性が間髪を入れずに怒鳴った。「泣かないの！　静かにしなさい！　泣くなって言ってるでしょう！」悲鳴に近い声だった。

階段を下りるウジェの脚がわなわなと震え出した。目眩《めまい》もしてきた。一階の階段に腰を下ろして息を整える。どういうわけか寒気がする。大きく息を吸いこんだ。

雨になりそうだ。目で確認するよりも先に香りでわかった。ひんやりした空気とかすかな生臭さを鼻先と嗅覚が同時に感知した。ぽつり。ぽつり。ついに雨粒が落ちてきた。雨が降る光景をぼうっと見つめた。雨粒ではなく、雨粒が地面に落ちて作り出す染みを見ていた。

ソンミアパートに入った瞬間に気づいていた。背筋を伝う不吉な予感に。それはあばら屋の前に立つ、十年後の自分の姿だった。誰もいないがらんとした家に入っていく後ろ姿。そこは慣れ親しんだ町ではない。もしかするとソウルではないのかもしれない。ソウルで生まれ、ソウルでしか暮らしたことのないウジェだが、その家がどこにあるのかはわかる気がした。見慣れない、荒涼とした、ウジェの愛する人たちは誰もいない場所。悪臭漂う工場が軒を連ねる場所だ。どうしてそんなところにひとりぼっちで暮らしているのだろう。

自分の両脚を見下ろした。心臓の鼓動と同じように脚が脈打っていた。どくん、どくん。彼のふくらはぎと太ももで脈が板飛び［韓国の民族遊びのひとつ。丈夫な板をシーソーのようにして両側で交互に高く飛び跳ねる］をしていた。空中でくるりと一回転すると、二の腕と首でふたたび板を踏んで飛び上がる。そして心臓。続いて脳だ。心臓へ向かう血液の一部が脳に送られる。そうじゃないと持ちこたえられないから。考えてみよう。何があったんだ？　首を横に振る。何もなかった。何事も。

胸をさすった。そうしていると詰まりが少しずつ取れていくようだった。そのあいだも子どもの泣き声は玄関のドアを突き抜け、階段の踊り場を下りてきてウジェを攻撃した。ぶたれでもしたのか、泣き喚く声はガラスを粉砕するのではと思うほど鋭かった。今すぐ駆け上がって、攻撃するのは止めろ、児童虐待じゃないかと問いつめ、子どもが投げたお玉で額に一発食らいでもすれば正気に戻れそうだった。

「ウジェ！」

顔を上げると、スギョンがこちらに歩いてくるところだった。

「ここで何してるの？」

立ち上がりたいのに立てない。

「疲れたの？」

スギョンが近くまでやってきた。かすかに風船ガムのにおいがした。

「何食べたの？」こんな精神状態だというのにウジェは尋ねた。スギョンはにっと笑うと、後ろに隠していた何かを突き出した。

「ウジェがいちばん好きなもの。タンクボーイ［梨、コーラ、コーヒー味などがあるチューブ型のアイス］」

「いつの間に？」

「配達先がアイスクリームの安売りをしている店だったの。即行で二つ買った」

差し出されたタンクボーイを受け取った。タンクボーイ。この名前が笑えて仕方なかった頃があった。悲しいことなんて何一つなかった頃。シンプルな判断をする自分が好きだった頃。でも今はタンクボーイを片手に、悲しげな目で先っぽを見つめるばかりだ。

「先っぽ、取ってあげようか？」スギョンが優しい声で訊いた。その声に涙が出そうになった。俺の妻は、どうしてこんなに細やかなんだろう。十年後にひとり取り残されるっていうのは、現実とかけ離れた予感なのだろうか。

「スギョン、タンクボーイって名前はさ、ちょっと悲しいよな？」

「なんで悲しいの？」

「いや……考えてもみろよ。アイスに名前を付けるなんて、どれだけタンクボーイになりたかったんだろうな」

スギョンは答えずにウジェの顔をぼんやりと見つめた。

子どもがまた泣き出した。サンダルを引きずりながら階段をぴちゃぴちゃと下りてくる音に続いて姿を現した女は、ウジェの背中を見ると叫ぶように言った。「おじさん！　この商品、割れてるじゃないの！」

ウジェはふり向いた。

「破損してるんですけど！」女性は険しい顔つきで走り寄ってくると、目の前に荷物を投げつけた。

その瞬間、すべてが静止した。

スギョンが地面に落ちた荷物を拾い上げた。乳児用のプラスティックのトレーだった。

いきなり上の階でがしゃんと何かが割れる音が聞こえ、さらに大きくなった子どもの泣き声が静寂を破った。女性は大急ぎで階段を駆け上がっていった。

＊＊＊＊

雨脚が徐々に強くなってきた。この路地だけで五個の荷物が集中していた。スギョンが鞄からレインコートを出してくれた。

ウジェは荷物二つを胸に抱いた。そして走り始めた。

右足が前に出て、左足が前に出る。シンプルなことじゃないか。走るって。こうやってシンプルに走りながら頑張ってみるべきだったのに。人間の体はこんな簡単に走れて、前に進めるのに、どうして精神はそうならないのだろうか。

五世帯が入るアパートに入った。正門は固く閉ざされていたが、裏門は半分ほど開いていた。配達先は二階の二世帯だから、その家の人たちは裏門から出入りしている可能性が高かった。

荷物を抱いて階段を上がり、角を曲がると、ドアが半開きの玄関が目に入った。送り状を確認して近づいた。そして頭をにゅっと突っこむと声をかけた。「宅配です」

リビングで男女が絡み合っていた。仰天したウジェは一歩後ずさりした。もう一度見ると男が女を組み敷き、片方の手で首を絞めていた。女の顔は破裂しそうなほど真っ赤だった。思わず飛びこんでいた。

「何してるんですか？」

男はすぐに手の力を緩めると女から離れた。ウジェは男の顔を見ようともせずに、ひたすら女を心配した。

「大丈夫ですか？」

女は床から起き上がると苦しそうに空えずきをした。男は怒りを抑えられないらしく拳を壁に叩きつけていたが、バスルームに入るとドアをがんと閉めた。

ウジェは荷物を脇に抱えたまま、もう一度尋ねた。「大丈夫ですか、お客さま？」

「誰……ですか？」

「宅配です」

「……おじさん」。女は苦しそうに息を吐いていたが咳こんだ。

「通報しましょうか？」

女はうなずきかけたが、首を横に振った。「……大丈夫です」

そして床から起き上がるとグラスをぎゅっと握ったまま立ち尽くしていた。やがてウジェに向き直ると言った。「もう行ってください」

「平気ですか？」

「平気ですから行ってください」

ウジェはバスルームの気配をうかがいながら荷物をリビングに置いた。そして背を向けると外に出た。心臓がバクバクしている。首を絞められたのは女なのに、まるで自分がやられたかのように手まで震えていた。隣家に配達する荷物があるのを忘れて階段を下り、半分ほど開いている鉄門を抜けると、車に向かってとぼとぼと歩いていった。しばらくのあいだ足取りから重力が消えていた。ウジェの手にある荷物を見たスギョンが尋ねた。「送り状が間違ってたの？」

「いや……そうじゃなくて、変なものを見たんでびっくりして、そのまま戻ってきちゃったんだ」

「何を見たの？」

「男が女の首を絞めてた」

「えっ？」

スギョンが車から飛び降りた。「どこで？　配達先？」

「うん」

「通報した？」

「するなって言われたから止めた」

「男が？」

「女が」

スギョンは呆れてものが言えないというように立ち尽くしていたが、手を伸ばすと言った。

「こっちにちょうだい。私が行ってくる」

そしてウジェの手から荷物をひったくると配達先を確認し、急いで歩き始めた。ウジェが後を追った。スギョンが訊いた。「夫婦みたいだった？」

「わかんないよ」

ウジェはスギョンの顔色をうかがいながら、歩調を合わせて走るように歩いた。スギョンは配達先に到着して裏門を押し開けると、つかつかと階段を上がっていった。そして問題の家のドアをがんがん叩いた。

ドアが開いて男がにゅっと顔を出した。

スギョンは男の背後の気配を探った。男はスギョンの手にある段ボール箱を見ても、配達ドライバーだとは気づかないらしく尋ねた。「どちらさま？」

「宅配です」

リビングには誰もいなかった。

「さっき女の人を殴っていましたよね？」

「お宅、誰？」

「殴ったじゃない」

「誰だって聞いてんだよ！」

「言ったじゃないですか、宅配だって！」

男の顔が一瞬にして上気した。ウジェはスギョンの背後で肩をそびやかした。スギョンはあのとき自分を助けてくれたモーテルの女主人のように、自分も行動を起こさなくてはと考えているようだった。ウジェは止めたくなかった。むしろ加勢したかった。

「なんで女を殴るのかって訊いてるの！　ねえ？　自分にそんな権限があると思ってんの？」

男の顔がくしゃくしゃくしゃになった。

「なんだ、てめえ！」

ウジェはスギョンの腕をつかむと引っ張った。ここからは自分の出番だ。だが、できるだけ穏便に済ませて帰らなくては。配達する荷物はまだ五十一個も残っているのだから。

「我々は宅配ドライバーです」

「はあ？　ふたりともか？」

男の顔に嘲《あざけ》りの色が浮かぶ前に急いで続けた。口をついて出た言葉とは、

「おっしゃるとおり、ふたりとも宅配ドライバーですが、我々はこの地域の治安も担当しております」

「なんだと？」

「つまり、犯罪の起こりそうな地域で配達をする場合は、付近の見回りもするということです」

自分でも何を言っているのかと内心びっくりしたが、表情に出さないように話した。頭が高性能のコンピューターのように生き生きと作動し、話す内容を口へと伝達した。

「配達ドライバーには、配達中に犯罪現場を目撃した場合は通報するという任務があります。通報しないと減点になるんです」

男は曖昧な表情だった。スギョンも徐々に同じような表情に変わっていく。ウジェはスギョンのほうを見ずに続けた。

「善きサマリア人《びと》のたとえ、知らないんですか？　道徳の時間に習ったはずですけど？　あれが我々の業務に含まれているんです。つまり女性の首を絞めたり、殴ったりしたらだめだということ。わかりましたね？　我々が黙っていませんよ。この区域には毎日来ていますので」

男は半信半疑といった顔つきだった。スギョンも徐々に同じような表情に変わっていく。一度は信じかけた男の顔が、ふたたび強い疑念に染まる。ウジェはメッセンジャーバッグから付

箋とボールペンを取り出した。そして家の住所をメモするふりをしながらスギョンに尋ねた。

「五分くらい経ったよな？　午後……三時二十八分。二〇一号で女の首を絞めている男を目撃……」

男は今や完全に疑っている。不信感に満ちた顔をしていた。そして誰の目にも明らかな攻撃性が浮かび上がった瞬間、突然スギョンがふり返った。ちょうど会社の配達トラックが正門前に停車したところだった。すぐにドライバーが降りてきた。スギョンは彼に向かって叫んだ。

「すみません！」

ドライバーがふたりを見上げた。

「こちらの人が女性を殴っていたんです。これって報告する義務がありますよね？　うちの会社の方針ですから、ねえ？」

ドライバーはぼうっとスギョンを見つめていた。彼が誰なのか、ウジェはそこでようやく気がついた。物流センターで話しかけてきた青年だった。

青年が尋ねた。「また殴っていたんですか？」

その声は確信に満ちていた。またやると思ったよという確信。

三人のドライバーは〈また殴った男〉を同時に睨みつけた。男は表情を曇らせると、ひとり言のようにぶつぶつ悪態をつきながらドアをばたんと閉めた。

ウジェは階段を下りながら脚ががくがくするのがわかった。ソンミアパートで感じたように、自己肯定感が根本から揺らいだからではなかった。ありえない嘘をぺらぺら並べ立てたこと、あんなやり方でデートＤＶ、あるいはＤＶの加害者を制圧しようとした自分の勇気に驚いたからだった。

裏門から出てくるふたりに青年が苦い顔で話しかけてきた。

「顧客が感情的になってクレームを入れたりしたら面倒ですから、ほどほどにしたほうがいいですよ」

ウジェとスギョンは顔を見合わせて今さらながら思った。やりすぎたのかな？　でも記憶の彼方に消えていた善きサマリア人のたとえを引っ張り出した自分を尊敬もしていたし、勇敢に食ってかかったスギョンにもびっくりした。ただ、今は正確でスピーディな配達が優先だった。それをわかっているふたりはお互いの顔をじっと見た。他人に口出しする暇があったら、荷物を一つでも多く配達しなくては。飢え死にしたいわけ？　それでもよくやったのは事実だ。

ウジェはスギョンと車に戻った。ふたりとも足取りは軽く速かった。

雨はいつの間にか止んでいた。

＊　＊　＊　＊　＊

「十年後、この世はどう変わっているかな」

ウジェはスギョンのグラスに焼酎を注ぎながら訊いた。ふたりは網の上でじゅうじゅうと音を立てている豚の皮を真ん中に、向かい合って座っていた。

「配達ドローンとか無人配達トラックが出現してそう」

ウジェはいやいやと首を振った。「そうはならないと思うよ。ドローンとか無人配達トラックが人身事故を起こしたと仮定してみなよ。そうしたら会社が完全に責任を取らないといけなくなるじゃないか。でも、うちらみたいなギグワーカー［単発の仕事を請け負う人。「ギグ」はライブハウスやクラブで行う一度限りのセッションのこと］を雇用して、独立した契約者という定義付けで仕事をさせれば費用を圧倒的に節約できる。俺たちに事故処理をすべて押しつければいいんだから」

スギョンは苦笑いして言った。「そのとおりだね。計算したら、私たちを使うほうが安上がりだ」

ウジェは配達の世界をもっと探求してみたかったが、そろそろ運転代行の世界に移動しなくてはならないときが来ていた。最近は一日に三、四時間しか寝ておらず、そんなに働いているのにまったく疲れを感じなかった。「ギグワーカーにも労働法を適用してほしいって要求したら、どうなるかな？」

「誰も見向きもしないと思うよ。ギグワーカーが何かも知らない人がほとんどじゃない。むしろプラットフォーム労働者って言ったほうがわかりやすいかも」

「それも知らない人が多いよ」

　ウジェがスギョンのグラスに焼酎を注いだ。久しぶりにふたりで飲む酒だった。義父母と甥っ子たちのいない夫婦ふたりきりの場。こういう時間をたくさん設けるべきだとは思わない。そんなことしたら、その日の稼ぎが酒代で消えてしまうだろう。運転代行にも出られなくなる。ウジェはサイダーを飲んだ。豚の皮を見つめていたスギョンが口を開いた。

「前に……住んでいた家が再開発区域にあったの。どの家も古すぎて人が住んでいるようには見えないくらいだった。賃貸に出してもなかなか借りる人が現れなくて、占いの店なんかがたくさん入っていた。ある日ね、その中の一軒のドアが開いていて。ピンク色のすだれが掛かっている下に靴が並んでいるのが見えた。靴にサンダル、子どもの運動靴がずらりと。中をちらっと覗く前からわかっちゃった。サムギョプサル［豚バラ肉の焼肉］のにおいって、どうしてあんなに広がるんだろうね。家族でちゃぶ台を囲んで食べていた。それを見たとき、ちょっと衝撃だったの」

「なんで？」

「本当にひどい家だったんだよ。外壁はひびだらけ、周りにはゴミとか犬の糞が散らばっていて。あの人たちにお肉を買う余裕があるとは思いもしなかった。いや、違うな。お肉を食べる家族の光景がくり広げられているとは思いもしなかった。貧困の象徴みたいな家だったから。

ご飯も食べられないほど貧しい家として登場するような雰囲気だったし。でも、そのイメージが覆《くつがえ》されたってわけ。私たちと同じように週に一、二回はお肉を焼いて食べるし、夫婦は職場に、子どもたちは学校に通って暮らしを営む家族だってことは十分あり得るって、遅まきながら気がついたの。そのときから貧困に対する基準が変わった。お肉を食べたいと思ったときに食べられるなら、それは貧乏ではないって」

「俺たち肉を食べている最中だけど、じゃあ貧乏ではないってことか?」

スギョンは答える代わりに、かすかな笑みを浮かべた。

＊＊＊＊＊

ウジェは卵で顎をゆっくりとさすった。

酔客の頭がぶつかって大きな痣ができた。向こうは殴ろうとしたわけではなく、嘔吐して頭を上げただけなのだが、後ろに立って背中をさすってやろうとしたウジェは真正面から頭突きを食らってしまった。顎から頭頂部まで落雷のような激痛が走った。顎が割れたかと思った。もし舌を噛んでいたら真っ二つに裂けていたかもしれない。客はかなり酔っていて、自分が何をしでかしたのかまったくわかっていなかった。顔を覆って座りこむウジェを見ると仰天して

「運転手さん泣いてるんですか？　どうして泣いてるんですか？」と訊くばかりだった。そのうち自分も一緒になって泣き出した。ウジェが手のひらで顔を覆ったまま立ち上がれずにいると「運転手さん、泣き止んでくださいよ。こっちまで泣きたくなるじゃないですか、私も泣きます」。そう言うと、自分の吐瀉物の横に座りこんで泣き始めた。ネクタイを締めてスーツを着た男性がわんわん声をあげて。その声に驚いたウジェは痛みが少し治まり、やがて顎の骨は無事だと確信し、酔客の頭は石より硬いことを忘れまいと誓った。そんなことも知らずに、たまに背中をさすってやっていたわけだ。

ウジェは真っすぐ横たわった姿勢で、仕事に行かない自分について考えた。昨日の配車リクエストは近距離だったが、道が渋滞したせいで手元にほとんど残らなかった。それでもやらないと空手で帰ることになると悩んだ末に引き受けたが、酔客はウジェに向かって延々と悪態をついた。ひとり言のように汚い言葉を吐きながら車に乗りこんでくると、降りるまでやめなかった。自分を罵倒しているのか確信がもてないウジェは黙って運転した。〈黙って〉は、この仕事を始めてからしょっちゅう思い出すようになった単語だ。客が何を言おうと黙ってひたすら運転する。金をくれるまで黙って待つ。催促したら殴られるかもしれないから。手をひょいと伸ばして頭をわしゃわしゃ撫でてきた客もいたが、その態度はまるで学生に対する学年主任のようだった。「こいつめ！　お前、何かやらかしてないだろうな？　こっちに来てみろ。こっちに来いって言っているだろう。なんだ、これは。それでいいと思っているのか？　運転代行がそんなんでいいと？」男はウジェの服装がみすぼらしい、臭う、理解が遅いと言いがかりをつけた。でも殴ってはこなかったので耐えに耐えた。一切答えずに運転し、代金を支払うまで黙って待っていると金を寄こしてきた。ドアを閉める際に「ご苦労さまでした」と言われ、ようやく気がついた。あの野郎、完全に素面《しらふ》だったんだな。

ご苦労さまでした。

何に対するご苦労なのだろう。罵倒されても黙って耐えたことへのご苦労だろうか。家まで安全に連れて帰ったことへのご苦労だろうか。自分がこんなに忍耐強い人間だとは知らなかった。

人から受けるストレスがいちばん大きいんだよと、失踪した兄は口ぐせのように言っていた。これまで実感が湧かないまま生きてきたが、この仕事を始めてから、いちばん大きいなどという段階を飛び越え、生きる意欲を奪っていく可能性もあると知った。ずっとこうして生きていかなきゃいけないのか、最近よくそう感じるようになった。うつ病かなとスギョンに内緒で病院にも行ってみた。医者はその場でうつ病だと言った。なぜか歓迎するような顔だった。いくつか検査してみないとわからないが、確実にうつ病だろうと。ウジェの話を聞くと「高いところに上らないでください、漢江《ハンガン》の橋にも行かないように」と薬を処方してくれた。ウジェはその薬を袋ごと捨てた。その場で断言するなんて疑わしかった。たかが二十分程度の診察で、何がわかるというのだ。ファン・ボソクもうつ病の治療を受けたことがあった。だから病名はそんなに早く確定するものではないと知っている。自殺したい衝動に何度か駆られたからって、即座にうつ病ですと判断するのは無理がある。ウジェは思った。誰にでもそういう時期はある。インフルエンザに罹るようにうつ状態になり、やがて過ぎ去る時期が。そのときは高い場所から見下ろすたびに、漢江の橋に立って流れゆく黒い川面を眺めるたびに、飛び降りたいという衝動に駆られることもあるだろう。苦しむことなく死ねそうな気がすることもあるだろう。一度もそういう経験をせずに歳月を経てきた人の人生って、どんな感じなのだろう。成功しかない人生？　ウジェはそんな人生あるかなと思ったが、どこかに実在することも知っていた。そういう人たちとは話が合わないこともわかっていた。お互いに相手を信用できず、情けないと感じるのは明らかだ。向こうがウジェをそう思う根拠は確実だが、ウジェが向こうをそう思う根拠は少し曖昧だった。おそらくそうだという感覚と直感によるものだが、ああいう連中には一度はがつんと言ってやらなきゃ、鼻っ柱をへし折ってやらなきゃという考えにも近い、根拠のない信念だった。酒を飲んで車のハンドルをウジェに預ける男たちの中には、自分を向こう側の人間だと勘違いしている者もいた。「一日にどれくらい稼ぐんですか？　どうしてこういう仕事をしているのですか？」と、ウジェの職業をけなした。自分だって大した家に住んでいるわけでもないのに、駐車場に車を停めるまでが仕事だから、どんな家に住んでいるかは一目瞭然なのに、好きなだけ、思う存分、ウジェを貶めた。現代人の職業や生活のトレンドを知らなすぎるとウジェは内心あざ笑い、プラットフォーム労働者としてダブルワークをすることこそが時代のトレンドなのだと考えた。そのうちに多くの人がこういう生き方をするようになると信じてもいた。この仕事は中毒性が高く、一度始めたらなかなか辞められない。アプリを起動して配車リクエストにOKすれば金が稼げる。アプリを起動して配達の追加を志願すれば金が稼げる。だから、ますます辞められなくなるのだ。

ウジェは自分を憎みすぎないことにした。憎まれるような出来事は頻繁に起こるが、そのたびに自分まで自分を憎んでしまったら、高いところに上りたくなるだろうし、漢江の橋から川面を見下ろしたくなるだろう。単純な因果関係だ。人間は理由なく感じたり実行したりはしない。

「俺さ、この前アルバイト行っただろ。天井の撤去」

「うん、どうだった?」スギョンが携帯電話から目を離して尋ねた。

「あの社長とは、もうできないと思う」

ウジェは事の顛末を話した。百坪を超える地下階の天井を撤去する仕事だったが、雇用主だった撤去業者の社長の言葉を鵜呑みにし、全部ばらせと言われたとおりに作業した。本当に全部ばらせばいいのだと思いこみ、火災報知器まで取り外してはいけないとは気づけなかったのだ。

それでも心の広い人だったのか、その日の日当はくれた。でも二日後に予定されていた撤去には来ないでほしいと言われた。別の仕事を探しなさい。そこまで察しが悪いと撤去の仕事は難しいだろうと。ウジェは恥ずかしくなり、ここでも首を切られたら何ができるのだろうと、自分の鈍さを呪った。

「スギョン、俺ってそんなに察しが悪いの？」

意外にもそんなことないよとは答えてくれなかった。考えこんでいたが、たまにね、と言ったのだ。スギョンが言葉にしなかった底意を聞き取った。しょっちゅうってことなんだな。

「それなのに、なんで俺と結婚したの？」

スギョンはしばらくしてから答えた。「当時はそういうところが可愛く見えた」

「今は？」

スギョンは答える代わりに横を向いてしまった。

「今はちっとも可愛くないんだろ？」

「そういう時期は過ぎたでしょう。今でも可愛かったら犯罪よ」

そう答えると眠ったふりをした。これ以上ウジェと話したくないときに使う手だった。ウジェはスギョンの肩を揺さぶりながら、じゃあ自分はこれからどうするべきだと尋ねたかった。でも答えはわかっていた。何をどうすると言うのだ。できる仕事を続けなくては。

布団を胸まで引き上げ、卵を枕元に置いた。痣をすべて吸いこんだ卵の黄身は本当に紫色に変わるのだろうか？　こんなことをしても効果はゼロだという話も聞いた気がするが、卵を手から放したらたちまち不安になった。ウジェはふたたび卵で顎をさすった。痛みを踏んで通り過ぎていく卵のずっしりとした冷たい重みが、顎先から顔全体に広がっていった。明日になれば痣はもっと大きくなっているだろうし、今よりもぞっとするような色に変わっているだろう。その顔を鏡で見るたびに、私も泣きますとわんわん声をあげて泣いてしまった男の顔を思い浮かべるだろう。自分もそうしてみようかと一瞬思いながら。私も泣きます、私も泣きたいです。

「ウジェ」

「うん」

「いつまでも考えていないで寝たら」

「……うん」

ウジェは卵を置くと〈黙って〉目を閉じた。

第3章

ウンジ

今日の収益は十五万ウォン。

チャットを閉じた。ようやく全身が強張っていることに気づく。毎回そうだ。やるときは緊張なんて感じないのに、終わると全身が痛い。相手がどう出てくるか、まったく予想がつかないから。実際に会っていなくても、たまに暴力をふるわれたみたいに全身が痛むときもある。そういうときはタイレノールを一錠飲みこむ。ピルケースにウィメンズタイレノールを常備している。生理痛の薬だけど、ウンジにもよく効いた。

あの女をママと呼ばなくなってずいぶんになる。そうしたら少し生きやすくなった。ママはいないと思うと急に大人になった気がしたし、生きていくためには早く大人になる必要があった。大人なんて、そんなたいしたものじゃない。自分を守れてお金が稼げれば大人でしょ。ウンジは、そのどちらもできた。

〈ティーンチャット〉で出会った男たちは商品券やソーシャルギフトを贈ってくれる。当然だけど、どんな写真かによって金額は変わってくる。相手が要求する写真を送ることもある。たまにジュヌはすべてを知っているんじゃないかと思う。愛していないから放置しているってわけでもなさそうだから、たぶんティーンチャットをウンジの仕事場だと認識し、干渉しないようにしているのだろう。ジュヌへの罪悪感はなかった。ティーンチャットで出会った男たちには一ミリも惹かれないから。

死ぬまで君だけを愛するっていうメッセージを送ってくる男たちを、ウンジはいつも嘲笑していた。彼らははるかに年上で、適切な金額はいくらなのかと悩みまくりながら生きているようだった。具合が悪いんだけど世話をしてくれる人がいなくてさ、もし来てくれたら十万ウォンあげる、うちの犬がおなかを空かせているんだけど仕事で帰れないから、代わりに家に行ってくれたら七万ウォンあげる、妹がいるんだけど、君にむちゃくちゃ会いたがってる、君と同じで歌手になるのが夢だから会ってみないか、家に来たら車代で五万ウォンあげるし、おいしいものもおごるから。

そんなデタラメに騙されたことは一度もない。妹がいるという男に、歌手が夢だと話したのは失敗だった。写真を送れと言う代わりに、ウンジの日常を知りたがった。そうこうしているうちにコインカラオケによく行く、いつかオーディション番組に出る計画だとしゃべってしまい、この人には写真を送れなくなったと気づいた。ほかの男たちはオーディション番組なんて見ないだろう。一日中ティーンチャットで女子中学生とチャットとかしてるのだろうから。

ウンジはスギョンおばちゃんの家に向かっていた。最近はウンジもおばちゃんと呼んでいる。おばちゃんの家に空き部屋があればいいのに。でもあの小さな家には、すでに六人もの人間が住んでいる。いつもごった返しているし、いつも貧乏みたい。おばちゃんは会社で変なヤツに会ってから、家の外にあまり出なくなったし。

その事件についてはウンジも知っていた。ジュヌが話してくれたのだ。男は熟睡できないというおばちゃんを助けたい一心で、睡眠薬を混ぜた飲み物を渡したと主張した。記事を読むウンジの口から悪態が飛び出した。クソッタレ、誰が見てもデタラメじゃん。飲み物を飲んで眠ってしまったという文章を目にしたときは指先が凍りついた。あんなに無味乾燥な短い文章で表現されていることが信じられなかった。急いでウィンドウを閉じ、それから一度も記事は目にしていない。ジュヌの話では、あの野郎は罰金刑になった、だからボコボコにするしかなかったそうだ。示談金の話はずっと後になってから聞いた。「おばちゃんに申し訳なかった」。申し訳ないなんて言葉は口にしないジュヌなのに、その話をするときは心から申し訳なく思っているように見えた。

ふたりきりでいるときは、ジュヌをオッパ［女性が親しい年上の男性に使う呼称。直訳するとお兄さんだが、恋人や先輩、友人、実兄と使用範囲は幅広い］とは呼ばない。オッパという言葉は気持ち悪かった。もしかすると仕事のせいかもしれない。ティーンチャットではオッパという単語を業界用語として使うことになっているから。相手が望めばご主人さまと呼ぶこともあった。今日の昼間もご主人さまと呼べって言ってたな、頭のおかしいヤツが。

チャットルームにはウンジ以外にもふたりの女の子がいた。写真の感じでは両方とも中学生のようだった。男は自分をご主人さまと呼ぶように命じた。すると先を争うように全員がご主人さま！　ご主人さま！　と叫び出した。男は傲慢で、偉い何かにでもなったかのように言った。

――うるせえよ。俺がしゃべろって言ったとき以外は黙ってろ。今は静かにしてろ。

自分からチャットルームに招待してきたくせに、静かにしてろだなんて終わってる。ウンジは黙っていた。ほかの女の子たちも静かにしている。

――さて、今からひとりずつ順番に話してみろ。ご主人さま、言われたとおりに致します。

女の子たちは、ご主人さま、言われたとおりに致しますと言い、ウンジもそうした。サイテーなヤツに当たったたな。

男は一時間にわたってご主人さまになりきり、自分をご主人さまと呼ぶ下女たちを思う存分こき使ったかと思うと、しまいには個人的に会おうとしつこく要求してきた。そのくせ女の子がどこで会うのですかと尋ねると、いきなり態度を一変させた。

——なんで俺がお前と会うんだよｗｗｗ

女の子は気まずかったのか反応しなかった。男は女の子たちを無視し、いじめるつもりでチャットルームを開いたようだ。ウンジが最初からずっと黙っていると、自分を無視している、ご主人さまにお仕えしていないと悪態を浴びせてきた。ウンジはそれでも黙っていた。男は女の子たちとひとしきり騒ぐと全員退出するように言ったが、ふたりきりになると尋ねてきた。

——お前、こういう仕事に慣れてないいな？

——はい。（そう見える？）

——なんで、こんなことしてる？

——親がいないので。（簡単でありがちな嘘①）

——今はどこに住んでる？

——知り合いのお姉さんの家です。（簡単でありがちな嘘②）

——お前は素直そうだから、こういう仕事はやめとけ。オッパは心配だから言ってるんだぞ。こういうところに写真を送ると、あとから脅迫される可能性もある。

ウンジは何も答えなかった。そんな事態になったらジュヌが処理してくれるはずだ。

——俺と会うか？　俺は変な人間じゃない。

——嫌です、ご主人さま。（イカレたヤツ）

男はウィンドウを〈w〉で埋め尽くし、ウンジは黙って待った。男はソーシャルギフトをどっさり贈ってくれた。

つまりはこういう仕事のすべてを、ジュヌは知っているのかもしれない。やっと十四歳という自分の年齢を、腹が立つほど幼いと思うときもたまにあるが、それでもこんなに早くジュヌと出会えたのは奇跡だった。もしかすると生涯をともにするかもしれない。大人は笑うだろうけど。お見通しだよって顔で笑いながら、どれ、どうなるか見てみようって言うのだろうけど、その言葉をそっくりそのまま返したかった。どれ、うちらが別れられるか見てみようよ。

ティーンチャットにメッセージが届いた。一瞬で表情を整えるとチャットにログインした。大人になって出勤するときも、こういう顔をするんだろうな。

——ご主人さまだけど、会おうよ。

メッセージを削除した。すぐにもう一通のメッセージが届いた。

——お前さ、明和《ミョンファ》女子中の生徒だろ?

おばちゃんの家に着いても、何かに気を取られているみたいにぼうっとしていた。おばちゃんはドーナツを出してくれて、あれこれ話しかけてきたけど、何一つまともに答えられなかった。ドーナツに手も付けず、ずっと携帯電話を覗きこんでいた。できることはそれしかなかった。

「ウンジ、何かあったの？」

「何も」

ティーンチャットのメッセージを確認していたから、何を質問されているのか考えもしないで適当に答えた。今やあの男はウンジの日常を暴くようになっていた。一週間前に何をしたか、一カ月前に何をしたかを。しかも彼氏がいることも知っていた。一体どうやって調べたのだろう？

「最近はあんまりインスタやらないの？」おばちゃんに訊かれて、やっと気がついた。急いでインスタにログインしてフィードをチェックすると、一週間前、一カ月前に投稿した日常の写真にジュヌがコメントをつけていた。誰もが簡単にウンジの日常をのぞき見することができた。〈明和女子中の最強美女〉というハッシュタグもそのままだった。

学校の近くに有名な芸能プロダクションがある。通学中にスカウトされたり、〈明和女子中の最強美女〉とハッシュタグをつけた投稿がきっかけでスカウトされた子もいた。全体公開にしていたのはそれだけの理由なのに、ティーンチャットで知り合った人間に見つかるとは思いもしなかった。

男はメッセージを送り続けてきた。会ってくれないなら学校まで行く、お前がどんな仕事をしているか学校に知らせる、家族にも知らせる、彼氏にも知らせる。ウンジは最後のメッセージを見ながら考えこんだ。

ジュヌに言った瞬間、あんたは死ぬことになるから。

男がジュヌにぶっ殺されるのは確実だけど、問題はそこじゃなかった。ジュヌが別れようって言ったらどうしよう。知っていて見逃してくれているんだろうけど、今回は度が過ぎていると思われたらどうしよう。学校まで来なくても、ありとあらゆるコミュニティサイトやSNSを使えば、ウンジがどんな仕事をしているかは簡単に拡散できる。名前に顔、住所や連絡先が公開されるだろうし、そうしたらジュヌはもう付き合うのは止めようと思うかもしれない。こんなやり方で辱《はずかし》めを受けるのは、リアルに会って暴行されるのと同じくらいのダメージがある。

おばちゃん、あたし、どうしよう。

ウンジは心の中で尋ねた。おばちゃんまでつられてぼうっとしている。家の中は静かだった。今日はおばちゃんの代わりにおじさんが配達に、おばあさんとおじいさんは鍾路《チョンノ》にある馴染みの薬局に行っていた。ジフは友だちの家、ジュヌもどこかで友だちと遊んでいるのだろう。あの男がドアをがんがん叩きながら、出てこいと喚くのではという不安を感じた。

ここまでだとは思わなかった……。

個人情報を暴露してやると脅迫される想像を一度もしなかったわけではない。ティーンチャットで出会った知らない男たちに写真を売っているのだから、その程度の覚悟は仕方なかった。ウンジだけでなく、同業の友だちもそういう覚悟ならしていた。〈心配〉ではなく〈覚悟〉と言ったように、何が起こっても死に物狂いで耐えるという暗黙の決心みたいなものが、あたしたちにはあった。でも今は〈あたしたち〉ではなく、ウンジはひとりだった。おばちゃんもジュヌも、そしてママと呼ばないあの女も、いつもよりずっと遠く離れた場所で自分に背を向けているように思えた。

男は、指定した服装で約束の場所にひとりで来いと言ってきた。短い制服のスカート、赤い帽子、ニーソックス。男からのメッセージをぼんやりと覗きこんだ。ニーソックスって単語を一体どうやって知ったのだろう。今回がはじめてじゃないんだろうか。ウンジはそのメッセージが消せなかった。どんな格好か覚えられなさそうだったから。

まさか行くつもりじゃないよね。

自分に尋ねてみたが答えられなかった。

どうしようもなかった。ジュヌに打ち明けるしか。

＊＊＊＊＊

男はウンジをじっと見つめた。ウンジは赤い帽子を被り、ニーソックスを履いている。男は言葉を発さずに顎をしゃくるようにして合図した。

複雑な商店街を通り抜けて路地に入るあいだ、男は一言もしゃべらなかった。ウンジがちゃんとついてきているか、たまにふり返って確かめるだけだ。そしてウンジはジュヌがちゃんとついてきているか、ふり返って確かめたい気持ちを抑えた。ジュヌとジュヌの友だちが。

アパートの一階にある共用玄関。暗証番号を押した男は先に立って階段を上った。横目で見ていたウンジは、急いでジュヌにメッセージを送った。男はしばらくすると四階で立ち止まり、素早くドアロックの暗証番号を押した。隠そうとすらしなかった。でもドアが開いた瞬間に男がふり向いたから、今度はジュヌに番号を教えるタイミングを逸した。ウンジは深呼吸して中に入った。男がドアをがちゃんと閉めた。

リビングは散らかり放題だった。コンビニのお弁当やカップ麺の容器、空のペットボトルにお菓子の袋が、汚い布団などと一緒に散乱している。あたりを見回していたウンジはソファに座った。男はキッチンへ向かったと思うと、パックのオレンジジュースを持ってきて差し出した。おとなしく受け取ったが飲みはしなかった。

「本当に来たんだな」

男はテーブルの椅子に座ってウンジを見つめた。

「来いって言ったじゃないですか」

「ご主人さまって呼ばないと。これからは必ず語尾にご主人さまをつけること」

「はい……ご主人さま」

ウンジはおとなしく答え、リビングの窓の向こうに見える霞がかった曇り空を眺めた。まもなく階段を上がってくる足音が聞こえた。

しばらくして足音が止まった。同時にウンジは尋ねた。「何様のつもりで、あたしを呼んだんですか?」

「えっ?」

「何様だよ」

ウンジは真っすぐ玄関に向かって走るとドアを開けた。男が椅子から立ち上がりかけると、ジュヌとジュヌの友だち数人が襲撃してきた。

ウンジは激しく体を動かしながら思った。こんな仕事は誰にでもできるもんじゃない。本当に誰にでもできるもんじゃないんだよ。知らない男に写真を売る女子中学生を呼び出すなんて、何様のつもりだよ。その子がどんな気持ちでそういう仕事をしているか、自分に都合のいいように解釈するなんて。それがお前のミスだよ。このクソ野郎が。簡単に稼ぐためにやってるとでも思ったんだろ。お前は大人だから、どうせその程度だと思ったんだろ。あたしが本当のことを教えてやるから、よく聞きな。こっちは覚悟を決めてやってんだよ。覚悟！　しくじったら全員ぶっ殺して監獄に入る覚悟でやってんだってば。監獄！　覚悟！　監獄！　覚悟！　ウンジは暴れながら男を蹴った。脇と腹を蹴りまくりながら激しく喘いだ。ジュヌが後ろからウンジを抱きかかえるとリビングに引っ張っていった。ジュヌの友だちがすぐに男を取り囲んだ。ジュヌは汗に濡れたウンジの前髪をかき上げながら言った。「もうやめとけ。あとは俺がやるから」

ウンジはソファに座って拳を握りしめたまま涙を堪えた。悲しいからではなく、あまりに腹が立ったから、甘く見られたことに腹が立ったから、こみ上げてきた涙だった。ティーンチャットで写真なんか売ってるガキだからと、こんなぞんざいな扱いを受けるなんて。ニーソックスを脱ぐと床に投げつけた。ジュヌが拾ってポケットに入れる。

これしきのことで辞めるつもりはない。この先も何が起ころうと、これより最悪はないはずだから。インスタもずっと全体公開のままでいくし。もしかすると芸能プロダクションから連絡が来るかもしれないから。〈#明和女子中の最強美女〉も変わらず使うつもりだ。明和女子中の最強美女じゃないっていちゃもんつけるヤツらは、ジュヌがボコボコにしてくれるはずだから。

＊＊＊＊＊

いつになったらここを離れられるだろう。十年後もティーンチャットの中で生きている自分を思い浮かべることがある。もう十代じゃないのに、ティーンチャットで長く暮らしすぎたせいで、別の場所《アプリ》へと旅立てない状態になってしまった、二十四歳のイ・ウンジ。

　そもそもティーンチャットは地域を基盤とする青少年の集いを奨励するために作られた。新しくできたスタディカフェや塾にかんする情報を共有し、使っていない付けまつげやＢＢクリーム、拾ったバスケットボールや盗んだ自転車を売り、サイズが合わないスニーカーを交換する、そんな空間だった。でも今のティーンチャットは十代だけがいるわけではない。もしかすると大人のほうが多いかも。未成年者と出会おうと血眼になっている成人男子のほうが。

　横断歩道の前で立ち止まった。この場に立つたびに視界に入るあの看板は、なぜあんなに堂々と掲げられているのだろうか。オフィドール［下層階に商業施設、上層階に住宅が入るオフィステルという建物内で運営されているラブドール風俗の略語］二万ウォン。オフィドールが何かを知っている自分を恨めしく思うべきなのか、あんな看板を道路沿いに一目でわかるほど大きく設置した大人を恨めしく思うべきなのかわからなかった。

　歩行者信号が変わるのを待ちながら、通りかかった大人の男たちがオフィドールの看板を注視するかどうか観察した。潜在的な顧客。暫定的なカモ。彼らを見ながら笑っている自分に気づいた。何を笑ってんの？　あたし、どうして笑ってんの？　何がおかしいの？　答えてくれる人もいないのに自問し続けた。今日に限ってひどく頭が痛む。鞄からタイレノールを出して飲みこんだ。舌が乾燥していて、そのまま張りついてしまった。喉に流しこむのは無理そうだから、この苦味をそのまま感じながら痛みが通り過ぎるのを待つしかない。横に立っていた男が動いたので、ウンジはびっくりしてそちらに向き直った。驚くようなことじゃないのに驚いていた。こちらに近づいてきたからって接触があったわけでもないのに。

ティーンチャットにはまり出してから、ありとあらゆる不気味な提案をあそこで受けるようになってから、現実の世界でやたらぎくしゃくしてる自分に気がついた。今みたいに誰かがいきなり近づいてくると、体がびくっとする。手まで震えるときもあった。学校でも同じだ。ウンジの顔をちらっと見た科学の教師を、もしかしてティーンチャットで会った人じゃないかと、一日中ずっと考えていた。そうかもしれないけど、そうじゃない可能性のほうが高い。でもそうかもしれない可能性のほうが高いのがティーンチャットの世界だから、現実と区別する必要をますます感じられなくなっていく。

元々は同じ人間じゃないか。ひとりの人間がこっちとあっちに分かれているだけなのに、区別する意味がある？　一つの世界に統合してしちゃえば、あたしは単に社会生活のスタートが早かっただけで、特別な仕事をしているわけではなくなるのかも。それなのにやたらびくびくして、ちらりと見てきた男が気になって死にそうで、そんな感情がピークに達する日には水もなしにタイレノールを噛み砕いて飲みこむ。こんなことジュヌに言っても、ただ抱きしめてくれるだけだろうし、友だちも聞き流して終わりなのは確実だから言いたくなかった。最後にはおばちゃんの顔が頭に浮かんだけど、そんなこと言えやしない。おばちゃんはあたしのことを子どもだと思っているのに。

ティーンチャットで会ったサラリーマンは、女子中学生という単語を目にするだけで興奮するのだと言った。

だからなんだよ、チキショウ。てめえごときが、あたしに興奮するだと？

ウンジは前を歩く制服姿の女子学生を見ながら心の中で訊いた。もしかしてティーンチャットやってる？　あの中の何人くらいが、こんな真似をしてるんだろうか。ジュヌはどうして止めようとせず、友だちにはうまくやっていると思われてるんだろうか。写真をたくさん売っているから？　女子学生という単語を目にするだけで興奮する男に顔を公開することを、どうして誰も心配してくれないのだろう。

おばちゃんにすべて打ち明けたいっていう衝動に駆られるのは、たぶん必ず心配してくれるからだろう。背中を叩いて携帯電話を取り上げるかもしれないし、その場でティーンチャットを削除してしまうかもしれない。そして、そんな生き方をしたらだめだと説教するんだろう。

でも、そんなおばちゃんに、あたし、お金がいるのにないの、お金くださいと言ったら、どんな顔をするだろう。おばちゃんも貧乏で、旦那さんも貧乏で、おばちゃんの両親も貧乏なのにくれるはずがない。ウンジ、確かにうちらはお金がないけど、それでもやってはいけないことをやったらだめなの。ちっとも胸に響かない説教。根拠がない。明確な根拠が。そんなことをやってはいけない根拠が。まだ未成年だから？　笑わせないで。ティーンチャットを作った大人だって絶対にわかっていたはず。大人の加入を許可したら何が起こるか。自分はもう十四歳だけど、ティーンチャットの中にはまだ初潮も迎えていない女の子だっているんだ。

家の前で立ち止まった。古びたアパート。各玄関の前にはゴミ袋が出されていて、タバコのにおいが階段に充満している。昼間でもパジャマ姿でぶらつく大人の男があちこちに見える。もしかすると、まだ九歳の女の子とかにも、家に具合の悪い猫がいるから見せてあげるとか言っているのかもしれない。ついて行ってしまった女の子たちは、何を思いながら生きていくんだろうか。

心に決めた。いつかジュヌと結婚したら、ふたりだけで生きよう。子どもを持つのはやめよう。もちろんそんな決心をするまでもなく、頭の中ではいつもジュヌとふたりきりだ。この世は子どもを産んで育てるには適していない、そう言っていたおばちゃんよりも自分のほうが確信していた。経験済みだから。ティーンチャットのある時代に、女子中学生として生きた経験があるから。

時代が変わっても、名前を変えただけのティーンチャットに子どもたちがはまるのは変わらないだろうし……考えてみたら大人はあれで儲けているじゃないか、そのくせ説教してくるなんて！　玄関前に座りこんだ。涙腺はひりつき、頭は痛み、全身が熱っぽかった。ジュヌに電話をかけようとして、ティーンチャットのメッセージ通知に気がついた。今度は何が望みなの？わかっているくせにメッセージを確認する。どこまでも白々しい言葉。優しいふりする野郎ども。

立ち上がってスカートをぽんぽんとはたくと家の中に入った。洗面台の鏡をのぞくと、マスカラが滲んで目尻が悲惨な状態になっている。こういうときは自然と歌を口ずさんでいる。鼻歌から始まった声が徐々に大きくなっていく。ウンジはリビングを飛び回って歌った。

「静かにしましょう！」隣家の男が壁をがんがん叩きながら喚き立てた。

ウンジは壁を蹴りまくりながら歌った。

＊＊＊＊＊

「おばちゃんが十代のときって、どんな感じでした？」

「うーん……いちばん覚えているのは、アイドルグループのH・O・T。でも、私はジェクスキスのファンだった」

「学校はどんな感じでした？」

「夏服のシーズンは下着検査があったのを思い出すな。ブラジャーが透けたらだめで、必ずランニングシャツ着用だったんだけど、白以外は禁止だった」

「どうして透けたらだめなの？」

「下着が見えると性犯罪に遭うかもしれないからって。でも、それって本当に変な話だよね。どうして女子学生の責任になるの？」

「学校以外では？」

「ピッピ。音声メッセージが残せるポケベルのことね。あとは地元の本屋さん。場所だと大学路《テハンノ》」

「地元の本屋さんって？」

「雑誌を買っていたの。付録が欲しくて必死に買い集めたな。でも、どうして急にそんなこと訊くの？」

「あたしくらいの歳のとき、おばちゃんってどんなだったのか気になって。その頃はチャットとかもなかったの？」

「高校生のときにやったよ、しょっちゅうじゃなくて何度かね」

「携帯電話はありました？」

「高三のときにはじめて持った。通話とショートメッセージしかできない携帯だった」

「曲はどうやって聴いてました?」

「ポータブルカセットプレイヤーのｍｙｍｙを使っていたけど、その後はＣＤプレーヤーで。パク・ヒョシンとかイ・ソラの曲をたくさん聴いてた」

「今でも聴きます?」

「最近はあの頃よりも昔の曲ばっかり。ソテジより前の歌ね」

「あたしも最近ユーチューブで昔の曲を見るんだけど、おばちゃんと同じ名前の歌手の歌をよく聴いてます」

「ヤン・スギョン?」

「そうです。タイトルが『あなたはどこにいるの』」

「どんな曲?」

おばちゃんはすぐに曲を検索して再生した。「あ、これね」

そしてウンジが一緒に歌い出すと、にっこり笑って言った。「あなたの声って、いかにもウンジって感じの声」

ウンジは笑えなかった。スギョンおばちゃんの目に映るイ・ウンジは、本物のイ・ウンジじゃないから……。

今後はティーンチャットをやらないっていうのはどうだろう。そうしたら家は出なきゃならない。あの女を見るたびに、自分がとても下らない存在に思えるのはどうしようもなかった。どうやったらあそこまで徹底的に無視できるんだろう。あの家の空気は、いつもウンジを絶壁へと追い立てる。

あの女をママと呼ばなくなってずいぶんになります。パパには一度も会ったことがありません。あの家にいたら、どんなヤバいこともやってしまいそう。それが自分を殺す結果になるとしても。だから家にいたくないです。ここで暮らしたらだめですか？　部屋はなくても構いません。ソファで寝ますから。お金も稼いできます。家族みたいに。おばちゃんが愛する家族みたいに、大した額ではないけど、あたしも少しずつでも稼いできますから。そうしたら家族になれるでしょ？　家族ってそういうものだから。不幸な未来を一緒に防いでいく存在だから。

ウンジは心の中のそんな思いをゆっくり消していった。そして完全に消し去った顔でインスタにアクセスする。きれいな女の子を見れば雑念は消えるし、きれいになるにはどうしたらいいのか、それだけを考えていればいい。そしたら世の中がすごくシンプルになる。

早くお金を貯めて、目も鼻も顎もこんなふうに整形しなきゃ。

＊　＊　＊　＊

酒瓶が転がっていく。誰かの足、絡まったいくつもの脚。

全員が酔っぱらっていて音楽がうるさかった。誰の家だって言ったっけ？　自分の家でないことだけをなんとか確かめると、ウンジは目を閉じた。隣からジュヌの寝息が聞こえてくる。こんなにうるさいのに眠れる。平和で安全だ。鼻をくんくんさせた。接着剤が強くにおった。誰かが退屈になったらしい。そういうのは部屋にこもってやれよ！　ジュヌが大声をあげてたけど、もう眠っちゃっているから気づかない。ジュヌを揺すって起こした。ちょっと窓開けてきて。ジュヌは這っていくと窓を開けて戻ってくる。ジュヌの片腕はウンジのおなかの上だ。ウンジは目を閉じた。クジラになった気分だった。深海の底で腹這いになっているクジラ。

舌が膨れ上がっていくみたい。もっともっと膨らんで破裂したら、そのときイ・ウンジは何になるのかな。歌えなくなるな。『あなたはどこにいるの』を口ずさんだ。おばちゃんが上手だって褒めてくれた。ジュヌは別のにしなよと言ったけど、この歌がよかった。ティーンチャットも、自分みたいな女子中学生も存在しなかった時代の歌。つまりは、世の中の半分がまだこんなふうに黒く染まっていなかった頃に、みんなが聴いて歌った歌。そんな世の中は一度も存在しなかったのかもしれないけど、存在したことにして、誤解して、好き勝手に想像しながら歌う歌。そういう歌なの。窓の向こうから吹いてくる生温い風を感じて頭を上げた。どこかの家の室外機が騒々しく回っている。耳が痛い。でもあたしはクジラなのに、なんで耳が痛いの？

ウンジは膝をついて窓のほうに這っていった。そして窓の外に頭を突き出し、どこの家の室外機から出ている音か確かめた。ここ何階なのかな。高いのかな。高くないのかな。見当がつかない。何がなんだかわからない。外が暗いってことしかわからない。あの中に入っていったら違う世界に吸収されるかもしれない、そんな期待を持たせる、そんな闇。

上半身を窓枠に引っかけたまま両手をぶんぶんさせていると、誰かがウンジの体を軽々と持ち上げて抱きかかえたままリビングに戻った。「落っこちるとこだったじゃないか、バカだな」。ジュヌは眠気の覚めない声で言うとぽんぽんしてくれていたが、またすぐに眠りに落ちた。

ジュヌはあたしを何度救ってくれただろう。

どうしていつも生きろって言うんだろう。

ジュヌ、ひとりじゃなくふたりで、ゴミ捨て場を掘り返しながら生きるのって、もっと悲しい仕事だよ。

聞いてる?

あたしの歌、ちょっと聴いてよ。

ジュヌ

ウンジは男性恐怖症だ。そういうのって昨日今日に始まるものじゃない。小さい頃から家に出入りしていた、あの女の怪しい彼氏たち、ウンジにお菓子をあげて、脚やらケツやらを撫でていた、スーパーの店長、体罰と称して体に触っていた先公ども、積もり積もってトラック一台分にはなるだろう。ジュヌにはそういう話をしてくるから自分が守ってあげると誓い、そうするとウンジは安心する。でもふり返ればウンジは写真を売っていて、ジュヌは黙認している。

ジュヌの考えでは、あれは〈仕事〉だ。ウンジはティーンチャットで知り合った男たちとは絶対に会わなかったし、この前みたいにトラブルになったときだけ知らせてくる。するとジュヌは問題を解決してやり、ウンジはティーンチャットに復帰する。写真を売ってどのくらい稼ぐのかは知らない。同様に〈元締め〉に選ばれたジュヌがいくら稼ぐのかウンジも知らないはずだ。

元締めを最初に知ったのは二年前。それよりずっと前からゲームは楽しんできたが、提案されたのはその頃だ。元締めは一種の広報職だ。コードをばらまき、会員になった子たちが賭ける金額の一部を受け取る。会員が少額しか賭けなければ、ジュヌも少額しか受け取れない。それで満足する子もいるが最初だけだ。次第に賭け金を上げ、失った金額を挽回しようと、どうにかして金を工面してくるようになる。工面できないときは親の名刺を持ってくるだけで借入れも可能だ。元締めは彼らを励まして見守ればいい。すでに各クラスで組織化されているから。ジュヌは学年全体の親玉格で、彼が組織した各クラスのリーダーは意外と不良じゃない場合もある。成績は中間レベル、性格はおとなしめ、学校生活では存在感が薄い子たちも交じっている。そういうのに任せたほうがいいのだ。簡単に信じてしまうから。そういう子がリーダーになると優遇してやる。手数料を差し引いて、少しずつ扇動していくのだ。そうすると、もっと大勢の子を集めてくる。

元締めじゃなかった頃、こういう類いのゲームはスリルを与えてくれた。これを上回るスリルは簡単には見つからないと思うほどだった。複雑なルールがあるわけではない。あみだくじゲームやレーシングゲームのやり方を知っていればいい。それすらもできない子なんてほとんどいないし、高額な装備が必要なわけでもない。携帯電話があればいい。だから家や学校、トイレ、さらには墓地でもできる。やろうと決めればいつでも、インターネットがある場所ならどこでも。金を手にするまでの時間も短い。カップラーメンにお湯を注いでから始めれば、食べる頃にはゲームは終わる。少ないときは五千ウォン、多いときは数十万ウォンも稼げる。だから中毒性がものすごい。

当然ながら元締めを経験した十代は、金って年齢に関係なくいつでも稼げるんだと思うようになる。自分たちを必要としている大人がいる。自分たちに金を与え、友だちをそそのかしてこいと命令する大人がいる。友だちをギャンブル依存症に仕立て上げれば、お前に金をやると言う大人がいる。ジュヌも友だちや周囲の人間を見る目が変わった。彼らはみんな金を稼いでくれるおとりだ。

ゲームを始めた頃は金を稼げると信じていた。純真で無知だったたってことだな。苦笑いを浮かべ、叔父さんの顔を思い浮かべた。まるで苦笑いと叔父さんって単語がワンセットみたいに。今や叔父さんは父親代わりだけど、この先何をしようとも父親よりはマシだってことはわかっている。母親のことは〈あの女〉と呼んでいたが、父親には一切の呼び名をつけなかった。呼ぶ機会を徹底して作らないようにし、できるだけ思い出さないようにした。顔も忘れた(と思っている)。

叔父さんは知らない。甥っ子が元締めとして活動するようになって三カ月になることを。最初は大人たちを信用していなかった。手数料を払うとは言っていたが、本当にくれるとは思っていなかった。誰が見ても不法な仕事だったたし、約束を反故《ほご》にされたとしても復讐できるかどうかはビミョーだった。室長だという人間は、近所のゲーセンにいそうな親しみやすい兄貴のように振る舞ったが、やはり親玉の指示で動いている。親玉は手ごわい人物かもしれない。ヤクザだろ、どうせ。もしくはサラ金業者。それってあれじゃん。ジュヌの友だちは映画に出てくるような人物を想像した。いや、違う。最近はひと目でわかる露骨なヤクザにはならない。現実はこうだ。露骨に会社を設立し、露骨に大金を稼ぐ。露骨に外車を乗り回し、露骨にブランド品の自慢をし、露骨に海外旅行をする。どんな仕事をしているのかは一切不明だが、質問すれば気持ちよく教えてくれる。簡単な仕事だ。個人のチャンネルやSNS、エロサイトにコードを出すと、それを辿ってきた人間が金を稼いでくれるのだと。

ジュヌは自分の頭を信頼していた。予想よりも事はうまく進んでいた。食べていくのに問題はなさそうだった。二年前に提案されたとき、すぐに引き受けなかったのは大人が信頼できなかったのもあるが、いちばんの理由はあの女だった。あの女のせいで気持ちに余裕がなかったし、叔父さんの家で暮らすことになったたし、ジフが肩身の狭い思いをするのではと心配だったし、叔母さんの両親も一緒に住んでいるから色々と頭の痛いことも多くて、最終的には断ったのだ。代わりに元締めになったヤツはかなり稼いでいた。すべてを目にしたジュヌは今年の元締めになった。ゲームの参加人数が増えるほど多くもらえるシステムなので、最近は笑顔で子どもたちを励ます。校内暴力、チンピラ、不良。そんなものは捨ててきた。金だ。金がいちばん大事になった。まだ十六歳の少年だとしても。

少年。

少年って単語がお似合いなのはジフだろ。

一度も自分を幼いと思ったことはない。幼いのではなく貧しいのだ。弟とふたりで暮らす家一つ用意できずにいるのだから。でも叔母さんはいつも心を尽くしてくれる。あの気持ちはそうだな、期待以上だ。笑顔で接しながら裏で悪口を言いまくるだろうと思ったのに、あの女性《ひと》は裏で……泣く。家族に内緒で屋上に上がって泣く。タバコを吸っている姿も一度だけ見かけたけど長続きはしなかった。誰も知らないだろう。叔父さんも知らないはずだ。叔母さんが屋上に設けたアジト。セメント袋と割れた植木鉢の後ろで見つけたタバコの箱。ジュヌは抜き足差し足で階段を下りると誰にも言わなかった。叔父さんは叔母さんを愛しているけど、愛することと知っていることは別の問題だ。

叔父さんは人間の良い面ばかり見ようとするから。憎めない人だけど、どこまでも無能なのも事実だ。だからジュヌはいっそう金に執着した。

人間はこうやって大人になるのかもしれない。誰かを大切に思う心を、ひたすら金を稼ぐ行為にだけ結びつけながら。金が心になる世の中。それが真理だ。

＊＊＊＊＊

小学生のときに同じクラスだった男の子は片方の耳に先天的な障害があった。右だけがそうだった。そっちの耳は聞こえないから、右隣の席の子が話しかけると、いつも左の耳を突き出して聞いていた。後ろの席だったジュヌは、毎日その子が左の耳を突き出す姿を見守っていた。そしてある日、授業終わりに担任のところへ行って言った。

「男子を右側の列に座らせてください」

担任は訳がわからないという表情で理由を尋ね、ジュヌはひどくがっかりした。どうしたらそこまで鈍くなれるのか。右の耳が聞こえない子を左側の列に座らせたら、隣席の子と話すたびに体を捻《ひね》らなくちゃいけないのに、そんなこともわからないなんて。ため息をつきながら理由を説明すると担任は顔を赤らめた。

当時はそれくらい優しかった。

性善説、性悪説は信じない。生まれつきの性質みたいなものは存在しない。当時のジュヌがそんなことを担任に言えたのは、両親の仲が唯一良かった時期だったからだ。一切の呼び名をつけていないあの人が宝くじを当てて大金を手に入れ、両親は毎週ふたりで不動産屋を回って家を探し、たまにジュヌも連れていくと二階建ての一戸建てを指差して、どう思うかと尋ねたものだった。でも結局あのふたりは家を買う代わりに、友人が紹介してくれたゲーム会社に全額を投資した。まあまあ有名なゲーマーと、デビューしたばっかりで誰も知らないアイドルグループを起用して宣伝したが、結局そのゲームはポシャった。ユーザーからは詐欺だと酷評されていたが、ジュヌの目にもグラフィックのレベルが最悪なのは明らかだった。ああやって投資を集めて肝心のゲームの製作はいい加減、残った金を手に高飛びしたんだろ。ジュヌは当時もそう判断したし、今もその気持ちに変わりはない。あの人のやることと言ったらいつもそんな感じだったから、おそらく今もどこかで詐欺まがいの行為に騙されているのだろう。

稼ごうと思ったら、どんなときも構造を把握する必要がある。構造がすべてだ。オンラインカジノで稼ぐなら、オンラインカジノの構造を把握するべきだ。どんなやり方で賭けさせ、どんなやり方で稼がせるのか、あるいは失わせるのか。その結果、ゲームに参加するよりも参加者を管理するほうが得策だと気づいた。

プラットフォームがわかり始めると、その原理も明らかになってくる。稼ごうと思ったら全員が走り出す方向ではなく、彼らをそちらに走らせる風が吹いてくる方向を知るべきだ。そうすると見えてくる。金がどこから流れこんできて、どこへと流れていくのか。シンプルで、とても簡潔だ。

＊＊＊＊＊

あの人たちは俺より稼ぎが少ないんだろうな。

叔父さんと叔母さん、叔母さんの両親を見るたびにいつも同じことを考える。やっている仕事はこうだ。叔父さんは海外先物取引をしながら夜は運転代行のドライバー、叔母さんは自分の車で荷物の配達、おじいさんは徒歩で食事のデリバリー、おばあさんは派遣会社にまた行くようになったけど、室長と揉めてからは家で紙袋作りの内職をしている。

ジュヌが久しぶりに夕飯の食卓に現れると、叔父さんと叔母さんは世話を焼こうとあれこれ質問してくるが、できるだけ短く答えるか冗談でかわすようにしていた。卒業したら大学に進学するつもりか、そのまま就職するのかと訊かれ、大学を選択肢に入れている大人は叔父さんだけだと思うと答えると、その場の空気が冷たくなった。ジュヌはいい意味で言ったのに、叔父さんは顔を赤らめてうなだれ、食べてるんだか何してるんだかと思ったら、リビングに移動してソファに呆然と座ってしまった。ジュヌは申し訳なくなった。ジフまで顔色をうかがうようになってしまい、もっと申し訳なくなった。

「叔父さん、大学は行かなくて大丈夫。わかってるだろ」

叔父さんはうなずいた。でも相変わらず力の抜けた顔つきだった。

「兄さんが知ったらがっかりするだろうな」

「あの人もわかってると思うよ」

「あの人？」

叔父さんがふり返った。あの人って言葉があまりにも自然に口をついて出てしまった。

「ジュヌ、お父さんをそんなふうに呼んじゃだめだよ」

「お父さん？」

今度はジュヌがふり返った。お父さんって言葉があまりにも自然に口をついて出るんだな、といった表情で。

叔父さんはまたしても言葉を失い、ジュヌも何も言えなくなってしまった。でも、なんでもいいから話したほうが良さそうだった。

「取引はうまくいってんの？」

「まったく」

「止めたの？」

「ほぼ」

「運転代行は続けられそう？」

「たぶん」

「変な客がいたら連絡しろよ」

「やっつけてくれるのか？」

叔父さんは笑顔でふり向いたがジュヌは笑わなかった。本気だった。すると叔父さんの表情が曇った。

気楽に冗談だけを言い合える叔父と甥っ子の仲だったら、どんなにいいだろう。ウジェ叔父さんは、いわばこういう存在だ。どの家にもひとりはいる、甥や姪とざっくばらんに接する優しい叔父さん。無能で、完全に叔母さんの尻の下に敷かれているけど、会うたびにつまらないジョークを言ってくる、そんな叔父さん。でも今は、その広くもない肩にずっしりと重い荷を背負い、ジュヌはそれを黙殺している。その砂袋みたいな荷物をナイフでぐっと突き刺し、中の砂がさらさらとこぼれ落ちるようにしてあげたら、つまらないジョークばかり言っていた昔の叔父さんに戻れるだろうか。

「大学に進みたかったら行ってもいいんだぞ。行くなって意味で言ったわけじゃないんだから」

「行かないよ、大学には。ウンジもそう言ってるし」

「じゃあ、これから何をして食べていくつもりなんだ？」

「今も十分食べていけてますけど？」

「どうやって？」

迷った。叔父さんとこんな話をしたって良いことはないが、一度は言うべきだとしたら、そのタイミングは今なのかもしれない。

「先物取引で稼ぐのは難しいと思う」

叔父さんは答えなかった。同じようなことを言われすぎたせいで、もう何も感じないらしい。

「叔父さんみたいな人間を捕まえてきたら手数料をもらえる構造なんだよ。叔父さんはカモなんだってば」

「稼いでいる人間もいるよ。俺が下手だからだろ」

「その人たちが紹介してくれた会社の口座を借りて使ってるんじゃないの？」

叔父さんは信じられないという表情でふり返った。

「お前、どうしてそんなことまで知っているんだ？」

「知ってるよ。知らないわけないだろ。叔父さんだけだよ、この界隈の構造を知らないのは」

「構造？」

「そう。構造。どんな仕事をするときも構造から把握しないと」

叔父さんの視線が隣で紙袋を折っているおばあさんに向かった。

おばあさん、いつからあそこにいたっけ。

叔父さんにとっては義理の母親だから、婿が十代の甥っ子に説教されているところを見せるのは、ちょっとあれだよな。ジュヌだってその程度のことは理解していたが、この家では相手の顔を立てる忖度《そんたく》は誰もしないし、むしろ面と向かってずばずば言うことのほうが多かった。

「別の仕事にしなよ。叔父さんはあれで稼げるタイプじゃない」

これ以上言ってあげられることはなかった。あの界隈で稼いでいる人もいるかもしれない。でも叔父さんは違う。しかも叔父さんがしている取引は少し特殊だ。株式みたいに展望を見据えて寝かせておくやり方は選べない。秒単位で乱高下するチャートを見かけたことがあった。

「もうやらないつもりだから。心配するな」。叔父さんが力ない声で言った。

胸がふさがる思いだった。自分のような十代にやりこめられる大人って。どれだけお粗末で無害なんだ。叔父さんの頭頂部を見下ろした。髪の毛の薄くなった部分がひと目で見て取れた。専業投資家として生きるあいだ、叔父さんの髪の毛はものすごい勢いで少なくなっていった。

おばあさんは折り終わった紙袋を一抱え積み上げてからため息をついた。不安な気持ちから内職を持って帰ってきたのだろうけど、これでは大したお金にならないと気づいた顔だった。おばあさんが叔父さんに訊いた。「単純に知りたくて質問するんだけど、あれで稼いでいる人っていることはいるの？」

「もちろん。本業は詩人だという人は、年間で一億ウォンは稼いでいるみたいです。そのたびに祝詩を発表しています」

「私みたいな年寄りはいないでしょ？」

「僕が加入しているライブ番組の会員に、お義母さんと同年代の女性がいますよ」

「何をしている人なの？」

「農業だそうです。貯金がたくさんあるから趣味で取引をしているそうですが、毎日のように友だちとか家族の話をしていますよ。誰も聞いていないのに」

「その婆さん、寂しいんだろうね」

おばあさんはため息をつきながら紙袋の束を隅に積むと部屋に入っていった。すぐにキッチンから出てきた叔母さんがジュヌの隣に座った。

「今日はウンジと会った？」

「昨日」

「申しこみできたって？」

「なんの申しこみ？」

「聞いてないの？　オーディションに出るって言ってたけど」

「ああ、退屈しのぎでしょ、本気じゃないから」

「本気なんじゃない？」。叔母さんがたしなめるような目でジュヌを見ながら言った。「歌手になるのが夢じゃない。あの子、本気よ」

何も答えられなかった。本気なことは確かだけどね、叔母さん、俺たちの本気って簡単に変わるから信じちゃだめだよ。なんでそうなのって訊かれても答えようがないけど、叔母さんは本気って言葉を本気で受け止めすぎじゃない？

心の中でそう問い返すとソファから立ち上がった。叔母さんと叔父さんが同時にジュヌを見た。もう少し話そうよ、そんな眼差しがふたりの表情から見て取れた。

「眠いんだ」

「それでもちょっとだけ座って。あんたさ、最近どんなことしているの？」

叔母さんが目を輝かせて尋ねた。もちろん事実を語ることはできない。一年生全体の元締めをやっていて、むちゃくちゃスリルを感じる日々だ、これからは専業の元締めになれるように頑張っていく、こんなこと言うわけにはいかないから。

「ぶらぶらしてる」

「それじゃあだめでしょう。将来の夢は？　ウンジは歌手になりたいって言ってるのに」

今日はやたら積極的だ。人生に対する楽観のすべてが叔母さんに宿っているようだった。誰にでも一度はこんな夜が訪れるのだろう。叔母さんにとっては、それが今日なわけだ。

「そういう夢なら誰にでもあるでしょ」

「だからジュヌの夢は何かって聞いているの」

「ビルのオーナー！」

そう答えると続きを聞こうともせずに部屋に入った。

ジフが床に寝そべってジュヌの携帯電話を覗きこんでいた。ジュヌはジフのお尻を叩いて横になった。

「ジフ、何やってんだよ？」

「この世にどんな不幸な出来事が起こったか観察してるとこ」

ジュヌが話を遮った。

「お前、友だちはいるよな？」

「いるよ。ミユ」

「そうか。仲良くするんだぞ」

「もう仲良くしてる」

「それでもずっと仲良くするんだ。お前と友だちになってくれるなんて、その子以外いないかも」

「関係ないよ」

「どうして関係ないと思うんだ？」

「お兄ちゃんもウンジお姉ちゃんもいるし、おばちゃんもおじちゃんもいるし、おじいちゃんとおばあちゃんだっているから」

「それは友だちじゃなくて……。家族だろ」

「お兄ちゃん知らないんだね。家族も友だちだよ」

ジュヌはどう答えるべきかわからなかった。

「ジフ、ミユが好きか？　兄ちゃんが好きか？」ジフは黙っている。考えているのかと待ってみたが最後まで答えず、携帯電話をジュヌに返しながら言った。

「お兄ちゃん、今日もこの世には不幸な出来事がいっぱいだった。でも家《うち》にはそんなこと起こらなかったからラッキーだね」

ジュヌはしばし考えた。家にはそんなこと起こらなかったと信じ続けられるように放っておくべきだな。

「パク・ジフ、答えたくないのか？　どっちのほうが好きなんだよ？」ジフは布団の中に入ると体を丸めて寝入ったふりをした。ジュヌは笑って布団の中に這っていった。そしてジフの言葉をじっくり検討してみた。

この世に起こった不幸な出来事の中には、ジュヌが加担しているものも存在するのは確かだ。不幸な出来事が頻繁に起こるのは、それを引き起こす人間が多いからではなく、幸せな出来事を期待していたのに不幸になってしまった人間が多いからだと教えてあげたら、おそらくジフはニュースで取り上げられるのって、まさに自分たちのような人間なのだと見抜くかもしれない。聡明な子だから。

ジフの規則的な寝息が聞こえてきた。ジュヌは久しぶりの布団で静かな夜を満喫した。この一部屋を得るため、この一晩を得るために、気を揉みながら生きていた日々が頭に浮かんできた。ジフの言うことが正しいのかもしれない。少なくとも今日は、この家に不幸な出来事は起こらなかったはずだ、不幸の半分以上を担っている自分が、こんなに早い時間から布団に入っているのだから……。

携帯電話が震えた。ジュヌは目を見開いた。

——こっちに来ないで何してんだ？

ジュヌは深呼吸すると、ジフを起こさないよう静かに部屋のドアを開けた。この世の不幸に加担しにいく足取りは決して軽いものではなかった。

八百五十ウォン

スギョンは配達する荷物を車内に積む作業を、ほぼ機械的にやり遂げた。もうアバンテの内部構造なら知り尽くしていると言ってもいいくらいだ。設計者よりも詳しいかもしれない。

運転席と助手席のあいだには三十ロールのトイレットペーパーを挟むとぴったり、十キロの米袋は助手席の足元に置くといい。厚みのある大きな段ボール箱は数と大きさをあらかじめチェックしてから、テトリスをやるように車内に積みこんでいく、袋に包まれた荷物はダッシュボードの上か、後ろの窓の下に積んでおくといい、長さが一メートル以上ある荷物は後部座席から助手席にかけて載せるしかない、運転席と助手席の真下は詰め替え用洗剤を置くのにいい大きさだから、適度に幅のある段ボール箱を置きっぱなしにしておき、助手席の下に積みこめばすっきり片付く、しかもそれが最初の配達エリアの荷物だったときは、助手席のスペースが早い段階から空くので息苦しさが少し解消される、どれも、この仕事をしながら理解していった秘法だ。アバンテにどれだけ荷物を積めるかというギネス世界記録に認定されるかも、スギョンはたまに笑い話のネタにしていたが、あながち冗談でもなさそうだった。

荷物を積み終えたら冷水機で冷たい水を汲む余裕もできた。そのたびに声をかけてくる配達ドライバーがいた。

「実力を上げましたね。表情が穏やかになりました」

スギョンは答えずに水を飲んだ。

「暑くなりましたよね」。男はそう言うと、もう一歩近づいて水筒に水を詰めた。スギョンは横に一歩退いた。表情が穏やかになりました、暑くなりましたよね、そんな声がけにここまで警戒する必要があるだろうか。でも、するのだ。表情が穏やかになったという言葉には、お前を注意深く探っているという裏の意味があるかもしれないから。

「つらくないですか？」

「大丈夫です」

男がポケットからスカッチキャンディを出して訊いた。「食べます？」

スギョンはすぐさま断ると車に戻った。配達ドライバーは別の女性に近寄ると水筒を差し出し、冷たい水はいかがですかと訊いた。女性は首を振った。すると配達ドライバーは床に置かれた重い荷物を指差し、代わりに積んであげようと言った。女性は今度も断った。不機嫌なオーラを最大限に出していることがひと目でわかるのに、配達ドライバーは話しかけるのを止めない。

スギョンは急いで車を走らせると物流センターの外に出た。道路を走るあいだずっと、あの配達ドライバーの些細な言動が脳裏に焼きついて離れなかった。想像は何度も犯罪の場面へと突っ走っていった。


新都市の商店街エリアでの配達が集中していた。荷物を抱いて走った。時給を上げるために始めたマラソンは、今では荷物を手に取った瞬間に脚が自動で走り出すまでになった。

眼鏡屋と歯医者に寄ってから、最後の荷物の送り状に書かれている〈グッドヘルスケア〉へと向かった。でも、そんな看板はどこにも見当たらない。駐車違反の切符を切られるのではないか、不安に思いながら再度住所を確認し、該当する建物をぐるりと回ってみた。外部にも、各階の案内図にも、二階に上がる階段にも〈グッドヘルスケア〉の表示はなかった。代わりに〈ゴールド按摩〉という看板が目に入った。

外に出て看板をもう一度探してみた。ようやく〈ゴールド按摩〉という縦書きの突き出し看板の下側に〈グッドヘルスケア〉を発見した。〈ゴールド按摩〉の別名が〈グッドヘルスケア〉らしい。

ふたたび〈ゴールド按摩〉の前に戻った。内部が一切見えない店だった。ドアの前で一瞬ためらった。ぱっと見ただけでも、どんな場所なのか想像がつく。未成年者の出入りを禁止する区域であることを知らせる表示板がひときわ目についた。黒いシートがぴっちり貼られた出入口と、情報がまったく提示されていない閉鎖性が、不特定多数に対して開かれている店ではないことを暗示していた。

どうしよう……。

結局、深呼吸してからドアを開けた。

荷物をカウンターに置いて背を向けるとき、そこに立つ女性のヘアスタイルやメイクアップ、だらりとしたガウンが目に焼きついてしまった。できるだけ見ないようにしようとしたが、ゴールドとブラックを基調とした室内装飾、カラオケボックスのように長く連なる廊下、固く閉ざされたいくつもの扉が目に入った。スーツ姿の中年男性が廊下を歩いていくのも見えた。急いでドアを開けると外に出る。心臓がばくばくしていた。

この世に一体どれくらいの風俗店があるのか、一度でも考えたことがあっただろうか。

至るところで宅配の荷物を注文する時代だから、今後もこういうことはあるはずだ。特定の場所には行かないなんて、配達ドライバーとしてありえない考えだろう。どんな場所であろうと正確に荷物を配達すること、それが唯一の目標であるべきだ。こうして受け取る金額は八百五十ウォンちょっと。今日の単価だった。

スギョンは八百五十ウォンで自分が何を経験してしまったのか考えた。

＊＊＊＊＊

配達キャンセルを知らせる通知音で目が覚めた。

たまに当日の朝に仕事がキャンセルになることはあったが、スギョンは昨日の退社ぎりぎりの時間帯にかかってきた電話のせいかもしれないと思った。重い運動器具が入った段ボール箱を運ぶ途中、誤って箱の下部に指を挟んでしまった。ずっと不便な状態で配達を続け、急いで帰宅しようとしたところに、追加の荷物を受けられるかという連絡があった。今いるマンション群まで持っていくとのことだった。でも指の怪我があったから引き受けたくなかったし、追加分の配達が終わる頃は帰宅ラッシュと重なる可能性が高かった。日当からガソリン代を引いた額が収益だから、約束があるのでと断ったのだ。そうしたら今日の仕事にありつけなくなった。

コミュニティサイトを駆け巡るアドバイスの中に、管理者に目をつけられたら仕事がもらえなくなるから、できるだけ目立たないほうがいいという内容があったが、まさか追加の配達を断ったせいで信用を失ったのだろうか。自戒の念に駆られた。正確な理由はわからなかったけど、だからこそ余計にそんな気持ちにさせられた。

会社側が提示した約款では、スギョンは配達業務を委託された厳然たる〈個人事業主〉だった。事業主でありながらも自由に労働時間を決められない、働きたいときに働けない、当日に仕事がキャンセルされることもある、これをどう受け止めたらいいのだろう。ファン・ボソクの言葉が思い出された。会社側が望むのは表面上の事業主にすぎず、実際は労働者と変わらない業務の遂行を求めているのだと。一見すると、プラットフォーム労働は時間と量を自分で決められるように思える。だがすぐに気がつく。一定量の荷物が割り当てられるわけではない。月曜日から金曜日まで、これだけ配達すればこれだけもらえる、そんな基本的な計画すら立てられない。望んだほど荷物がもらえない可能性があり、もらったとしても怪我でもしたら支障をきたす、安全教育みたいなものも行われない。そういうのは〈事業主〉が自己判断で行うべきで、手袋や滑りにくい靴だって自分で用意しなくてはならない、怪我をしたとしても訴える場所がない。会社は何一つ責任を取らない。だから会社は急いで配達しなさいとは言わないが、遅くなると内部の評点システムによって荷物をたくさん受けられなくなる、そんな噂が飛び交っている。プラットフォーム労働に飛びこんだ配達ドライバーはこういう巧妙な統制下で個人事業主に分類され、小遣い稼ぎにやってきた〈社長〉と呼ばれ、自身が〈プラットフォーム労働者〉だとは自覚できない。

二十一世紀に、なぜこんな働き方が存在するのか。最低賃金と福利厚生が保障されないという二十世紀の労働者の苦悩は、なぜいまだにくり返されているのか。

生計を維持できるだけの稼ぎが得られずに仕事を辞めた人がいたとする、その場合は会社が解雇したも同然だと見るべきではないのか。でも彼らは会社に解雇されたのだとは思わない。自分はもっと稼げる場所に旅立つのだ、そう考えるばかりだ。

＊＊＊＊＊

大きなタンスを見た瞬間にスギョンは挫折した。どうにかして二度で荷物を運びきれば、ガソリン代を引いても仕事に出てきた意味がある。でもカゴ台車にも二リットル×六本入りの水が八パックも載っていた。

夏本番だから仕方ない。無理やり納得しようとしたが、もしかすると自分のカゴ台車だけがこうなのではと、隣の人を横目で確認した。あちらも相当手ごわそうだった。三十ロールのトイレットペーパーがちらりと見ただけでも八箱は入っていた。

運の悪い日もあるよね。

ため息をつきながらもどうにか水を積み、いつもより遅い時間に車を出発させた。助手席に荷物を積みすぎたせいでサイドミラーもまともに見えなかったが、どうしようもない。道路に入ったときから危なっかしかった。それでも道が混んでいなくてラッキーだったし、車線変更するたびに注意を払った。でもマンション群の商店街の駐車場で、うっかり横の車をこすってしまった。視界が確保されていない状態で無理やり駐車しようとして起こった事故だから、完全にスギョンのミスだった。

　車から降りて持ち主に電話をかけた［韓国では車にドライバーの連絡先が掲示されている］。しばらくして商店街の正門から同年代の男性が歩いてくるのが見えた。彼はスギョンの車の中をじろりと見た。

「配達中ですか？」

「はい。申し訳ございません」

　男は車の側面を観察していたが、こすられた箇所を手で触り、後ろに回ってじっと見たりしていたが、すぐにふり向くと言った。「少しかすっただけだから、ここで終わらせましょう。この程度なら、まあね。五万ウォンくらいでどうでしょう」

　自然と顔が強張るのがわかった。今日の荷物をすべて配達しても、利益は五万ウォンにもならない。

「あの……四万ウォンにしていただいたらだめですか」

　男はスギョンの顔と車を交互に見ていたが尋ねた。「副業ですか？」

「専業です」

男は眉間に深い皺を刻ませて考えこんでいたが、四万ウォンで手を打ちましょうと言った。スギョンはその場で男の口座に送金した。男が訊いた。「保険で処理してもいいんですが、会社の目が気になるでしょう？」

「保険なんてありません」

「保険もなしに荷物を配達させているんですか？」

「業務委託を受けた個人事業主ですから」

そう答えたが、男はどういう意味かわかっていない表情だった。

＊＊＊＊

水をこれでもかと積み上げた台車を力いっぱい押しながらエレベーターに乗りこんだ。配達を終えて一階に下りた瞬間、険しい顔つきでドアの前に立っている住民と出くわした。

「この中は台車使えないんです、ご存じないんですか？」

スギョンは当惑した。台車なしにどうやって重い荷物を運べというのかと訊き返したかったが、何も言わなかった。知りませんでしたとだけ答えた。

「うるさくてやってられないですよ。これからは廊下で台車は使わないでください」

住民がドアをばたんと閉めた。

車に戻るとトランクに台車を載せ、すぐに出発した。隣の棟に車を移動させると警備員と目が合った。彼は急いで歩み寄ってくると窓をばんばん叩いた。スギョンはパワーウィンドウを開けた。

「敷地内ではスピードを出さないでください」

「はい、わかりました」

「子どもを轢きでもしたら一大事ですから、安全運転でお願いします」

「はい、わかりました」

「この前も言うことを聞かないで、びゅんびゅん飛ばしていたよな」

このマンションに来たのははじめてだったが、おとなしく黙っていることにした。

「配達の人って運転が荒いから。言うことも聞かないし。気をつけてくださいね。わかりました？」

警備員は厳重な警告を終えて立ち去り、スギョンは車から荷物を下ろした。汗が滝のように流れていた。

＊＊＊＊＊

夏のいちばん暑い時期、スギョンはずっと家にいた。予想していた猛暑にはならなかったが、代わりに一日も休むことなく雨が降り続いた。最初はレインコートを着て配達に出たが、レインコートの内側は汗でぐしょぐしょ、外側はどしゃ降りの雨に打たれ続ける状態では、なかなか落ち着いて荷物を運べなかった。水浸しの廊下で滑ってお尻の骨を痛め、濡れた段ボール箱を持っていたら角の部分が破れて手首を負傷した。怪我が続くと自信がなくなった。病院に行けないから家で休んだり温めたりしていたが、入ってこない日当を考えたら、その程度の処置しかできなかった。

久しぶりに雨が止んだ日、スギョンは長いこと見ていなかった快晴の空を仰ぎながら配達に出た。荷物が少なすぎてがっかりの日だったが、それでも雨が降らなくてよかった。

何度か配達に来たマンションだった。普段回っているところとは少し雰囲気が異なる。色々な箇所がくたびれてきているのはさておき、例えば構造上あってはならない空間に家が作られていたり、エレベーターの中にシルバー求人の広告がびっしり貼られていたり、彼女に気づくと先に挨拶してくる唯一の警備員がいたりした。でも顔見知りになってからも、荷物を預けることをなかなか許可してくれなかった。スギョンが配達先の家に寄りもせず、最初から警備室に預けようとしていると思いこんでいたからだ。その日も警備室で保管してもらってほしいと送り状のメッセージにあったので荷物を持っていった。どうせ受け取ってはくれないだろうが、一度くらいはお願いしてみようという気持ちからだった。警備員は意外にも、これからは荷物を預けても構わない、しばらく姿が見えないから何があったのかと心配した、そう答えると冷蔵庫から作り置きのミックスコーヒーを出してきた。警備員がグラスにコーヒーを注ぐあいだ、スギョンは波打つ心臓をなんとか落ち着かせようとした。何度もきょろきょろと周囲を見回したが、結局は仕方なくコーヒーを受け取った。警備員が何か尋ねてきたが、ぼんやりとグラスを見下ろすばかりで何も答えられない。

耳鳴りがセミの鳴き声のように大きく響いた。


自ら立ち上がる。

傷を抱えたまま歩いていく。

社会復帰して生計とやりがいのために生きていく、社会と家族の一員になる。

そうしたかった。


手もつけずに残してきたコーヒーのことを考えながら思った。もう、この仕事をしたくない。

もっと安全な仕事を見つけなくてはと。

第4章

ヘルプ・ミー・シスター

ヨスクさんはかなり運転が上達した。

口元に張りつめた緊張感が広がっていくようすを、助手席のスギョンは横目で観察した。心地よい緊張感というのは聞かなくてもわかるものだが、ハンドルを握るたびにヨスクさんの口角は上がった。

「母さん、運転楽しい？」

「うん。楽しい。もっと早くからやればよかった」。ヨスクさんは慣れた手つきで車線変更しながら言った。その冷静さに、スギョンは心の中で感嘆の声をあげた。

〈ヘルプ・ミー・シスター〉から入った仕事の事前ミーティングに向かうところだった。

〈ヘルプ・ミー・シスター〉では、すべての求職者をシスターと呼んでいる。実際ここにいるのは女性だけだ。依頼人も求職者も全員が女性。ボラからこのアプリについて聞いたとき、自分にぴったりの仕事だと気づいた。

依頼人はホームパーティ形式の結婚式を計画中だそうだ。自宅で開く予定だが、母親と姉の役をしてくれる人が必要だと言っていた。つまりは代理出席《サクラ》のアルバイトみたいなもので、必要な情報を事前に熟知しておくために依頼人の家で会うことにしたのだ。スギョン自身は付き合いのない親戚まで招待してターミナル前のウェディングホールで式を挙げたから、ホームパーティ形式のウェディングがどんな雰囲気なのか、まったく見当がつかなかった。

ヨスクさんは紙袋を作る内職を辞め、ヤン・チョンシク氏と同じく料理の配達をしようとしたが、すぐに画面が固まってしまう古い携帯電話が問題だった。やっと配達先をゲットしても距離が遠すぎて、料理が冷めたり伸びたりする前に配達しなくてはならないのも大きなストレスだった。荷物を運ぶ仕事はその日のうちに終わらせればいいから、口がからからに乾くほど緊張することもないが、料理の配達はそういうわけにはいかない。遠距離を歩いて目的地に到着すると、全身汗びっしょりになっていることも多かった。何度かそういうことをくり返した結果、自分には合わないという結論に至った。両足で歩く仕事ではなく、両輪で走る仕事をするべきだと。

本来〈ヘルプ・ミー・シスター〉は家事代行と依頼人をつなぐアプリだった。スタートはそうだったが、徐々に生活お助けアプリへと進化していった。地域コミュニティを基盤とするシェアリング・エコノミーを掲げ、できるだけ近距離の依頼人とシスターをつなげると宣伝しているが、実際に両者をつなげているのは手当だった。しかも評点というのが存在していて、センターでは二十四時間いつでも顧客からのクレームを電話で受けつけていた。

もっとも大事なのは評点だ。評点だけで評価されるシンプルなシステムが、ギロチンのように素早く正確にシスターの首を打ち落とす装置として作動していた。

＊＊＊＊＊

依頼人の家はファミリータイプというよりは広々としたワンルームに近かった。バスルーム以外のすべての空間が一つにつながっていた。床には白い大理石が敷かれ、天井は高く、中央には巨大なシャンデリアがぶら下がっている。ソファセットとテレビはあるが、洗濯機やシンク台は見当たらない。

パク・イリと名乗った依頼人がスギョンに尋ねた。

「おふたりは本当の母娘ですよね？」

「はい、そうです」

「一緒に仕事をするようになって長いのですか？」

「春からです」

スギョンはそう言うと、パク・イリの顔のパーツを観察した。濃い眉毛にすっと通った鼻筋、透明な肌が印象的な彼女は、腰まで届くロングヘアーを撫でつけながら話す癖があった。トラ柄の薄いローブを羽織り、黒いクロップトップを着ている。

「ここで結婚式をするつもりです」

ヨスクさんが我慢できずに訊いた。「台所はないんですね？」

パク・イリは笑うと、すべて外食だと言った。「デリバリーもよく頼みます」

ヨスクさんの顔に疑うような表情が浮かんだが、すぐに消えた。ここに来る前にスギョンは何度も念を押した。「どんな姿で生きようと、その人たちの自由だから、母さん、決して小言とか言わないで。依頼人は評点をつける人なんだから絶対に変なこと言わないでよ」

今頃になってスギョンの言葉を思い出したのか、ヨスクさんは笑って言い足した。

「そうできるなら、私も外で済ませたいです」

「そうなさったらいいのに」

パク・イリは爽やかな笑みを浮かべて答え、ヨスクさんはひたすら笑っていた。緊張したのか、ずっと両手をいじくり回している。パク・イリは椅子から立ち上がって冷蔵庫から缶ジュースを持ってくると、ふたりに一つずつ手渡した。一つはシッケ［米などを発酵させた伝統飲料］、もう一つはイオン系飲料だった。

「楽にしてくださって構いませんよ」。パク・イリはそう言うと、いきなりヨスクさんの手をぎゅっと握った。「今からは私の母です。よろしいですね？」

ヨスクさんは穏やかな微笑みを浮かべてうなずいた。

どういう事情なのか訊きたい気持ちをスギョンはぐっと堪えた。評点を思い出して余計なことはできるだけ言わないと誓ったが、パク・イリのほうから打ち明け始めた。

「フィアンセのご両親は何も知りません。私の親が結婚を許してくれたと思っています」

「なんてこと。だからだったんですね」

ヨスクさんが大袈裟にうなずいた。

「あちらのご両親をがっかりさせたくなくて。私の家族は誰も参席しないと思います。当日はお母さんとお姉さんのふたりだけです。フィアンセもすべて知っています。もう少ししたら来ることになっているので、挨拶してくださればいいかと」

パク・イリはヨスクさんの手からシッケを取り上げると、缶を開けてから返した。「どうぞ召し上がれ」

ふたりが飲み物を飲んでいるあいだに、パク・イリは熟知しておくべき内容を伝えた。自分の職業はヴィンテージ服のショップを運営するオーナー、ソウルのあちこちの繁華街に十店舗を展開している、女子中と女子高の出身で、大学は日本文学科に進んだが一学期で中退した、日本で留学生活を送ったことがある、フィアンセとは三年前に日本で出会った等々。

「どうやって出会ったのですか？」

スギョンの質問にパク・イリは明るい笑顔で答えた。「携帯電話を紛失したのですが、見つけてくれたのが今のフィアンセです。第一印象が良くて。私から言いました。一杯飲みませんかって」

スギョンとヨスクさんは同時に笑った。

「そうしたら自分の行きつけの店に連れていってくれたの。本当にたくさん飲みました。別れるのが嫌で、私のほうがしがみついて離さなかった」

「最初から気が合ったようですね」

「ええ。その日から付き合い始めました。三年間でケンカしたのは三度、いちばん長く連絡を取らなかったのは一週間だったかな。あの人がいないと生きていけません」

パク・イリは出会いからプロポーズの瞬間までを休む間もなく話した。スギョンとヨスクさんは時たま笑みを浮かべながら聞き続けた。

「フィアンセからプロポーズされたのですが、私は結婚するつもりがまったくなかったんです。最初は嫌だと言いましたが、結局は説得されたというわけです。今でも結婚に大きな意味があるとは思っていません。でもフィアンセが望んでいることだし、私も人妻になるってどんな気分なのか知りたくもあったので」

「あまりお勧めしたくはないですけど」

スギョンが言うと、パク・イリは笑った。

「当日はどんな服装でいらっしゃいますか？」

「韓服を着たほうがいいですか？」

「いいえ。そんなことは決して。一つお願いしたいのですが、ドレスコードがありまして。白い服。白のスーツはお持ちですか？」

「白は持っていなくて」

ヨスクさんがすぐに答えた。パク・イリは立ち上がると、白い服ばかりが掛けられているハンガーへと歩いていった。「一着ずつプレゼントします。店に持っていく予定の服なんです」

「そんなことなさらないでください」。スギョンが両手を振った。

「差し上げたいんです。結婚式の日に家族として来てくださる方々なのですから、これくらいはやらせてください」

スギョンは改めて断ったが、パク・イリは譲らない。

ヨスクさんの体に合う白いパンツスーツが選び出された。平凡なデザインではなく、ジャケットの肩部分に肩章と金色のフリンジがついている。パク・イリは立てかけてあったパーティションを広げ、ヨスクさんに着てみてくださいと勧めた。

ヨスクさんはパーティションの裏で着替えると、照れくさそうに口元を手で覆いながら出てきた。別人のようだ。パク・イリは手を叩いて喜んでいたが、中折れ帽を持ってきて頭に被せた。鏡を見たヨスクさんの目が点になった。

続いてスギョンも着替えた。フォーマルなワンピーススーツが手渡された。今度も無難なデザインではなかった。大きな金色のボタンが数個ついていて肩パットはぶ厚く、ウエスト部分がくびれている。すごく似合っていたし、意外にも優雅にすら見えることはわかったが、プレゼントとしてもらうのは気が重かった。スギョンが再度断るとパク・イリが言った。「理由があってのことです。少し……戸惑われるかもしれません」

パク・イリはスギョンのジャケットについた糸くずを取り除きながら言った。その意味をヨスクさんはもちろんスギョンも理解できず、母娘は顔を見合わせて受け取るべきか断るべきかを目で確認した。ふたりとも決められずにいたが、パク・イリは最後まで断固として言った。「差し上げます。お持ちください」

誰かが中に入ってくる気配がした。スギョンとヨスクさんは同時にふり返った。フィアンセらしいと推測しながら。

「待ってたわ」。パク・イリが明るい笑顔で近づいていった。

スギョンは彼女の表情を探った。そしてすぐに事の次第を理解した。でもヨスクさんは気づいていない。スギョンは急いでヨスクさんの手をつかむと椅子から引っ張り上げた。これは評点ではなくマナーの問題だった。

「こんにちは」。スギョンがまず挨拶した。

パク・イリがフィアンセに近づくと、ウエストに手を巻きつけて言った。

「結婚式に参席してくださる方たち。私に似てるかな?」

フィアンセはジーンズにTシャツというラフな服装だったが、脇にヘルメットを抱えていた。

スギョンは笑い、ヨスクさんは硬直していた。何をどう言ったらいいのか戸惑っているようすだった。

「お掛けください」

フィアンセの言葉に、ふたりはテーブルを挟んで差し向かいに座った。

「驚かれたでしょう?」パク・イリはヨスクさんに尋ねた。

「いえ。大丈夫です。私は……」

ヨスクさんが黙った。全員が続きを待っていた。

「大丈夫ですから、どうかお気遣いなく」

「当日はよろしくお願い致します」

フィアンセが言った。ヨスクさんはうなずいていたが、ぎこちない笑みを浮かべた。

帰りの車中でヨスクさんは言った。

「ああいう思考ができるなんて不思議ね」

ハンドルを握るスギョンは頼みこむような口調だった。「母さん、結婚式で絶対にそういうこと言ったらだめだからね」

「言わないよ。私もそれくらいの空気は読むって」

「うん、必ず守ってよ」

ヨスクさんはしばらく黙っていたが口を開いた。「スギョン、私が不思議だと思ったのは、あのお嬢さんたちじゃなくて……自分のこと」

「母さんのどこが？」

「ああいうことができるなんて考えたこともなかった。それが不思議だって意味。若い人たちがね、私には想像もつかなかった何かをやって見せるたびに、びっくりするし不思議だなって思う。これが歳を取るってことなのかね」

「母さんだって、若い頃は周囲をびっくりさせる考え方をしていたんじゃない？　お祖父ちゃんには思いもよらないような」

「そうね。そのとおりだ。私、恋愛結婚したじゃない？　見合いしろって言われたけど聞かなかった。一緒に暮らしたいと思った人と生きたかった。あのお嬢さんふたりも同じなんだろうね。自分が暮らしたい相手と生きたいのよ」

母娘は長いこと黙っていた。

スギョンは昔から、結婚とは愛し合う男女の結合というより、真の友情で結ばれたふたりの結合に近いと考えていた。だから必ずしも子どもを産んで家族を成すべきというのではなく、同性だろうが異性だろうが、子どもがいなくてふたりだろうが完成された家族だし、友情に基づく結婚も完成された家族になり得ると思っていた。そう考えれば息苦しく重い足かせにはならないはずだ。そういう結婚がなぜ必須だと思うのか、それは結婚制度そのものには確かな長所があるからだ。家族でない赤の他人に、財産や法的な権利を完璧に贈与、相続させるのに、もっとも簡単かつ便利な方法であり、法的同意が必要な緊急時においても、家族であれば誰でも保護者になれる。お互いの臨終を見届けるという暗黙の了解と、いちばんつらいときも傍にいるという義理を誓うのも結婚の良い点だ。だが特定の性別が結合すること、特定の感情を保有すること、特定の構成員で行うことを条件にすると、可能性の幅はひどく狭まる。だから、もう少し多様な色の結婚が存在するようになれば、制度の良いとこ取りをした進化形の結婚が可能になれば、厳しい視線や問題点もなくなるのではないだろうか。

ヨスクさんも自分なりの考えに耽っていた。〈アプリ〉ってものを扱えるようになってから、彼女の人生は以前なら夢見ることすら叶わなかった領域に達していた。余生は清掃や日雇いの派遣会社を出入りしながら送るのだとばかり思っていた。部屋で座ったまま指一本で仕事を受ける日が来るなんて、本当に想像したこともなかった。今はまだ同年代の労働者の中にはアプリの使い方がわからないとか、こういうものが存在することすら知らなくて、昔のやり方のままだという人も多いだろう。でもヨスクさんは娘と婿、孫から新しいことを学び、積極的に自分の生活に導入している。こういうのがもしかすると第四次産業革命なのかもしれない、ウジェの言葉を思い出しながら考えた。「第四次産業革命は、人工知能なしには考えられないと言われていますけどね、お義母さん、僕の注目はプラットフォームです。今や弁護士までも、プラットフォームで仕事を受ける世の中だって知ってました？　お義母さんと同じってことです。アメリカではプラットフォームを介して社員を採用する企業が出てきました。正規雇用、契約職、派遣職を経た現在、時代はプラットフォームの世界へと進んでいるわけです」。ヨスクさんはウジェの一言、一言を理解するために根気強く努力してきた。そうすれば食べていけると思ったからだ。

昔のやり方のままでもいい。もちろんそれも可能だ。でもそうしたら死ぬまで似たり寄ったたりの人たちと、似たり寄ったりの仕事だけをして、似たり寄ったりの悔しい思いばかりする立場に置かれるはずだ。何も変わらないはずだ。ヨスクさんは余生の労働をアプリに頼ってみたかった。プラットフォームというものに乗りこみたかった。そのために運転も習い、アプリの使い方も言われたとおりにこなし、変わりつつある自分に感嘆していた。この仕事を始めたときの自分と、今の自分は完全に別人だった。当時はウエストポーチに掃除道具を詰め、どこに行ってもまず掃除をしようとしていた。できる仕事はそれしかないと信じこんでいた。でも、それはヨスクさんが自分の可能性をその程度だと決めつけ、ゴム手袋の中に自分を押しこめていただけだったのだ。

帰宅した母娘はプレゼントされた服をもう一度着てみた。ウジェとヤン・チョンシク氏はふたりの姿を笑えなかった。ウジェはコスプレパーティに参加するのかと尋ね、ヤン・チョンシク氏はヨスクさんに面と向かってボケたのかと言った。

ヨスクさんは意に介さなかった。肩章と金色のフリンジが彼女の自信をこれでもかと膨らませていた。戦艦を率いる艦長になった気分だった。一度もこういう服を着てみようなんて思いもしなかったことに気づき、一体自分の人生は何坪くらいなのだろうと考えた。これまでずっと二坪ほどの一部屋をぐるぐる回っていたのではないか。着るべき服を着て、学ぶべき知識を学び、やるべき仕事をしてきた。そのくせ抵抗しよう、変わろうという努力はしてこなかった。それは革命家や政治家の役割だという気がして、自分たちにはそんな力も使命もない気がして、諦めて生きてきた。でも時代を生きる大多数の人びとは、彼女と同じ平凡な市民なのだ。

これからは抵抗しなくてはと思った。自分たちを後ろに押しのけて走り去ろうとする時代の髪を引っつかむのだ。一緒に行こうよ！　と叫びながら。

＊＊＊＊＊

ロッテリアに着いたヨスクさんはセルフオーダー端末の前に並んだ。伸び切った登山服から、伸び切る手前の登山服に着替えてきたヤン・チョンシク氏も逃げることなく隣に立った。

「あなたがやる？」

「どっちがやったっていい」

「やり方わかるの？」

「あれこれ押してみればいい。恐れずに押してみればわかるようになっている」

ふたりの順番になるとヨスクさんはコーヒーを、ヤン・チョンシク氏はアイスクリームを注文した。途方に暮れた顔で立ち尽くし、逃げるようにハンバーガーのセットを押すことも、席について失敗したと思うこともなかった。タッチパネルの画面のハングルが書かれた箇所をすべて押してみながら、画面が変わるたびに何がどう変わったのか把握した。後ろの客を待たせるのではと焦ることも、自分たちの居場所ではない気がして委縮することもなかった。だからといって一発で決済ボタンを見つけ出したわけではないのだが、少なくとも胸は張っていた。

電光掲示板に番号が表示され、注文したメニューを受け取ってくる。ヤン・チョンシク氏はアイスクリームを食べ、ヨスクさんはコーヒーを飲んだ。甘い、香ばしいとそれぞれ思いながらコーヒーとアイスクリームに集中した。窓の外を行き交う人びとをちらりと見たりしながら余裕を満喫した。

「ヤン・チョンシク、私たち進化したみたい」

ヤン・チョンシク氏は答えずにアイスクリームを食べた。ヨスクさんは久しぶりに夫を呼び捨てにし、そんな自分がおかしかった。付き合っていた頃、彼女は酒を飲むと大声で彼の名前を呼んだものだった。「ヤン・チョンシク、一緒に行こうよ!」「ヤン・チョンシク、あんた、あたしと結婚するつもり?」ヤン・チョンシク氏は彼女の酒癖を一度も悪く言わず、むしろ積極的に隠してくれすらした。

ヨスクさんが言った。「人間は若々しく生きないと」

「自分が若返ったと思うのか?」

「たまに」

「でも俺たちは年寄りじゃないか」

「まあね。でも私たちより年配の人よりは年寄りじゃない」

「どういう意味だ？」

「最近こう思うの。私たちより上の世代は可哀そうだって。あまりに旧式な生き方だったでしょう。世間が望むとおりにしか生きられなかった。可哀そうよ」

「俺たちだって旧式じゃないか」

「私たちのどこが旧式なの。娘たちは子どもを作らないって言っているから、孫の面倒をみる機会はないけど、やりたいことをやって、お金を稼ぎながら健康に生きればいい。そうは思わない？」

しばらく黙っていたヤン・チョンシク氏が尋ねた。「結婚式に父親は必要ないって？」

「あなたはだめよ」

「どうしてだめなんだ？　俺はどこに行ってもハンサムだって言われる」

ヨスクさんは笑ってから言った。「女性だけなの」

「結婚式に来るのが女だけってことか？」

「そうじゃなくて。依頼人も求職者も全員女性であることが条件なの。そういうアプリ」

「色々あるんだな」

「……そういうのが必要な世の中なんでしょう」

ヤン・チョンシク氏はアイスクリームを食べ終わると訊いた。

「昨日の夜はウジェと何をあんなに長話してた？」

「第四次産業革命」

「何？」

「人工知能、聞いたことない？」

「アルファ碁」

「そう、そういうの。ウジェがこんなことを言っていた。ライフサイクルで見ると、今の私たちは赤字のサイクルだって。稼ぐだけ稼いで引退する年齢」

「引退なんてくそくらえだ」

「そのとおり。私たちは当てはまらないから、強引にでも黒字に転換させないと」

「ウジェが言ったのか？」

「そうしろっていう意味じゃなくて、ウジェってたまに賢いこと言うじゃない。昨日の夜もそうだった」

ヤン・チョンシク氏は黙って聞いていたが言った。「いつまで働けるかな？」

世の中の変化を察知できるあいだは。ヨスクさんは心の中で思うだけで口には出さなかった。するとヤン・チョンシク氏がもう一度訊いた。「自信ないのか？」

「ううん」

ヨスクさんは続けた。「実際は……技術じゃなくて人なんだと思う」

「えっ？」

「人と人のあいだにあるもの。技術じゃなくて」

ヨスクさんはパク・イリと彼女のフィアンセを思い出して言った。ヤン・チョンシク氏はその言葉の意味をしばし考えているようすだったが、やがてあくびをした。

古紙を載せたリヤカーが路肩を通り過ぎていった。ふたりはリヤカーを引く老婆を見つめた。豊かな葉は消え失せ、根元だけが残った白菜の芯のような小さな体でつらそうに引いている。その姿を目にした瞬間、ヨスクさんは自分たち夫婦の未来もあれと同じなのだと悟った。リヤカーの代わりにアプリで、古紙の代わりに働き先を拾うのだろう。そんなふうにして新たな階層の貧困老人が誕生するのだ。ふたりは古紙を拾う老人ではなく、プラットフォーム労働をする老人と呼ばれるのだろう。貧困はそのままで形が変わるだけだ。

そうだとしても、今はまだ不幸だという気はしなかった。

ピボット

ヨスクさんの運転する車は西海岸の道路を疾走している。ヨスクさんとスギョンは、ソウルから車で二時間ほどの大阜島《テブド》近隣に暮らすジシムさんに会いにいくところだ。

ジシムさんはヨスクさんの長年の友人で、過去に家出したときも寝食を提供してくれた。一緒に海水浴場のゴミ拾いもした仲だ。汗をかきすぎると危険だからと塩の塊を食べて働いた。

ジシムさんは若いときに離婚して、ひとりで生きてきた。

ヨスクさんはスギョンをちらりと見た。考えこんでいる顔つきで車窓を眺めている。

「あの結婚式、本当に面白かったよね」

スギョンとヨスクさんは新婦の姉と母役をほぼ完璧にやり遂げた。ヨスクさんは涙を流しながら、娘をよろしくお願いしますとパク・イリのフィアンセに言った。だが、パク・イリはお互いにお願いし合うべきだ、ひとりが荷を背負わされる類いの結婚はないと主張した。それでもヨスクさんの涙は相手の両親の心を揺さぶった。彼らは最初からずっと半信半疑の表情で座っていたが、ヨスクさんが泣くと、ようやくこれは結婚式なのだと納得して安堵した表情になった。新婦の母が泣くのなら、普通の結婚式と何ら変わらないと思ったのかもしれない。パク・イリとフィアンセはとても幸せそうで、ふたりの友人たちも必死になって場を盛り上げた。最後には全員が酔っぱらい、音楽をかけてダンスを踊ったが、ヨスクさんも椅子から立ち上がって全力で手拍子した。式が終わると残った料理を分け合って持ち帰り、パク・イリとフィアンセは、この結婚式で一つもゴミが出なかったことが満足だと言った。結婚式のために何か新しく買った人もいなかったし、一日限りで捨てられる装飾品もなかった。ヨスクさんとスギョンだけが二度と会わない人だったが、もちろん彼らも使い捨て扱いされることはなかった。少なくともその日、その場所ではそうだった。

ナビゲーションが案内を終了した。ヨスクさんはすっきりした顔で運転席から降りた。スギョンはドアを開けた瞬間に聞こえてきた波の音に驚いた。

遠くにジシムさんの姿が見えた。久しぶりなのに以前とあまり変わらない服装だった。バケットハット、長いカーディガン、ふさふさしたスカートの裾。キルトで作ったスカートを見たスギョンは、あの日もジシムさんはこれと似た服装だったと思った。時が流れても変わらない人を見ると、安堵しつつも訳もなく不安になる。時間はあの人のことは避けていったのに、自分のことは真正面から踏んづけていった、そんな気分になるからだ。でも近くで見たジシムさんの顔一面にはうっすらと支流のような小じわが広がっていた。笑っているから余計にそう見えた。

「ジシム、私が運転してきた」

ヨスクさんは会うなり自慢した。ジシムさんは驚かない。そういうこともあるだろうという表情だ。駐車場にはジシムさんが使っている車が停まっていた。かなり大きなＳＵＶで、数年前から付き合い始めた人のものだそうだ。

彼らは近くの食堂に入った。アサリのうどん《カルククス》の出汁がよく出た白っぽい汁は甘みがあってさっぱりしていた。サービスで提供された間引き大根のキムチのピビンパもよい味だった。

「間引き大根をこうやってギュッと絞って水分を取ってから、エゴマ油を入れて混ぜると本当においしいよ、ヨスク」

「うん、知ってる」

ヨスクさんはオ・ギョンジャの近況を手短に伝えた。オ・ギョンジャは海南《ヘナム》にいる。そこで何をしているのかは誰も知らない。訊いても教えてくれないのだ。

「旦那さんとケンカしたみたい」

「そう。ちょっと頭を冷やしてきたらいいのよ」

「そう言うと怒るから。あっちでも怒りが冷めないみたいで、帰っておいでって言っているのに、向こうでふんばってる」

スギョンもそのことは知っていた。ボラが家に来たのだ。あの日のケンカをまだ忘れたわけではないという態度だった。やたらと顔色をうかがい、言葉遣いにも気を使っているのがはっきりわかった。実際にそうしなくてはいけないのはスギョンのほうなのに。だから一杯やらないかと誘い、酔った状態で手を握って泣いた。ボラは泣かなかった。涙を溜めてはいたが流さなかった。そんなボラをすごいと思った。ボラはあちこちのデモに参加するので忙しかったが、スギョンには一切強要しなかった。スギョンさんはスギョンさんの望む人生を生きてと言った。私は私の望む人生を生きるからと。もう、自分のせいでボラが人生の経路を修正したとは思わない。

ボラは明確な方向性と、誰も自分を動揺させることはできないという確信を持っていた。驚いたことに酒の席には恋人も現れた。恋人は見たところ、生物学的には女性だが、本人は自分を女性だと思っていなかった。二分法的な性別の区分を排斥し、第三の性別まで包括する何かを見つけようとしていた。相手をするのは難しく、何を言っているのかさっぱり理解できなかったが、酔いがさめてから考えると、そういうこともあるだろう、自分に合う性別を見つけるのも、ある種の人たちにとっては大事な課題なのだろうと理解した。全員が同じことで悩む必要はない。全員が先天的に与えられた何かを疑うことなく受け入れる必要もない。こういうことは先例が必要だ。それも大量の。

アサリうどんを食べ、デザートに出されたコーヒーを飲むあいだ、ヨスクさんはヘルプ・ミー・シスターについてジシムさんに詳しく説明した。女性のための生活密着型お助けサービスがアプリを基盤に進化している現実や、これでいくら稼いだか、同時にどれだけ不安定なのかも。

「あんたもそう思うの？」

ジシムさんがスギョンに尋ねた。スギョンはうなずいた。こういう仕事にお決まりの短所。今やファン・ボソクと討論もできるほど、すらすらと説明できる。労災処理ができないこと。仕事が固定制ではないので、固定の給料もないこと。事実上はゼロ時間契約も同然なのに、長時間にわたって待機している必要があること。臨時の労働者には生計の不安定さを補うための手当てを支給しなければならないのに、そういうものは一切ないこと。評点が低いと非活性化処理をされること、評点を意識するせいでやる気を失うときが多いこと。未来志向型ではなく、現在志向型の人間に変わっていくこと。

「どういう意味？」

「たまに、今だけを生きる人間になってしまったと感じるんです。今がいちばん重要だって。仕事はどれも単発ですし、仕事をキャッチした瞬間だけ労働者になるので、残りの時間は労働者としての存在感が希薄になります。でも、仕事って本来はこういうものなんじゃないか、こういうふうにいくつかの仕事をキャッチして生きていけばいいんじゃないかとも思うんです。おかしくなっていくみたいですね、人間が」

「おかしくなっていくんじゃなくて、労働に対する根本的な考え方が変わるってことじゃない？」

「もしかすると、そうかもしれません」

＊＊＊＊＊

海岸に波が打ち寄せる。ヨスクさんはジシムさんとこれまでの話をしようと思ったが、波打ち際を歩いていたら、そんなことはちっとも重要じゃないという気になったので何も言わなかった。ジシムさんも話すことがないのか、黙って歩を進めるばかりだった。

スギョンは少し離れて歩いていた。寄せては引く波の単純なリズムが和やかな気持ちにさせてくれる。こういう場所に住むと違う自分になるのかもしれない、ふと、そんな期待を持った。何事も大したことないと思える姿勢が持てるようになるんじゃないか。でもジシムさんは笑いながら首を振った。「ここもインターネットはあるし、電話もあるから、面倒なことはそのまま同じように存在するよ」

「そうですか？」

「海も毎日見てれば川みたいだし。波の音も耳が慣れちゃって、もうよく聞こえもしない」

ヨスクさんが不意に尋ねた。「ジシムはどうしてここに住んでいるの？」

「行くところがないから」

ヨスクさんは違うと首を振って言った。「行くところがないんじゃなくて、行きたいところがないんでしょ」


ジシムさんの家は二ＤＫのアパートでテラスから海は見えなかったが、屋上に上がると広い干潟がひと目で見渡せた。ジシムさんは屋上に野外テーブルと折りたたみ椅子を設置し、夕飯は炭火焼のバーベキューにすると決めていた。

ヨスクさんが言った。「豚肩ロースでいいのに、どうしてわざわざ高級な国産の牛肉なんて買うの」

「私じゃなくて、あの人が買ってくれたの」

「その男性、お金持ちみたいね？」

「私よりはね」

「あんた、うらやましい」

ヨスクさんはそう言うと横目でじろりと睨んだが、スギョンはその言葉を額面どおりには受け取らなかった。ヨスクさんは他人をうらやむような性格ではなかった。放っておけば永遠に角のない性格のままだったはずだ。ヤン・チョンシク氏との生活で神経質なトゲのある性格になってしまったが、徐々に本来の自分を取り戻しつつあるようだ。

三人の女は乾杯した。闘病中だったジシムさんの経過が良いという話にスギョンは安堵した。ジシムさんは、あの人がよく面倒をみてくれた、それが自分にとっては弱みになったようだと話した。

「歳を取ると寂しいよ。慰め合って、助け合って生きていきなよ。絶対に結婚はしないでさ」

ヨスクさんが言うとジシムさんは首を振った。「あの人は結婚を望んでいるの」

「四十歳の独身男でもあるまいし」

「私より三歳下」

「その歳で結婚したがっているって？　一度もしたことないの？」

「若いときに離婚したの。子どももいる」

「それなのにどうして結婚したいって？」

「夫婦にならないと、自分の財産が私のものにならないからだって」

「そういう理由ならしなくちゃ。あんたに全部あげたいってことでしょ。切実だ、こりゃ」

「そのお金が子どもたちの手に渡るのが嫌みたい。ちょっと変じゃない？」

「そういうこともあるでしょ」

そういうこともあるのか考えようと、全員がしばし無言になった。スギョンはそういうこともあると結論づけた。子どもじゃなくて愛する女性にあげたい人もいるのだろう。でも子どもたちはそうは思わないだろうし、ジシムさんが憎まれることになる可能性が大きかった。

「子どもたちとは会ってみたの？」

「いや」

「よく考えなよ。その人だって結構な年齢だから、結婚に対する考え方は昔の人間ときっと変わらないよ。そうじゃないなら結婚してもいいかもしれないけど」

ジシムさんはうなずいた。「そのとおり。昔の人間なの」

三人はもう一度乾杯してグラスを空けた。するとヨスクさんの携帯電話にプッシュ通知が来た。同時にスギョンにも届いた。母娘はヘルプ・ミー・シスターからの告知を読み始めた。沈黙の末にヨスクさんが訊いた。「スギョン、これってどういう意味？」

スギョンは告知をそのまま読み出した。「今後は依頼された仕事の九十％は応じないといけないんだって」

「どんな仕事でも？」

「うん。それから返信は一時間以内に送らないとだめだって」

母娘の表情が一斉に曇った。ジシムさんが何事かと尋ねたが、詳しく説明する気になれなかった。頭の中が混乱していた。

「守らなかったらどうなるの？」

「非活性化されるんでしょ」

ヨスクさんはため息をついた。機械に拒否されるのは人間に拒否されるより腹が立つし、すっきりしなかった。泣きついて頼みこめる相手はどこにも見えず、ただアプリに接続できませんという通知だけが表示されるようになる。加入してから一週間のあいだにすべての仕事を断ると非活性化されるが、スギョンはそんなことになったら面倒だから、できるだけ引き受けるようにとアドバイスし、ヨスクさんもそうしてきた。でもやりたくない仕事も確かにあった。ゴキブリを捕まえるのは平気だが、重いソファを運ぶのは無理だ。一時間以内に返信しなくてはいけないのも、携帯電話をつねに握りしめていろという命令に聞こえた。

「どうしてこんなやり方に変わったんだろう？」

スギョンは何も答えられなかった。ジシムさんは顔色をうかがっていたが、ふたりのグラスに酒を注いでくれた。

「良くないこと？」

「まだわかりません」

そう言いはしたが、雰囲気は沈んでしまった。ヨスクさんの顔に浮かんだ懸念の色も消えない。ジシムさんは横向きに座り、グリルについた煤《すす》をトングで剝がしてから訊いた。「どうしてもその仕事じゃないといけないの？」

ヨスクさんが答えた。「飢え死にするわけにはいかないでしょ」

「元々やっていた仕事だってあるでしょ。飢え死にはしないよ」

ヨスクさんは目をぱちくりさせた。元々やっていた仕事ってなんだっけ？　あ、病院の廊下とトイレの掃除だ。班長の機嫌を取り、弁当を五分以内にかきこみ、コーヒーを飲む時間も与えずに仕事へと追いやる、あの息がつまるような雰囲気。大量解雇しておいて、首を切られた人たちの仕事を残ったスタッフに当たり前のように押しつけ、しかも以前よりも短時間で終わらせろという日常的な命令。注射針が刺さったり、無礼な患者に驚いたり。そうだった。いっときはそういう風景の中に身を置いていたのだ。はるか昔の出来事のように当時を回想していたが、考えこむスギョンの横顔が目に入った。

「私たちには今の仕事が合っているの」

ようやくスギョンのようすに気がついたジシムさんは素早く話題を変えた。

＊　＊　＊　＊　＊

母娘は順番にシャワーを浴びるとリビングに布団を敷いた。オンドルが勢いよく作動して床を温める。ヨスクさんとスギョンは並んで横になり、ほかほかの床に腰や手足がじりじりと焼かれていくのを満喫したが、先ほどのおかしな告知にどう対処するべきかという心配は尽きなかった。これといった対策もなかったし、抵抗も無意味だった。従いたくなければ退会するだけだ。でもそれはできないから、ふたりとも明日からどんな仕事が入ってくるんだろうという不安ばかりが募った。

「元々こういうものなの？　状況がいきなり変わったりするの？」

「そういうこともあるみたい。私もよくわかんないけど。たぶん収益が落ちたとか、クレームがいっぱい寄せられたとか、そういうことじゃないかな」

「私たちはちゃんとやっていたじゃない」

スギョンは答えなかった。評点を見れば、それは確かだ。スギョンは八・五、ヨスクさんは八・二を維持していたから。八点台の後半から九点以上になるためには珍妙な努力が求められるから、そのあたりで満足していた。でも今後はどうなるかわからない。母娘はしばらく考えこんでいた。

ヨスクさんが声を潜めて言った。「ジシム、あれは人生を簡単に考えすぎなのよ。ジシムがいちばん嫌いな言葉ってなんだと思う？　飢え死にする。誰かがそう言うと、決まってこう切り返すの。どうして飢え死にするのかって。そんなことは絶対にない。生きてさえいれば、なんでもやるようになる。この国はよく見たら仕事はたくさんあるのに、やろうとしないからだ。外国人労働者が代わりに全部引き受けているって」

部屋のドアが開いてジシムさんが出てきた。ヨスクさんが話すのを止める。キッチンにやってきたジシムさんは笑いながら「あたしの悪口言ってたでしょ」と訊き、ヨスクさんはただ笑っていた。ジシムさんはコップを洗うと部屋に戻っていった。

「本当に勘が鋭いったらありゃしない。こっちが最悪のときに決まって連絡してくるんだから」

「母さんは今が最悪のときなの？」

「……いや。最高のとき」

そう言ってから気まずくなったのか、ヨスクさんはひとり言のように小さくつぶやいた。

「最高のときと最悪のときが重なることもあるの。生きているとね」

ヨスクさんは明け方まで寝返りを打ち、スギョンも目を閉じるたびに聞こえてくる波の音で眠れなかった。目を開けるとヨスクさんの息遣いと静寂だけで、波の音は跡形もなく消えるのに。そうやって夜通し波とかくれんぼをしていたら、いつの間にか夜が明けていた。

スギョンは眠りから覚めたふりをして伸びをし、ヨスクさんも、ああよく寝たという嘘で一日の始まりを迎えた。

＊＊＊＊＊

ウジェはそれを〈ピボット〉だと言った。

スギョンはそんな単語を聞くのははじめてだったが、ウジェもファン・ボソクのおかげで知ったのだった。簡単に言うと、企業が以前の方向性から抜け出して事業転換するという意味だが、はなから別のジャンルのビジネスに移行するときにも使うそうだ。良い方向へとピボットに踏み切るケースもあるが、必ずしもそうとは限らなかった。もし、ヘルプ・ミー・シスターが良い方向へとピボットを切るとしたら、シスターを個人事業主ではなく社員として雇用する、ストックオプション〔自社株の購入権〕を提供する、シスターのために二十四時間対応の電話相談センターを運営するといった変化があるはずだ。だが、そうしたピボットを決断したプラットフォーム企業はない。

　これまでシスターは仕事を選んで引き受けることができた。特技や何ができるかなどをプロフィールに詳しく書きこんではあるが、たまに意外な依頼が入ることもあり、そういう場合は断ることもできた。だが、もう滅多なことでは断れなくなった。しかも一時間以内に返信するためにはプッシュ通知を常時確認するしかない。

ヨスクさんとスギョンは携帯電話を手放さなくなった。通知が来ると、今までのようにできそうな仕事か見当をつける代わりに、よっぽどのことでない限り引き受ける方向で出かける支度をした。ヨスクさんには一緒に荷物を捨ててほしい、スギョンには婚家に行って祭祀《チェサ》「先祖の霊を供養する、日本の法事のような行事」の食事を代わりに準備してほしいという依頼があった。

母娘は地下鉄の改札口の前で手を振って別れた。


ヨスクさんが会うことになっている依頼人は、約束の場所に大きな段ボール箱二つと一緒に立っていた。段ボール箱はテープでがっちり密閉されており、新品のようにきれいだった。中身を尋ねたいのを遠慮したのは、マスクと帽子で顔のほとんどを隠した依頼人が警戒するような目つきで周囲を見回していたからだった。若い女性だということだけは見当がついた。手や足がとても小さい。挨拶してから段ボール箱の一つを受け取った。依頼人は地面に置いたもう一つの段ボール箱をためらいながら抱きかかえると、先に立って歩き出した。

ヨスクさんはどこに行くのか訊きたいのを我慢した。ヘルプ・ミー・シスターが断行した変化の中には評点システムも含まれていて、以前は十点満点だったのが五点満点になった。七点や八点をつけていた人が三点をつけるというのは、評価の範囲が広くなったために発生する識別力の低下を意味していた。これはもちろんウジェの考えだ。昨夜ヨスクさんとスギョンを座らせると大演説をぶったのだが、こういうときこそ気を引き締めるべきだという要旨だった。依頼人の数がどんどん増え、求職者もそれに比例して増加した。競争は段々と激しくなっている。初期の頃はこれといった技術がなくても気後れしなかったが、新たに加入するシスターたちはパン作りや美容の技術を持っていて、キャンピングカーの運転もできた。自家製の酒をサービスで提供することもあったが、ヨスクさんが想像するような果実酒の類いではなく、なんと自家製ビールや自家製マッコリだった。どうしてシスターがそんなものを提供しなくてはいけないのか、ヨスクさんは理解に苦しんだ。同時にヨスクさんのような相対的に高齢のシスターは少しずつ淘汰されていった。そういうわけで最後まで質問できなかったのだ。自分が抱えている段ボール箱に何が入っているのか、なぜ特定の場所に捨てようとしているのかを。

依頼人は古物商が軒を連ねる寂しい路地を先頭に立って歩いた。人気《ひとけ》はほとんどなく、歩道のない路地だ。建物すれすれの車道の端を歩かなくてはならなかった。くず鉄を積んだトラックが通過するたびに粉塵が舞い上がる。依頼人は黙って歩き続けた。ヨスクさんも何も言わずに後を追った。依頼人の肩がひどく小さく見える。何歳だろう。質問はしないのが原則だし、答える義務もなかった。ヘルプ・ミー・シスターでは依頼人の個人情報は保護され、シスターの個人情報はガラス張りですべて公開されている。

ついに依頼人が立ち止まったのはこんもりとした丘だった。名もなく、運動器具も設置されておらず、住民ですらも存在を認識していない丘。そんな場所に依頼人は上っていった。ヨスクさんは尋常でない気配を感じたが、おとなしくついていった。ついに依頼人は歩みを止めると巨木の下に段ボール箱を下ろして向き直った。

「あの、シスターさん」

教えられたマニュアルどおりに答えた。「はい。何をお手伝いしましょうか？」

「これを、あの中に捨ててきてくださいますか？」

依頼人が指差した場所は、かなり前に遺棄されたとひと目でわかるテントだった。家の形に張り巡らされており、誰かが一時期そこに住んでいたんだな、その程度のうっすらとした見当しかつかない場所だった。ヨスクさんは口ごもった。何を捨てるのか、なぜこんな場所に捨てるのか訊きたかったが口には出さなかった。評点が大事だし、依頼人はひどく憂鬱そうに見える、もしかすると三点をもらうのも難しいかもしれない。

しばらくその場でもじもじしていたが、段ボール箱をテントの前に運んだ。そしてプロフィールを修正したときに何を書いたか思い出した。

——口数が少ない。秘密保持に精通。強心臓。

ウジェに言われるまま書いたのだが、ウジェはシスターとしてのヨスクさんの競争力が下落していくのを心配し、このままではだめだと新たなマーケティング戦略を提示した。ヤン・チョンシク氏と香港ノワールの『インファナル・アフェア』を観ていたときに作ったイメージだから、ちょっと非現実的ですらあった。ウジェは言った。「お義母さんの短所は年齢ですが、それを長所にすることもできます。ゲテモノ系が苦手だったり勇気がなかったりして、若い人が受けられない仕事も、お義母さんならできるじゃないですか」

「そんなことないって。私もゲテモノ系は苦手」

ウジェは首を振った。「これからは、それじゃあいけません。お義母さん、こう考えましょう。私は殺し屋だ。最強の殺し屋だ」

ヨスクさんは目を見張るばかりだったが、結局は言われたとおり書いた。滅多なことでは動じないという点をアピールするべきだそうだ。

その言葉を思い出しながらテントの端を持ち上げて内部を覗いた。さまざまなゴミやガスボンベが散乱している。真ん中に段ボール箱を置いて外に出た。依頼人は消え入りそうな声で言った。「すみませんが、テープをはがしてもらえますか」

向きを変えてテントに戻り、段ボール箱の上部に貼ってあるテープをはがした。中身がちらっと見えた。

外に出て、依頼人が持っているもう一つの段ボール箱を受け取って運んだ。さっきと同じようにテープをはがし、少しためらったが外に出た。

依頼人はその場で約束の金を会社に送金した。手数料を除いた金額が口座に振りこまれるはずだ。こんな簡単な仕事をどうして自分に依頼したのかは尋ねなかった。おそらく引き受けるシスターがいないからだろう。引き受けたとしても、最近の若者のように写真をＳＮＳにアップしたり、マスコミにリークしたりするかもしれない。でも自分はそんなことしないし、そんなつもりもなかった。事情があるのだろうとしか思わなかった。ひとりで二往復することもできたのに、そうはせずに知らない人に依頼し、そうすることで共犯を作り、最後はテープをはがす勇気がなくて代わりにやってほしいと頼んだ。そして金を振りこんだ。

依頼人が立ち去ってから古物商が軒を連ねる路地をひとり歩いた。

戻ろうか。戻ってどうにかしようか。

動物保護センターに電話すれば引き取ってくれるかもしれない。でも安楽死させると聞いたこともある。どうするべきだろう。スギョンに聞いてみようか。今頃は他人の姑の下で祭祀用の食事を作るのに余念がないはずだ。

結構なお金をもらった。それは依頼人の罪悪感を立証する金額だったのかもしれない。気にするのは止めよう。そうでなくても狭苦しい家なのに、生き物をこれ以上迎え入れるスペースはない。自分の家でもないし。結局ヨスクさんは地下鉄に乗りこみ、地元に戻った。そこでようやく階段を上る元気もない自分に気づいた。

一匹くらいなら問題ないんじゃないか。全部連れてこようとするから無理なわけで、一匹くらいなら大丈夫って、みんなも言ってくれるんじゃないか。

ふたたび地下鉄に乗った。今日三度目となる古物商が軒を連ねる路地を歩いた。トラックが三台続けざまに通りすぎ、粉塵が白く舞い上がった。口と鼻を覆ったまま丘に向かって歩いた。段ボール箱はなかった。

何事もなかったように消えていた。すべてヨスクさんの夢だったかのように跡形もなく。テントの隅に座りこんだ。足元を転がるガスボンベは新しいものに見える。何気なく手を伸ばしてつかむと振ってみた。半分ほど残っている。危険な場所なんだね。その横に古い財布が落ちていた。中を広げてみると、汚らしいビニールカバー越しに若い女性の証明写真の顔が見えた。ぎょっとして財布を落とした。ここでありとあらゆる不幸な出来事が起こったように思えた。テントの外に出た。

テープをきっちり貼りつけていたこと。それをはがしてほしいと言ったこと。それ以前に、ここに捨てようと決めたこと。すべてが不可解だったし怪しかった。でもあれこれと考える余裕を与えずに通知が鳴った。その音を聞いたヨスクさんは機械的に受諾率九十%を思い出した。依頼人からのメッセージを読んだ。まだ動悸が静まらないままの状態で。

＊＊＊＊＊

スギョンはチャイムを鳴らして待った。少しするとインターホンから子どもたちの騒ぐ声がにぎやかに溢れ出した。そのあいだから女の子の声が鮮明に聞こえてきた。

——どちらさまですか?

一瞬口ごもったが、ヘルプ・ミー・シスターから来たと答えた。予想どおり、女の子は何を言っているのか理解できなかった。ふたたび説明しようとしたところでドアが開いた。深呼吸して室内に入る。

四十坪はありそうな広いマンションだ。玄関には大小さまざまの靴が乱雑に置かれている。リビングに入ると三人の似たような子たちがソファの近くに立っていた。四歳から六歳くらいに見える。スギョンを好奇心に満ちた目で見つめていた。大人の女たちはキッチンに集まっていて、その中のひとりが依頼人の姑だった。

ここに来るあいだ、依頼人はどんな方法で評点をつけるのか予測してみた。姑の評価をそのまま反映させた評点にするのか、独自に判断した評点をつけるのか。でも依頼人とは直接会えないから後者は無理かもしれない。最終的には依頼人の姑に対してうまくやらなくてはという結論に至ったが、バスルームで手を洗っているときにかかってきた電話で気が変わった。依頼人は言った。

――この先、あの家に行って祭祀の料理を準備することはないでしょう。シスターさんを雇用したのは、そういう私の思いを確実に伝えてほしかったからです。

スギョンはわかりましたと答えて電話を切ったが、当惑の表情を隠せなかった。そういう問題は顔を見て直接話したほうがいいのではないか。でも代わりに言ってもらいたがっている。依頼人の真の望みは、スギョンが祭祀の料理作りを完璧にやり遂げることでも、姑のご機嫌を取ることでもなく、もう祭祀には来ないという代理宣言だったことにようやく気づいた。

あ、だから手当があんなに高額だったんだ。

タオルで手を拭きながら思った。あれだけの金額を提示されたときから見当はついていた。簡単にはいかない状況なんだろうな、もしかするとすごく気難しい姑なのかもしれない、そんな思いが頭をかすめた。スギョンには最初から義両親がいなかったので、シーワールド［夫の実家〈シデク〉、姑〈シオモニ〉のどちらも〈シ〉の字がつくことから作られた造語。夫の実家や家族を表現する際に使われる］というものを経験したこともなかった。

バスルームを出てキッチンに向かう。姑の指揮下でふたりの嫁が一心不乱にジョン［肉や野菜に粉と溶き卵をつけて焼く料理。盆正月や祭祀のお供えメニューの一つ］を焼いていた。後で知ったが、スギョンを見て目を丸くしていたのは次男の嫁と三男の嫁で、依頼人は長男の嫁だった。そういうわけで当然だが雰囲気が良いはずがなかった。姑は滅多なことでは口を開かなかった。言葉ではなく、すべての指示を手つきや顎でした。スギョンはジョンを焼いたり、新しい食用油を持ってきたり、串焼きに使う肉の血抜きなどを担当し、ミスなくやり遂げた。でも一切の会話がないキッチンは氷の板のようだった。リビングで飛び跳ねて遊んでいた子どもたちもアニメ映画を観るので静かになった。

大きな木の籠にひき肉のジョンが山盛りになる頃、依頼人の姑がバスルームに行くと、このときを待っていましたとばかりに次男の嫁が質問した。「本当にお義姉《ねえ》さんの代わりにいらしたのですか？」

「はい」

「じゃあ、お義姉さんは来ないのですか？」

「おそらく」

「一体どういうつもりでしょう？」

長男の嫁はこの場にいないから、すべての非難は代理人の自分に集中するしかなかった。それは理解しているが、依頼人の本音まで理解しているわけではない。スギョンも義両親の祭祀を執り行うたびに、ジュジェの妻が参加しないことに物足りなさや寂しさを覚えたものだったが、ジュジェとウジェがスギョンの顔色をうかがいながら手伝ってくれたので、どうにかやってこられた。長男の嫁の役割を果たしてはきたが、ひとりですべてを引き受けていたわけではなかった。

「もう来ないと思います」

「次も来ないってことですか？」三男の嫁が目を丸くした。

「はい。来ないと思います。そう伝えてほしいとおっしゃっていました」

ふたりの嫁は理解できないという表情だった。

「無責任ですね」

「こうなると思ってた」

姑がキッチンに戻ってくると嫁たちは口をつぐんだ。姑は床に広げた油の飛んだ新聞紙をぼんやりと見ていたが、やがて食卓の椅子に腰を下ろした。三男の嫁が素早くコーヒーを淹れて全員に回した。休憩時間のようだった。

スギョンはバスルームに入るとショートメッセージをチェックしたが、何も来ていなかった。依頼人の考えは今も変わらないということだ。それならば今度は依頼人の思いを伝える番だ。

キッチンに戻ったスギョンは姑の真向かいに座った。

「祭祀ってなんだと思います？」

唐突な質問にスギョンは絶句した。すると姑はふたりの嫁のほうを向いて尋ねた。「あんたたちは祭祀ってなんだと思う？」

誰も答えなかった。嫁たちはお互いの顔色を、続いて姑の顔色をうかがった。

こうやって朝から晩まで姑の顔色をうかがわなくてはならない日、男たちは遅くになってから現れる日、体の疲れはもちろんだが、精神がさらに疲弊する日、インターネットのショッピングモールで販売しているジョンの盛り合わせを見ながら、姑に提案してみようか悩みに悩んで結局は言えなかったせいで、災難に見舞われてしまう日、娘に向かって台所仕事が下手なふりをしなさい、下手なふりをすれば仕事が減るからと母親がアドバイスする日。

もちろん誰もそうは答えなかった。全員が沈黙を守った。姑が口を開いた。「故人を偲《しの》び、一緒にご飯を食べようってこと。それだけ。それがどうして争いの元になるのか、私にはわからない」

スギョンはなんでもいいから言わなくてはと感じた。依頼人の代わりに。依頼内容は祭祀の料理を作ることではなく、代弁することなのだから。深呼吸してから切り出した。「嫁の立場からすると、夫の家の故人になんて、なんの感情もないじゃないですか。義務感のみで参加して、朝から晩まで家事労働をするわけです。女だからという理由だけで」

姑の表情は穏やかだった。

「私だってインターネットの記事も見るし、友だちと会えば出来の悪い嫁の話も聞くから、言いたいことは全部わかる。わかるけど、それじゃあだめなの。だめ」

誰も答えなかった。

「あんたたちの流儀に任せたら、すぐに忘れてしまう。祖先を忘れてうまくいく子孫はいない。まだ四時間しか経っていないじゃない。あんたたちが楽なようにと、材料の下ごしらえも全部やっておいたし、昨日のうちに買い物も済ませておいた、どれだけ重かったと思う？　あんたたちは卵液につけて焼けばいいだけなのに、それでも大変だと言うの？」

嫁たちが先を争って口を開いた。

「お義母さんは毎回私たちだけを呼ぶじゃないですか。息子たちにはやらせないのに」

「あの子たちは働いているじゃない」

「私たちも働いています」

「最近は働いていない女性なんていませんよ」

姑は呆気にとられた表情で嫁たちを見つめた。

「私も次からは代わりの人を送ります」

次男の嫁が言った。三男の嫁は姑の顔色をうかがった。

スギョンは一大決心をして切り出した。

「依頼人は、もう祭祀には参加しないという意志をはっきり伝えてほしいと言っていました。私が今日ここに来たのは、代わりに申し上げるためです」

姑は驚いた表情で向き直ったが、手に持っていたコーヒーをスギョンにぶちまけたりはしなかった。現実の世界で、そんなことが簡単に起こるわけないか。そう安堵した瞬間、いきなり姑が喚き始めた。びっくりしたスギョンはがばっと椅子から立ち上がった。

姑の顔は真っ赤になり、口から汚い言葉が溢れ出した。驚いたことに嫁たちは目を伏せるばかりで、びっくりしたようすはない。ようやく姑の問題が何かわかった。依頼人がスギョンを代わりに送った理由も。

落ちついた穏やかな仮面は消え去り、熱く、赤く、こちらを混乱させる顔が現れた。姑は下品な悪態を浴びせながら、スギョンの背中をぐいぐい押した。リビングにいた子どもたちが目を丸くして見つめている。ついに玄関の外に追い出され、がちゃんと背後でドアが閉じられた。

＊＊＊＊

依頼人から電話があった。お望みどおり伝えはしたが、結果についてはなんとも言えないと報告した。次の祭祀から、また婚家に行かなくてはならなくなるかもしれないと。依頼人は予想していた事態だと淡々と語った。

――はじめはものすごく怒るだろうとわかっていたので、シスターさんに頼みました。次は直接行って、きちんとお話しするつもりです。そのときは今回ほど怒らないんじゃないか、そんな期待からお願いした次第です。

依頼人は約束の金額を支払い、スギョンはすっきりしない気分で電話を終えた。

その晩、ベッドに入ったスギョンは習慣のようにヘルプ・ミー・シスターのサイトにログインした。依頼内容は相変わらず多種多様だった。

——一緒に朝の体操をしてくれる人を探しています。

——一緒に読書してくれる人を探しています。

——代わりに辞表を出してくれる人を探しています。

——代わりに別れを告げてくれる人を探しています。

ウジェと一緒に一つずつじっくり読みながら、これは時代のどんな要求を表しているのか探求してみた。

「この人は朝の体操をする時間がないわけじゃないよな。意欲がないんだ。どうしてだろう？ 面倒だから？ そうやってスルーするのは良くない。朝起きるのがつらいのは、前の日のメニューが炭水化物中心だったせいかもしれないし、ジャンクフードばっかりで体が重いからかもしれない。上司のせいでストレスが多い環境なのかもしれないし」

スギョンは答えた。

「単に寂しい人なのかもしれないよ。朝、誰かと会って話したい人。その気持ち、私はわかる気がする。人が寂しくなるのって夜だけじゃないもん。朝になって目を覚ましたときも、すごく寂しくなる瞬間がある」

ウジェはうなずくと、次の依頼を見て言った。「この人も本を読む時間がないわけじゃなくて、意志が弱いんだろうな。でも、どうして本を読もうと決心したのかが気になる。近頃は読書人口も絶滅寸前なのに」

「だからこそ読書仲間を求めているのかも。同じ種族をね。こんな想像をしたことがあるの。絶滅危機にある読書人口が集まって国家を設立する。映画とかでさ、たまにあるじゃない。島の入口を封鎖して独立国家を宣言するっていう設定。その国では読書は日常的なことで、いちばん多い会話は本にかんする内容。天気の話みたいにね。それから本を読む人のための国家政策が多いの」

「いつからそんなに本好きになったんだ？」

「私じゃなくてボラを思い出したから。ボラだったら、そういうこと考えそうじゃない」

「この人は、どうして代わりに辞表を出してもらいたいのかな？　顔も見たくないほど嫌な目に遭ったんだろうな？　俺はこの人のこと、理解できる」

「私は代わりに別れを告げてほしいっていうほうが理解できる。怖いんだよ。何をされるかわからないから」

「そうじゃなくて悲しいからじゃないか？　決心が鈍りそうで」

スギョンは答えず、ウジェは続けて言った。「依頼内容は本当にさまざま。でも核心は一つだね」

「何？」

「私は誰かを必要としています」

第5章

笑う家族

週末の昼間、スギョンはひとり家にいた。

ジュヌは人気アニメ映画を見せてあげようとジフを映画館に連れていき、配達中に雨に濡れた道で転んで足首を負傷したヤン・チョンシク氏は、これからは車で配達してみようと友人に会いにいった。ＬＰＧ車両に改造した車を安く買い取るためだ。車二台を停めるスペースはないので、取引が成立すればスギョンの車を売ることになっていた。ヨスクさんはオ・ギョンジャと会うために広蔵《クァンジャン》市場へ出かけ、ウジェは近所のコンビニエンスストアで友人と会っていた。たぶん店の前に置かれたテーブルで缶ビールを飲んでいるはずだ。全員が外出してから掃除を始めた。二部屋と両親の荷物があちこちに置かれているリビングに掃除機をかけた。バスルームのタイルについたカビを落とし、六人分の靴がぎっしりと並ぶ靴箱も整理した。五人と一緒からひとりになっても、家はちっとも広く感じられない。

約束の時間になると、まずボラがやってきた。そしておやつを出すスギョンに浮かれた表情で言った。

「スギョンさん、私たちね、これからは恋愛じゃなくて別のことをやってみようと思って」

スギョンは飲み物をボラのほうに差し出しながら尋ねた。「どういう意味?」

「ふたりの感情のベースが恋愛だけとは限らないじゃない。向こうも同時に同じことを考えたの。不思議でしょう?」

「恋愛じゃなかったらなんなの。友情?」

「恋愛じゃなかったら友情っていう態度が、もう洗脳なんだってば。いい? 私たちはいつも会いたいし、お互いを傷つけないように努力しているし、お互いの発展を願って助け合っている。でもこれが恋愛だって、どうやったら確信できるの? キスしたら? 死ぬまで一緒にいるって誓ったら? ううん。自分の感情が何なのか定義づけるのは無理だと思う。もっと進んだ、私たちだけの定義が必要なの」

ボラの顔を見ながら中途半端な相槌は打たなかったのは、言っていることを噛み砕いて理解する時間が必要だったからだ。恋愛じゃなかったら友情。それでもなかったら信頼、ケア、憐れみみたいな単語が頭に浮かんだが、それもはっきりしなかった。ボラと恋人はお互いにどんな感情を発見したのだろうか。誰にもわからない感情だろうか、誰もが知っている感情だろうか。スギョンはとても知りたかった。それが誰も見たことのない新しい色の感情であるかのように。

「そう考えるようになって、相手との関係は何か変わったの？」

ボラは考えこんでいたが、ないみたいと答えた。「最初から結婚するつもりはなかったし、そういう制度を受け入れる気持ちもなかった。私たちが結婚したら自分は夫なのか妻なのか、あっちはそれもわからないって言ってた。私も混乱するよね。自分はあの人の妻だって考えると、どこか合わない部分がある」

話を終えたボラは考えに耽る顔つきになった。スギョンはボラの前に置かれたグラスを見つめる。冷たい飲み物しか飲まないと知っていたので、昨晩のうちに氷をたくさん用意しておいた。グラスの水滴をじっと見ていたが、やがて口を開いた。「ボラ、漢江で言い争いになったこと、あれ、謝るね」

今でなければ永遠に謝罪できない気がして、今さらながらボラに対して申し訳ない気持ちになった。ボラは顔を赤らめると、そんなことない、悪いのは自分のほうだと手をぶんぶん振った。

スギョンは言った。「あんな言い方をするべきじゃなかった。自分さえ良ければそれでいい、そう聞こえたよね。私の気持ちはこうなの。あの人が自分の罪を認め、控訴せず、量刑に失望することもなく受け入れてこそ、私の日常が戻ってくるって。悪夢にうなされて目覚める日々は生涯続くかもしれないけど、私はそれでも今の日常が大事。今のこの姿が、克服できる地点まで行き着いた自分だと思ってる。でも、それをボラに壊されそうな気がして、防御しようとして、思わずあんなことを言った。絶対にボラを批判したわけではないの」

ボラはうなずいてくれた。でもそのまま顔を上げないのは、もしかすると泣いているからかもしれなかった。こういう話になると、決まって腹を立てるか泣くかのどちらかだから。それがどんな気持ちなのか、今のスギョンならわかる。もしかすると、あの事件でもっとも傷ついたのはボラなのかもしれない。

どうして当事者の自分より傷ついたのか、理由はいまだにわからない。そう結論づけてもいいのかという疑問も残っている。でも、そういうこともあるのだろう。スギョンを見守るボラの苦痛が、スギョンの苦痛より大きいこともある。あの事件を記事で知った赤の他人の苦痛が、スギョンの苦痛より大きいこともあると。加害の全容を知る社会の一員として、みんなつながっている。スギョンは顔も知らない彼らを思い浮かべた。そうしていると次第にボラの痛みが感じられるようになった。

地下鉄の駅や横断歩道、散歩道や旅先でいきなり暴力をふるわれたり、拉致されたりする女性の記事に触れるたび、スギョンは地下鉄の駅や横断歩道、散歩道や旅先で同じ恐怖を感じた。被害者ほどではないかもしれないが、大きな恐怖を感じ、誰かがすっと傍に近寄ってくるたびに、びくりと身を震わせた。

あなたが感じた恐怖を私も感じていると被害者に伝えたところで、恐怖の大きさが変わるわけではない。何か根本的な対策が必要だ。護身術のような個人的な次元にとどまらない対策。どうせ相手は力が弱いのだから、一度くらい衝動的に襲っても構わないだろうという、無慈悲な暴力性を阻止できる対策が。それはなんだろう、スギョンは悩んだ。おそらくボラも、こういう気持ちからデモに参加しよう、集会に行こうと誘ってきたのだろう。スギョンはようやくボラを理解した。生計を維持するためになかったことにしようとしていたあれこれが少しずつ見えてきたのだ。時間が一気に過ぎ去ってくれたら、もしかすると。でも、今はまだ解決策を見つけるのは難しい。ああいう暴力にどう対応するべきかわからなかった。ヤン・チョンシク氏のように、運が悪かったからあんな目に遭ったのだとは思えなかった。ウジェのように、たくさん稼げばすべて解決する問題だとは思えなかった。ヨスクさんのように、母親である自分がなんとかして娘を守ってやれば済むとも思えなかった。女性だけで構成される会社で、女性の顧客だけを相手に働くなんて不可能だし、プラットフォーム労働のように、他人とのかかわりが排除された仕事だけをするわけにもいかない。どれも根本的な解決にはならない。対策なんて思いつけるだろうか自信がなくなってきた。結局はこういう悩みを分かち合うレベルで終わってしまうかもしれないけれど、それでも打ち明けるべきなのだと気づいた。

「スギョンさんを、あのとき傷つけるつもりはなかった」。ボラが泣き出しそうな顔で口を開いた。

スギョンは自分の思いを伝えた。ボラはうなずき、ため息をつき、不可能に見えたとしても、努力して世の中を少しずつでも変えていかなきゃと言った。突然の暴力で犠牲になる人をなくすために。

ボラの話を聞きながら彼女の背中を撫でているあいだ、スギョンはおばあちゃんになった気分だった。自分がおばあちゃんになっても、スギョンさんと親しみを込めて呼んでもらえたら。そうしたら気分が良さそうだった。誰かを抱きかかえ、抱きしめ、守ってくれる存在、そんな思いが込められている気がした。強い人だけに可能なことだから、スギョンは強い人になりたかった。腰が曲がり、眉毛が真っ白になっても、誰かがスギョンさんと呼んでくれたら、自然と強くなれそうだった。

「ボラ、今の私はどう見えるかわからないけど、できる限り努力しているところ」

ボラはわかっていると答え、ようやく顔を上げた。目が潤んでいた。うなずいたせいで涙が一筋流れ落ちたが、ボラの手の甲に拭われて消えた。ようやくあの事件についての本音を語れるようになった。尖った盾を構えることなく、相手の本音を想像できるようになった。スギョンは安堵のため息をついた。一山越えた気分だった。

立ち上がってキッチンに行こうとすると、ドアロックを解除する音が聞こえた。暗証番号を押すスピードから察するに、ウンジが来たようだ。ウンジは玄関にあるボラの靴を発見するや、えっと驚いたように口を開けてリビングに入ってきた。

「お姉さんだ!」

ウンジは不思議な人でも見るみたいに立ち尽くしていたが、すぐにボラの隣に座った。

先週からスタートしたテレビのオーディション番組に、ウンジは審査員の注目株として登場した。そしてヤン・スギョンの『あなたはどこにいるの』を歌い、審査員は清らかな姿と悲しい歌声に魅了された。十四歳の少女が持つ透明感と、十四歳とは思えない深みを兼ね備えていると褒めちぎった。だが途中で脱落し、今日はスギョンの家に集まって再放送を観ることになっていた。

「お姉さん、あたし、きれいになったでしょ?」

ウンジは座ると同時に尋ね、ボラは素直にうなずいた。ヘアスタイルもメイクもナチュラルになった。オーディションのあいだに自分なりの魅力に気がついたのかもしれない。太いアイラインは細くなり、自然にカールさせたまつ毛も軽やかに見えた。小麦粉のように白い肌はそのままだったが、それでも以前よりすごく良くなった。もう一緒にいても気まずくない。最初はどこをどう見ても自分とは合わないタイプだと思ったし、その気持ちは今も変わらない。でも物差しと評価を捨てたら、そんなことはどうでもよくなった。お姉さんと呼ばれるたびに背筋がぴんとなる自分を発見した。ウンジの横顔を見ながら言った。「痩せた？」

ウンジはすぐにうなずいた。うれしいらしく笑みまで浮かべたので、ボラもつられて笑顔になった。そんなにうれしいことなのか。お酒を止めたら自然に痩せたのと、ウンジは天真爛漫な声で言った。酒を止めただなんて。ボラは笑ってしまった。もしかすると自分より強いのかもしれない。

「おばちゃん、おばあさんは？」

スギョンはふり返って壁時計を見た。ヨスクさんは夕方にならないと戻らないだろう。そう答えるとウンジはうなずき、携帯電話を手にするとチャットに没頭した。

少ししてオーディション番組が始まり、スギョンはリモコンのボリュームを上げた。スギョンとボラは緊張の面持ちでテレビ画面に見入った。

ウンジは制服姿でカメラの前に立った。どの瞬間も晴れ晴れとした笑顔で、きらきらした眼差しで、どんな質問にも機転の利いた返しができた。誰もが気に入ったようだった。審査員たちは好意的だった。ウンジがステージに立つと、口元に歓迎するような穏やかな笑みが浮かんだ。最年少の出演者だったが歌が始まると表情は一変し、歌詞に込められた凝縮した思いをそっくりそのまま伝えた。でも最終的に十四歳の限界を超えることはできなかった。ウンジの二度目のステージを見た審査員は、年齢にふさわしくない衣装だと評した。でも愛情溢れる審査評だった。円熟した感情を盛りこむには本人の器がまだ純粋すぎる、むしろその純粋さを見せることのできる選曲だったら、もっと良かった、大体こんな内容だった。ボラはウンジが登場しているあいだは一言もしゃべらなかったが、終了するとようやく口を開いた。

「こういうステージで注目されて、いつの間にか消えていく子って多いんでしょ?」

ウンジはそんなことないと反発した。みんなどこかで歌い続けているはずだ。路上ライブとか別のオーディションに挑戦しているはずだと。ボラは首をかしげて考えていたが言った。「ステージに立つと輝く人って確かにいる。びっくりするくらいこっちを集中させて、耳を傾けさせて、目を離せなくするよね。でもステージから下りたら、その光も消える。自分に合う別のステージを求めて、また旅立つ。ものすごく孤独な作業だ」。少しして付け加えた。「でも、もしかすると、すべてがそうなのかも」

ウンジは何も答えずに携帯電話を手に取った。ボラの言葉を理解したようには見えなかった。その顔にみなぎる活気を眺めながらスギョンは思った。この子は今、世界中が自分のステージのような気分なんだろう。だとすると、自分はどうだろう……。

ヘルプ・ミー・シスターは今でも仕事場だった。平日も週末も関係なく働いている。どんな仕事でも承諾した。先週は車で引っ越しの荷物運びを手伝い、罠にかかったネズミを処理しにいったこともあった。依頼人はひとりで食堂を営む若い女性だったが、山菜やおぼろ豆腐といった健康志向の料理を提供していた。厨房にしょっちゅう出没するネズミを捕まえるために罠を仕掛けたが、数日が経ってももがき続けるのを持て余し、ヘルプ・ミー・シスターに依頼したのだ。スギョンは水桶に水を溜めた。それがいちばん清潔な方法だとヨスクさんが教えてくれた。「食堂ではそうすることが多いよ」。水を溜めながら死刑台を製作する大工の気分みたいなものを想像し、感傷に浸る代わりに悲しくなり、非情になった。そうでもしなければ解決が難しい仕事だった。ネズミは粘着シートにべったりくっついて苦しそうに悶《もだ》えていたが、横顔でスギョンを見つめた。丸くて真っ黒な目をしていた。訴えるような眼差しだった。助けてくれ、粘着シートをはがしてくれ、帰らせてくれと。粘着シートごと水桶に入れた。ネズミはじたばたすることなく静かに死んだ。抵抗はなかった。不審に思うほど静かな死だった。粘着シートごと水から引き揚げて黒いビニール袋に入れ、さらにゴミ袋で包んでしっかり口を縛った。依頼人はカウンターに立って息を呑んでいたが、スギョンがゴミ袋を手に出てくると安堵のため息をついた。ネズミと死闘をくり広げるようになって半年近くになるそうだ。どれだけすばしこいのか一度も捕まらず、隙間はすべて埋めたのに、どこかから何度も這い出てくる。「ソウルにネズミがこんなにいるなんて知りませんでした。私たちが気づかないだけで、どこもかしこもネズミだらけなんですね」。依頼人は頭を振りながら言った。子ネズミも何度も見かけたそうだ。もぞもぞしている、まだ毛も生えていない子ネズミ。依頼人の勧める山菜ピビンパを食べながら、地中へと駆けていくネズミたちを思い浮かべてみた。最初は難しいが二度目は少し慣れ、三度目からは心構えが変わるだろう。四度目はコツをつかんでいると言われるだろうし、五度目は素早く処理することだけ考えるようになるはずだ。いつかスギョンはそういう人間になるのだろう。ネズミ処理の達人。

「何してるの?」ボラの声にスギョンは顔を上げた。

ヘルプ・ミー・シスターにログインして仕事を待っていた。今日は働くつもりはないのに無意識の行動だった。こういうことが多かった。テレビを観ているときやウジェと話している途中でも、習慣のようにログインしている。承諾可能の状態にしたまま仕事を待つ。そのうちに依頼が入ると、腹を立てながらも笑顔になった。その顔のまま仕事に出かけた。昼夜を問わず、週末も関係なく。スギョンは照れくさそうに笑って立ち上がった。

いきなり玄関のドアが開いたと思ったら、ヨスクさんが片手にビニール袋を持って入ってきた。

「母さん、なんでこんなに早いの?」

「大変だったんだから」。ヨスクさんは靴を脱ぎながら言った。「オ・ギョンジャ、あの人さ、最近何かにつけて足がつるの。だから運転もできないらしいんだけど、今日もまたつってね。横断歩道を渡っていたら、信号が変わりそうになったから走ろうって言ったの。そしたら急に走ったせいか、また足がつっちゃって。地面に座りこんで大騒ぎだった。靴を脱がせて、足をこうやってぎゅっと曲げてあげて、ふくらはぎも揉んであげてさ。結局帰ったよ。タクシーで」

ヨスクさんはキッチンに行くと、皿にピンデトッ［緑豆を挽いた生地で作ったチヂミ。広蔵市場に有名店がある］を盛りつけてきた。

「まだ温かいね。冷めちゃうかと思って抱えてきたから」

そういうわけで、オ・ギョンジャとは会ったばかりなのに別れた。それからひとりでピンデトッの店に行き、長い列の端に並んでテイクアウトしてきた。清渓川沿いを歩きながら冷める前に帰ったほうがいいかもと思い、ヘルプ・ミー・シスターにログインしたまま電車で帰宅した。そのあいだに仕事は一件も入らず、内心期待していたヨスクさんは少しがっかりした。最近はログアウトすることはほとんどなく、本当はオ・ギョンジャと会ったときも承諾可能の状態にしておいた。もちろん仕事が入っても受けられるわけもないのだが、近場だったら、簡単な業務だったら、オ・ギョンジャに少し待ってもらい、急いで行ってこようという気持ちもあった。そうやって稼いだ金で飲み代を払えば、どちらにとっても良いじゃないかと思ったのだが、もし本当にそうしていたらオ・ギョンジャは怒ったかもしれない。金の亡者になったのか？　と。

四人の女は床に座ってピンデトッを囲んだ。ヨスクさんは食べながらも携帯電話を手放さず、スギョンも時たま携帯電話を覗きこんだ。ウンジはぐずぐずと食べていたが、インスタのコメントに返信を書き始め、ケトジェニックダイエットを諦めたボラだけが夢中で食べていた。

えっ！　と、いきなりヨスクさんが声をあげたので全員がふり返った。ヨスクさんは仕事が入ったとうれしそうな声で言った。龍仁《ヨンイン》にある寺に願い事を書いたカードを掛けてきてほしいという依頼だった。

「何か良くないことがあるんだろうね。有名どころのお寺に片っ端から願い事のカードを掛けているんだって」

ヨスクさんはそうつぶやくと急いで承諾のボタンを押し、仕事は二日後に決まった。場所は龍仁にある臥牛精舎《ワウジョンサ》。スギョンは衝動的に家族でお出かけしようと決めた。

「ウジェに父さん、ジフも連れていこう」

ヨスクさんは意外だという表情になったが、すぐにそうしようと答えた。

「ジュヌは誘っても行かないだろうから、あの子はパス」

ウンジが清らかに笑った。相変わらずジュヌを愛していて、ジュヌの話が出るだけで笑顔になる。

「ジュヌがそんなに好き？」

ウンジはカッコいいからと答え、ヨスクさんは鼻で笑った。ヤン・チョンシクも若い頃は本当にハンサムだったのに、そう付け加えながら。

スギョンは驚いた。父親がハンサムだった頃なんて、まったく思い浮かばない。父親はいつだって父親だったし、若い頃は仕事人間だった。ハンサムだったか、そうじゃなかったかなんて考えたこともなかった。でも、当時のヨスクさんはそう思っていたってことか……。ふたりの結婚式の写真を思い出した。式場所属の司式者を背後に屏風のように立たせ、ふたりは腕を組んでカメラを見つめていた。ヨスクさんのウエディングドレスは裾が大きく膨らみ、きらきら光るレースで全身を覆われていた。レースに埋もれたような姿だった。大きなイヤリングはキュービックジルコニア、手に持ったブーケは造花。すべて式場のレンタルだった。ヤン・チョンシク氏のスーツは青っぽい光沢を帯び、ネクタイは赤だ。こちらも式場のレンタルだったが、ヤン・チョンシク氏の体にぴったりフィットしている。白い手袋をはめ、ヘアスタイルは八二分けにセットされていた。こちこちに緊張しながらも力に満ちた顔。腕を組んだふたりは自分たちの未来を見つめている。金持ちになっていると予想する未来、子どもを産んで元気に育てていると確信する未来、老後も幸せな夫婦であり続けると望む未来。その中で実現したものはあるのだろうか。自分が判断することではないとわかっている。思考のボールはヨスクさんの手に移る。

思考のボールを受け取ったヨスクさんは、おなかの上に載せて黙って転がしてみる。両手をカワウソの前足みたいに使いながら。ヨスクさんの頭がゆっくりと回り始める。映写機の作動原理のように、頭に掛かったフィルムの映像が網膜をスクリーンにして映し出される。若い頃に家具店で働いていたヤン・チョンシクの姿だ。Yシャツを着てネクタイを締め、足早に出勤していた。一時期は自動車販売店でも働いていた。そのときもYシャツを着てネクタイを締め、競歩の選手みたいに出勤していたっけ。友人と心弾ませて流通会社を起こしたこともあったが、実際は食堂に食材を納品する零細企業だった。カンブスって言ったっけ？　色々な合わせ調味料や備品を納めていたけれど、結局うまくいかなかった。インターネットのショッピングモールが流行するにつれて、徐々に売り上げが落ちていったのだ。それ以外にも短期、あるいは長期でたくさんの仕事をしてた……。はじめて買った車はエクセル［一九八五年から九四年まで現代自動車が生産した車種。安価だったことから北米や高度経済成長期の韓国のベストセラー車だった］、色はシルバーだったな。納車された日にふたりで川辺をドライブした。音楽を大音量で流して。キム・ゴンモの『言い訳』だったかな。違う。それはずっと後だ。あの曲が発売されたときのヤン・チョンシクったら、何度も聴きすぎてこれは俺の話じゃないかと疑うほどだったんだから。まだ子どもたちはいなかった。子どもにかんする記憶は後にしよう。今はひとまずヤン・チョンシク、あんたにまつわる思い出から。ヨスクさんを泣かせたヤン・チョンシク、ヨスクさんを怒らせたヤン・チョンシク、ヨスクさんをおどけて笑わせたヤン・チョンシク。偉くて、ろくでなしで、悪くて、優しい姿の数々がヨスクさんの網膜で像を形作る。そうね、ヤン・チョンシク、あのときのあんたは本当にろくでなしだった。詐欺に遭って家を失ったヤン・チョンシク、あのときのあんたは本当に可哀そうだった。がっくり肩を落として、いまだに胸を張れずにいる。全財産を失い、娘と婿の家に厄介になっていて、あの子たちはふたりの過去を知らない。若い頃を知らない。ヨスクさんは急に悲しくなった。自分たちの若い頃を知らないという事実が。最高に輝かしく美しい時代だったのに。今のヨスクさんに残された、当時と似たような感情といったら、ヘルプ・ミー・シスターで仕事が入って承諾する瞬間だ。どちらも負けず劣らず輝かしくて美しい。

　今度はボラへと思考のボールが移る。おなかの上に載せ、手枕をして寝転んだ姿勢でのんびりと考える。この家族に深く溶けこめたわけではないけど、だからって噛み合わないわけでもない。仲介役はいつもスギョンだ。スギョンがいなければ、この家族とつながれない。それって本当に不思議だよね。ひとりの人間を深く知ると、その家族も深く知るようになる。深く知りたくない部分まで深く知るようになる。続けて自分の家族をふり返ってみると……。母親が、しょっちゅう足がつることは知っていた。数カ月前から病院や韓医院《ハニウォン》［韓国で発達した韓医学に基づく病院］にも行っているけど、運動不足と診断されるだけで特に異常はないそうだ。歳取ったからでしょと何気なく言ったボラは、そうだねとうなずく母の横顔に、彼女を貫いて過ぎ去っていく時間を見た。取り戻すこともどうすることもできないが、自分が歳を取ったらきっと後悔することになるだろう、そういう類いの時間だ。もっと親孝行しなくちゃ、もっと一緒の時間を持たなきゃと心に誓うが、結局はそれで終わりだ。ボラは思考のボールを転がし始める。

お母さんは私と違って、どうしてあんなに楽観的なのか。お母さんは私と同じで、どうしてあんなにしょうもないのか。私と同じだって言うと、お母さんは目をまん丸くする。私と違うって言うと、お母さんは傷ついたような、でも堂々とした表情を見せる。お母さんはボラのファッションが理解できないし、ボラもお母さんのファッションを理解できない。ボラは閉経したお母さんがどんな気持ちなのか見当もつかない。タンポンを気に入らなそうに見る目つき。体に良くない成分が含まれているんじゃないの。そんな言葉はフェイクニュースにしか聞こえない。これからは月経カップに変えるつもりだけど、お母さんはまた目を丸くして大丈夫なの、それって平気なのと何度も訊く。ボラにとっては年寄りで、それ以前に母親であるわけだけど。果たして結婚生活は幸せだったのか。母親の結婚生活は幸せだった、そう堂々と言える娘はどれくらいいるのだろう。お父さんのことを我慢し、耐え忍んで生きてきたお母さん。お母さんのことを我慢し、耐え忍んで生きてきたお父さん。ふたりが我慢して耐え忍んできた歴史をそっくりそのまま目撃した娘が、幸せな結婚生活なんて言葉を口にするのは自分で自分の心を欺く行為に近い。ボラは思考のボールをさらに転がす。彼女が愛し、彼女を愛してくれる人。女性か男性かは重要ではなく、ただその人。その人が思う性別で、その人を思える姿勢になっているボラ。そういうものは反対できないし、反対するべきでもないと考えるボラ。思考のボールを移動させて危なっかしく転がす。少しずつ転がっていく。足の甲の上でぐるぐる回る。それはいつの間にか手放していたものだ。社会的活動。不当な量刑に抵抗し、図々しい加害者の顔に生卵を投げつける。間違ったコメントに返信して闘いを挑む。そのうちに後悔で胸が苦しくなり、酒やカフェイン、タバコに手を伸ばす。そんな始まってもいないうちから疲弊してしまう行為。変えなくてはいけない対象が多すぎるし、それ以前にここは愛する人にとって幸せに生きていける社会なのか、そこから考えている。毎日、毎日考えている。

そのあいだに思考のボールはウンジへと移っていく。

ウンジはそれを小さくして鼻の上でぐるぐる回す。まだ十四年しか生きていないから、いや、十四年も生きたとも言えるのかもしれないけど、記憶のボールは小さくすることもできる。ウンジが携帯電話を手放せないのは、いつ問題が勃発するかわからないティーンチャットの写真のせい。誰かがウンジの写真を思い出してサイトにアップする、そんなおぞましい想像のようなもの。インスタグラムに脅迫のDMを送りつけてくる、そんな現実のようなもの。本当に起こるのでないかと食事も喉を通らない。おかげで痩せたし、みんながきれいになったと言う。ジュヌはどんなトラブルも解決してやるから心配するな、お前を傷つける人間は容赦しないって安心させようとするから、ウンジはジュヌを愛するしかない。そんなこと言ってくれる人はあなたしかいない。無数のプライベートが公の空間に晒されて、ウンジの友だちは彼氏から脅迫を受けている。その彼氏はジュヌの友だちでもあり、いつあんな動画を撮ったのかは、ウンジもその子もわからない。たぶん酒に酔って記憶を失くしたときに撮られたんだろうけど、学校の掲示板に上げるぞという脅迫のネタにされてしまった。ウンジの友だちは彼氏を振ったことを撤回した。解放してくれるまで別れることはできない。ジュヌに言ってみたけれど、気にする必要はないという返事が返ってきた。ウンジが気にする必要はないということ。元々ああいうヤツだし、そういう動画や悪ふざけもしょっちゅうだからと。ウンジはそれ以上訊かない。何が間違っているのかジュヌはわかっていないのかも、そう思ったからだけど、ジュヌはちゃんとわかっている。間違っていると。ウンジがティーンチャットで金を稼いでいることも、間違っていると知りつつ黙認した。それはジュヌの大人らしからぬ大人らしい部分だ。ウンジは携帯電話を手放せない。二十四時間ずっと再生中の不幸な未来の情景。そのあいだに思考のボールはウンジの鼻先から足元に落ちてごろごろ転がり、それを合図に全員が箸を置く。

ピンデトッは全員の胃の中に消えた。

＊＊＊＊＊

家族そろっての外出は久しぶりで、みんな浮かれた表情だった。

ウジェが運転し、スギョンは助手席に座った。ジフはヨスクさんとヤン・チョンシク氏に挟まれて座っていた。出発するとすぐにジフはミユの話を始めた。口を開けば話題の半分はミユだったから家族全員が知っていた。ジフは本当にミユが好きなんだなとウジェがからかい、ジフは否定しなかった。ただ笑っている。ミユはいつもジフを笑顔にするんだな。スギョンはそう思いながらウジェの横顔を見た。

床屋に行ってきたウジェとヤン・チョンシク氏は、実の親子だと言われてもわからないくらい雰囲気がそっくりだったが、それは同じヘアスタイルにカットしたからだ。後ろをぐっと刈り上げ、もみ上げは形だけ残し、分け目は八二の感じを出す。客が老人ばかりの床屋に、最近は値段が安いという理由からウジェも通い始めた。帰ってくると実年齢よりも五歳ほど老けて見えた。

ウジェは少し浮かれていた。自分の親が所有する建物の前でふな焼きを売ってみろと、ファン・ボソクに提案されたからだ。最近はふな焼きを売る店がなかなか見当たらないから、売り場を教えてくれるアプリも登場してるんだよとウジェは上気した顔で話したが、もっと浮かれたのはヤン・チョンシク氏のほうだった。

ヤン・チョンシク氏は、ふな焼きなら自分が売らなくてはと主張した。ひねった足首の状態が良くなかった。友人から買い取ろうとしたＬＰＧ乗用車は不法改造だったことが判明した。そのために車を替える話はなくなり、今も歩いて配達している。でも制限時間を過ぎると良い案件が割り当てられにくくなり、理解できない理由でペナルティも課せられた。料理を注文しておいて連絡がつかなくなる客のせいで、はらわたが煮えくり返ったことも一度や二度ではなかった。その後遺症からか電話に出ず、習慣のように行方をくらます友人に、必要以上に腹を立てたこともあった。客にゴミを捨てておいてほしいと何度か頼まれてからは、就寝中に興奮してがばっと起き上がる症状も出るようになった。他人《ひと》のゴミを、なぜ自分が代わりに捨てなくてはいけないのか。おおらかに笑いながらできる仕事ではなかった。階段を下りるついでにゴミまで捨ててほしいなんて恥知らずにも程がある。自分の時間は大事だ。俺だってそうだ。ヤン・チョンシク氏はたまにこんなことを考えた。働き盛りの頃、自分の時間は家族のための時間で、自分よりも家族が大切だと考えていた。でも、今は自分の心配ばかりしている。そんな人間になったことを知らずにいる家族に申し訳ない気がした。友人にこういう話をしたところ、意外にも彼を責める人間はおらず、家族は大事だが、もう抜け出したいという気もちょっとする、自由に生きるのも良いんじゃないか、そんな反応が返ってきた。これも一種の通過儀礼だな、ヤン・チョンシク氏はそう結論づけた。そのうちにいつか消滅してしまう類いの感情なんだろう。

ジフがネット検索で知った寺の特徴と歴史を大人たちに説明した。

「アジア各国の仏像があるんだって」

ジフは浮かれた声で言ったが大人たちは聞いていなかった。スギョンだけが適当に相槌を打っている。話題はすぐに車窓から見える大規模なマンション群に集中した。

「あんなにマンションばっかり建っているのに、どうしてうちだけ相変わらず家がないんだろう」

「あんなにあっても相変わらず値段が高いから」

「ここは配達の仕事も多いだろうな。周りに何もないから。配達がないと不便そう」

「この近くまで客を乗せて運転したことがあるけど、駐車する場所がなくて苦労したよ」

「母さん、ヘルプ・ミー・シスターはオンラインにしてある？」

「うん」

スギョンとヨスクさんは同時に笑った。ジフは好奇心いっぱいの顔で車窓から見えるススキ畑を眺めていた。日差しの下で揺れるススキは水滴に変わる直前の雪片みたいに美しかった。きらきらとした光をたたえていた。

「おじいちゃん、葦《あし》とススキの違い知ってる？」

「知らん」

「葦は水辺で育って、茶色い光を帯びているけど、ススキは白くてきれいなんだよ」

ヤン・チョンシク氏はうんともすんとも言わなかった。ヨスクさんが聞いた。

「本当にきれいいね。少し折って帰ろうか？」

ヤン・チョンシク氏がすぐに怒り出した。「なんのために、そんなものを持って帰る?」

「きれいじゃない」

「野原に生えているからきれいなんだ、狭苦しい家に持ってったりしたら、すぐに枯れる」

ふたりはリビングで寝るのが不便になってきたところだった。冷蔵庫が故障してけたたましい怪音を発していたせいだが、冷蔵庫を買い替えてもよく眠れなかった。個室の確保が切実だと実感していたが、言い出すのはためらわれた。家に空き部屋はない。その一件で悩み、ようやく思いついた解決策を切り出せずにいた。

車が駐車場に入る。白い土埃が上がった。全員が四方のドアを開けて降りると、伸びをしたり空を仰いだりした。真っ青で雲一つない空だった。

「こんなにいいお天気は久しぶりだね」

全員がうなずいた。ジフは歓声をあげると、遠くで金色に輝く仏像の頭部を指差した。一緒にその前まで歩いていくと写真を撮った。

本殿に向かう坂道を上りながら、スギョンは風にはためく数十枚の願い事カードを見た。小さな蓮の花の中に立って祈る童子像の飾りがぶら下がっていて、その下にある金色の願い事カードにはかなり具体的な内容が書かれていた。お願いする項目に丸をつければよかった。商売繁盛、健康祈願、万事順調、学業成就、婚姻成就、交通安全、家内安全など。

スギョンは涅槃殿の臥仏像を少し見学してから願い事カードを購入した。

「母さん、依頼人はどこに丸をつけてくれって？」

ヨスクさんは一つずつ読み上げた。

「子女成功、学業成就、健康祈願」

スギョンは該当する項目に丸をした。そして言った。

「母親なんだね……」

ヨスクさんは小さくうなずいた。

スギョンは依頼人に言われた名前と生年月日を裏面に記載し、願い事カードをぶら下げた。

数百枚の願い事カードは風が吹くたびにはためいた。


スギョンは願い事カードをもう一枚買った。

どこに丸をつけようか。

いつの間にか背後に近寄ってきた家族が、彼女の決定を注視している。

スギョンは就業合格に丸をつけた。意外な選択だと自分でも思った。右手に自由意志があって、彼女の思いとは別の項目を選択したんじゃないかと疑うほどだった。でもそういう気持ちが湧き上がってきているんだなと、ようやく認めた。これまで私の気持ちを尊重してくれてありがとうと、みんなにお礼を言って、再スタートを夢見たかった。たぶんありがとうとは言えないだろうけど、再スタートを夢見る姿を見せるだけでも、感謝の気持ちは表現できそうだ。

スギョンからペンを渡されたウジェは願い事カードの項目を見ながら悩んだ。

ウジェもスギョンと似たような気持ちだった。ふな焼き売りだろうがなんだろうが、新しい仕事にチャレンジしてみたかった。そういう時期を迎えたのだ。もちろん運転代行も並行するつもりだ。売上が少ない日はどうしようもない。ウジェは商売繁盛に丸をつけた。すると、ちゃんとした企業を買収した人のように期待で胸が膨らんだ。

ウジェからペンを渡されたヨスクさんは迷うことなく健康祈願に丸をつけた。どんな仕事をしようと家族が健康でさえいればいい。それ以上を望んだら欲になる。確固とした強い信念で丸をつけた。

ヨスクさんからペンを渡されたヤン・チョンシク氏はしばし悩んで万事順調に丸をつけた。これ一つで就業合格も商売繁盛も健康祈願もまとめられる。家族の願いをすべて叶えられる。ヤン・チョンシク氏は自分の賢さにいたく満足していた。

ヤン・チョンシク氏からペンを渡されたジフは大人が丸をつけた項目を熱心に見た。就業合格、商売繁盛、健康祈願、万事順調。ようやくジフは丸をつけ始めた。ところが延々と書き続けて一向に終わる気配がない。大人たちは笑い出した。

ヨスクさんが言った。「うちのカードだけ全部に丸がついてる。いちばん欲深いね」

ヤン・チョンシク氏が言った。「持っているものがいちばん少ないからだろ」

スギョンは願い事カードをぶら下げた。風が吹くたびに、彼らの願いが旗のように力強くたなびいた。

＊＊＊＊＊

内見の日は好天に恵まれた。大雪注意報が続いていたからスギョンは心配していた。ところが当日は穏やかに晴れて暖かく感じるほどだった。

ヤン・チョンシク氏とヨスクさんは悩んだ末に切り出したのだ、スギョンとウジェはそう理解していた。子どもたちも同じだった。引っ越したほうがいい、みんなそういう結論に至った。スギョンは子どもたちに感謝していた。

ジュヌは今回も不参加だ。どうせ車に六人は乗れない、自分はどんな家だろうと関係ないと。結局はジフとスギョンの両親、ウジェとスギョンだけで行くことになった。

不動産屋は大家族に少し驚いたようすだったが、すぐに表情を変えて外に出てきた。

「こちらです。歩いて三分です」

不動産屋は家の長所を説明してくれた。駅から近く、近所には市場と公園があり、住民体育センターもある。個室は三部屋、キッチンとリビングは分かれている。この値段で三部屋はなかなか見つからないので今日も内見の予約が入っており、来週も二組が予約済みの状態だと。それを聞くとヤン・チョンシク氏は緊張した表情になり、全員が少し足取りを速めた。

不動産屋の言葉どおりに部屋は広々としていた。個室は三つで、リビングも今の家より少し広かった。庭も使えた。今の借主は拾ったくず鉄と古紙を積んでいる。片隅に小さな畑も作られていた。しかも今の家より安かった。あらゆる条件が今よりも良かった。ただ一つを除いては。

「よく見ると半地下とまでは言えないかもしれません。こちらをご覧ください。窓が高めの位置にあるでしょう？」

ウジェはうなずいたが、スギョンにはそうは見えなかった。窓の下枠は地面と同じ高さにある。これでは高めの位置とは言えない気がした。

「庭があるので洗濯物を外に干せます。こんな好条件はないですよ」

不動産屋はいらいらしたようすで携帯電話を確認しながら、彼らの決定を待っていた。

「ここより良いところはないだろう」。ヤン・チョンシク氏が言った。

すぐに不動産屋が相槌を打った。「そのとおりです。こんな物件はすぐに出てしまいますよ」

「大家さんはどんな人ですか？」

ヨスクさんの問いに不動産屋が答えた。「投資をされている方です。近郊にこういう半地下物件だけをいくつも所有しています」

「半地下だけですか？」

「安く買えて、アパートの所有面積は同じですから」

「新築に建て替えたほうが得ってことですね？」

不動産屋は答える代わりに苦笑いした。大家にとっては得かもしれないが、彼ら家族にとっては反対だった。もし建て替えるとなると、三部屋ある安い家をまた探さなくてはならなくなるだろう。不動産屋が顔色をうかがいながら言った。「そんなにすぐの話ではないので。四年間は心配なく住めますよ」

「駐車場はないですよね？」

ウジェの言葉に不動産屋は困ったような顔で笑った。あるはずがなかった。

「車は売ればいい」

すでに家族は心を決めていた。駐車場まで検討したら引っ越せる家はもっと少なくなる。ジフは最後までおとなしく大人たちを観察していた。軽々しく口を開いたりはしない。もう質問はないかとウジェは家族の顔を注視していたが、やがてスギョンに向かってうなずいた。

一行は引っ越す家をしばらく見てから、その場を後にした。

ヨスクさんが言った。「庭があってラッキーだった」

「これからは部屋でゆっくり寝てくださいね、お義母さん」。ウジェが笑ってヨスクさんをふり向いた。

ヤン・チョンシク氏は運が良かった、ちょうどぴったりの物件が出ていたなんて奇跡だと言った。奇跡。

スギョンはジフと手をつないで歩いた。契約のために不動産屋へ向かいながら、ジフに向かってささやくように訊いた。「ジフ、あの家、気に入った？」

ジフは悩んでいるようだったが答えた。「みんな笑ってるじゃない」

「えっ？」

「あの家を見ながら、みんな笑ってたよ」。ジフはうつむいて付け足した。「おばちゃん以外は」

帰る途中でちらほらと雪が舞い始めた。暖かい日だったのですぐに溶け、地面には灰色の水だけが残った。契約を終えて帰る一行はすっきりしながらも名残惜しそうな表情だった。家族が笑っているという事実だけに目を向けようとスギョンは思った。ジフが言ったとおり、みんな笑顔で不動産屋から出てきた。それでいいのだ。

舞い散る雪が徐々に雨へと変わっていくのを見てエアコンをつけた。道は渋滞している。ヨスクさんとスギョン以外はうなだれて居眠りしていた。

「母さん、疲れたなら少し寝たら」

「疲れてない」

「あの家、気に入った？」

「あの程度なら良しとしないと」

「お金貯めて、またいつか引っ越そう」

ヨスクさんはしばらく黙っていたが口を開いた。「健康ならいいよ。どこに住もうと健康であれば」

ヨスクさんはそう言って鼻をすすった。

スギョンは前の車のブレーキランプを見つめた。目頭が熱くなってくる。この車は坪数だとどれくらいになるのかな。家の小部屋よりもだいぶ狭いけど、全員が安らかな気持ちで肩を寄せ合って座っている。

ブレーキペダルから足を離した。車は徐々に動き出し、彼らを少しずつ前へと運んでいく。もぞもぞしていたウジェが目を覚まして伸びをするとラジオをつけた。慣れ親しんだ声が流れてきた。ヤン・スギョンの『愛は窓の外の雨みたい』。スギョンは小さな声で一緒に歌った。すぐに心がふわふわと浮かび上がる。

ヤン・チョンシク氏が言ったように奇跡が起こったのかもしれない。

みんながこうして一つの心で一緒にいるという奇跡。

みんなが諦めることなく、再スタートを決心したという奇跡。

みんなが笑っているという奇跡。

奇跡だと思えば、本当にすべてが奇跡になるのかもしれない。

スギョンは信号が変わると同時にアクセルを力いっぱい踏んだ。彼らの車は前へと力強く走っていった。

作家の言葉

プラットフォーム労働をする家族を描きたかった。最初は夫婦の物語にしたが、自分の書きたい話はこれじゃないという気がした。書き直し始めた小説には年代の異なる女性たちが登場した。スギョンとヨスク、ボラにウンジ。彼女たちを頭に思い浮かべてから、ようやくこの小説を最後まで書かなくてはという決心がついた。

いつからだろう、どう答えるべきかわからない経験を何度かした。あの日の不愉快な記憶を一刻も早く忘れ、お金でも稼がなきゃと言う友人たちを、私はうなずきながら慰めた。それくらいのことしかできなかった。生計が何よりも重要だとわかっている状況では、どんな言葉も簡単に口にすることはできない。そういう瞬間が私を頻繁に苦しめた。スギョンはそういう悩みの果てに作られた人物だ。

ヨスクとスギョンの関係は、母とのそれからモチーフを得た。母は大体において弱い人間だが、ある瞬間には誰よりも強くなる。私が挫折すると、いつも先に笑い飛ばして助け起こしてくれる。母のそうした大らかさが本人の人生ではほとんど発揮されていないのが、いつも残念だった。セルフオーダー端末の前で目に見えて無力になる姿、運転をしてみようなんて思いもしない姿も。ヨスクはそういう母を応援する私の思いが込められた人物なのかもしれない。

ボラは流動するアイデンティティーを教えてくれた友人の存在がなかったら、決して思いつけなかった人物だ。ボラを介して自分がどれほどの偏見に囚われていたか気づくことができた。

ジフとウンジは書くのがいちばん難しかった。私はスマートフォンやSNSがなかった時代に青少年期を過ごした点に安堵している。その背景には、今の時代を生きていく青少年への気がかりがある。だが大人の視線で彼らを描きたくはなかった。彼らが大人を見つめる視線で描きたかった。

この本で扱ったプラットフォーム労働は経験や取材、参考文献をもとに国内外の事例を合わせて作った架空のモデルで、コロナ禍以前の対面業務が可能だった時期を背景に書いたものだ。プラットフォーム労働、ギグワークに対する認識の変化や、労働者を後押しする制度が必要だという思いを込めた。

この本の登場人物と同様に私も非正規職を転々としているが、プラットフォーム労働は副収入が必要になるたびに自然と頭に思い浮かぶ仕事になった。扶養すべき家族がいる場合、誰もが〈家長〉とはこうあるべきという自身の基準にしたがって、女性の家長としての覚悟を固めるものの、家族にしてあげられることと、しなくてはならないことの距離が離れていくたびに、自らが従事している労働の本質について度々考えるようになる。こうした悩みは結果として書くことにつながっていくが、明確な解決策を見つけることはほとんどないに等しい。

もしかすると小説は、大きな物語を小さな物語にするプロセスを見せるものなのかもしれない。そうだとすると、読者は小さな物語を大きな物語にする奇跡を見せてくれる。本文の末尾に、奇跡だと思えば本当にすべてが奇跡になるのかもしれないと書きはしたが、これこそが真の奇跡だと思う。私にとって本とは、作家の失敗と読者の奇跡が交錯する場所なのかもしれない。

この本を一緒に作ったキム・ソヘ編集長に感謝の意を表する。いつも私の気持ちを先読みしてくれるので驚いたことが何度もあった。快く韓国版の推薦文を書いてくださったお二方にも深く感謝申し上げる。文芸評論家のアン・ソヒョン先生は、作家が気づけなかった点を教えてくれる目ざとい方だという信頼がある。そして小説への無限の愛を呼び起こすような文章を書かれる、作家のパク・サンヨンさんにもファンとしての気持ちを込めて感謝を伝える。

この世に存在するすべての家族が、不幸な未来をともに防ぎながら生きていくことを願う。そして家族の形も、より一層多様化されることを心から願っている。

二〇二二年春
イ・ソス

参考にした本
Jeremias Adams-Prassl "Humans as a Service"
Alexandrea J. Ravenelle "Hustle and Gig"
パク・ジョンフン『배달의민족은 배달하지 않는다(配達の民族は配達しない)』
Diane Mulcahy "The Gig Economy"

訳者あとがき

本書は二〇二二年に韓国の出版社ウネンナムより刊行された『ヘルプ・ミー・シスター（헬프 미 시스터）』の全訳である。翻訳には初版三刷を用いた。

日本では初紹介となる著者のイ・ソスは一九八三年生まれ。大学では法律を専攻したが、卒業後は本書にも登場する配達員やブックカフェの経営者、脚色家など、収入の安定しない職業を転々とした。二〇一四年に新人作家の登竜門と言われる新春文芸に入選して作家デビューを果たすが、その後も不安定な生活は続き、当時は作家の道を諦めようかと真剣に悩むほどだったそうだ。新春文芸入選から六年後の二〇二〇年に長編、翌年の二〇二一年に短編で文学賞を受賞し、現在は〈韓国文学をさらなる高みに飛躍させる重要な資産〉と呼ばれる、注目作家の一人として活躍している。

著者にとって二作目の長編となる本書の魅力を挙げるとしたら、まずは〈迫真力〉ではないだろうか。「主人公のスギョンにほとんど憑依して書いた小説だ。自分にも扶養家族がいたし、たまに毎月入ってくる生活費のほうが、傷の治癒などよりも圧倒的な威力を誇ることがあった」という刊行時のインタビューが印象的だった。

二〇一四年のデビューから長いこと書く機会に恵まれず、小説のための取材などではなく、生計そのもののためにプラットフォーム労働に従事していた自身の経験は、本書のそこかしこにも反映されている。スギョンが自家用車のアバンテを見ながら「もうアバンテの内部構造なら知り尽くしていると言ってもいいくらいだ。設計者よりも自分のほうが詳しいかもしれない」と言うシーンがあるが、これも配達に使っている車のどの位置に、どんな荷物を、どれだけ積めば快適で、便利で、もっとも効率的に稼げるかという著者自身の試行錯誤から生まれたシーンだそうだ。専業作家は夢のまた夢、副収入が必要になるたびに、プラットフォーム労働が自然と頭に思い浮かぶようになってしまったという言葉からは、本書がハイパーリアリズム小説と称される所以が滲み出ている。

本書を訳しながら思い出した言葉に〈K－長女〉がある。KはK－BOOK、K－POPと同じでKOREAの頭文字。責任感が強く、家族に対する責任を背負いこみ、譲歩や自己犠牲が当たり前になっている韓国の長女を意味する造語だ。両親や夫、その甥っ子たちの生計まで一手に担っていた序盤のスギョンもまた、本人が望むと望まざるにかかわらず、典型的な〈K－長女〉だったと思う。苦しかった一家の生活はハッピーエンドとはならず、強いて言えば一歩前進か？　程度の結末を迎えるが、少なくともスギョンは〈K－長女〉の呪縛から抜け出すことはできたのではないだろうか、そこに一縷の望みを感じた。

韓国では二〇二三年六月二十八日より、年齢の数え方を国際基準の〈満年齢〉に統一する法律が施行されたが、それ以前に書かれた作品では、ほとんどが数え年で記されている。本書では基本的に満年齢で訳出している点をご了承いただきたい。

株式会社アストラハウスをはじめ、この本に携わってくださったすべての方に御礼申し上げます。

また翻訳の一部に参加してくださった飯田浩子さん、大窪千登勢さん、髙橋恵美さん、高原美絵子さん、西野明奈さん、山口さやかさん、湯原由美さん、一年間ほんとうにお疲れさまでした。ともに学べた日々に感謝しています。

二〇二四年　九月

古川綾子

イ・ソス Lee Seosu

1983年ソウル特別市生まれ。檀國大学校法学科卒業。2014年「古着、ヴィンテージあるいはリリーフ」で東亜日報新春文芸に当選しデビュー。長編小説『あなたの4分33秒』で第6回黄山伐青年文学賞を、2021年「ミジョの時代」で第22回李孝石文学賞、2023年には「若きグンヒの行進」で第14回若い作家賞を受賞した。主著にプラットホーム労働をテーマにした本書『ヘルプ・ミー・シスター』、3組の母と娘に関する小説とエッセイが収められた『母を寺に捨てに』、過去の受賞作を含む最新短編集『若きグンヒの行進』など。本書が初邦訳。

古川綾子 ふるかわ あやこ

神田外語大学韓国語学科卒業。延世大学教育大学院韓国語教育科修了。神田外語大学講師。NHKラジオステップアップハングル講座2021年7−9月期『K文学の散歩道』講師を務める。主な訳書にハン・ガン『そっと 静かに』(クオン)、キム・ヘジン『娘について』、キム・エラン『外は夏』、チェ・ウニョン『明るい夜』(いずれも亜紀書房)、チョ・ナムジュ『ソヨンドン物語』(筑摩書房)、イム・ソルア『最善の人生』(光文社)、チョン・ハナ『親密な異邦人』(講談社)など。ユン・テホ『未生 ミセン』(講談社)で第20回文化庁メディア芸術祭マンガ部門優秀賞受賞。

ヘルプ・ミー・シスター

2024年11月20日　　第一刷　発行

著者　イ・ソス
訳者　古川《ふるかわ》綾《あや》子《こ》

発行者　林 雪梅
発行所　株式会社アストラハウス
〒107-0061 東京都港区北青山3-6-7 青山パラシオタワー11階
電話03-5464-8738
印刷・製本　中央精版印刷株式会社

DTP　トム・プライズ
編集　和田千春

ISBN978-4-908184-53-6　C0097